ANDREAS ESCHBACH
Solarstation

Weitere Titel des Autors:

Über den Autor:

Andreas Eschbach, geboren 1959 in Ulm, verheiratet, schreibt seit seinem 12. Lebensjahr. Bekannt wurde er vor allem durch den Thriller DAS JESUS-VIDEO, gefolgt von Bestsellern wie EINE BILLION DOLLAR und AUSGEBRANNT. Sein Roman NSA – NATIONALES-SICHERHEITS-AMT befasst sich mit der brisanten Frage: Was wäre, wenn es im dritten Reich bereits Computer und das Internet gegeben hätte – und deren totale Überwachung? FREIHEITSGELD zeichnet ein beunruhigendes Bild, wie unsere Zukunft aussehen könnte, wenn uns durch zunehmende Automatisierung die Arbeit ausgeht, und das vor dem Hintergrund des Klimawandels.

ANDREAS ESCHBACH

SOLAR STATION

ROMAN

lübbe

Dieser Titel ist auch als Hörbuch und E-Book erschienen

Die Bastei Lübbe AG verfolgt eine nachhaltige Buchproduktion. Wir verwenden Papiere aus nachhaltiger Forstwirtschaft und verzichten darauf, Bücher einzeln in Folie zu verpacken. Wir stellen unsere Bücher in Deutschland und Europa (EU) her und arbeiten mit den Druckereien kontinuierlich an einer positiven Ökobilanz.

Umschlaggestaltung: Johannes Wiebel | punchdesign, München
Umschlagmotiv: © designprojects/adobestock.com;
opic/adobestock.com; grandeduc/adobestock.com;
Mari Dein/adobestock.com; ArtPerfect/adobestock.com;
korkeng/adobestock.com; Klavdiya Krinichnaya/shutterstock.com
Satz: hanseatenSatz-bremen, Bremen
Gesetzt aus der New Baskerville
Druck und Einband: GGP Media GmbH, Pößneck

Printed in Germany
ISBN 978-3-404-18890-1

2   4   5   3

Sie finden uns im Internet unter
luebbe.de
Bitte beachten Sie auch: lesejury.de

PROLOG

Niemand hatte je ernsthaft die Frage gestellt, wozu sie eigentlich hier waren, und niemand hätte diese Frage ernsthaft beantworten können. Sie hatten dieses kleine Stück Dschungel zu bewachen – das wurde von ihnen erwartet. Es wurde nicht von ihnen erwartet, Fragen zu stellen.

Der Fremdenlegionär lehnte an einem der modrigen Pfosten des Holzgerüstes, das, nur mit einem Stück rostigen Wellblechs gedeckt, als Unterstand diente, und rauchte eine schlecht gedrehte Zigarette aus schlechtem guayanischem Tabak. Seine Kameraden nannten ihn Jean, aber das war natürlich nicht sein richtiger Name. Er warf einen abfälligen Blick auf den anderen Soldaten, der mit halb offenem Mund in einer der Hängematten lag und schnarchte. Zu viel Schnaps, zu lange bei den Mädchen herumgegangen auf dem Strich von Alt-Kourou. Und so verpasste er den frühen Morgen, die beste Zeit des Tages. Die Luft war kühl und angenehm, das Licht klar und von einer geradezu tröstlichen Reinheit. Später am Tag, wenn die unerträgliche äquatoriale Hitze wieder auf allem lastete und man vor Insekten fast wahnsinnig wurde, würde er an diese Stunde zurückdenken und alles besser ertragen. Auch die stumpfsinnige Langeweile des Wartens auf den nächsten Raketenstart, irgendwann.

Über den buschigen Wipfeln der Urwaldbäume, von denen die Feuchtigkeit der Nacht empordampfte, erhob sich die kolossale Raketenabschussrampe wie der missglückte Turm einer modernen Kirche. Vom Meer her wehte eine frische, salzig riechende Brise.

Sie brachte ein Geräusch mit sich, das fremd durch das morgendliche Zirpen der Zikaden und das Zetern aufgeregter fremder Dschungelvögel drang. Der Fremdenlegionär, der sich Jean nannte, horchte auf. Er überlegte eine Weile, aber das Geräusch wollte sich nicht einordnen lassen. Er knurrte unwillig, warf die Zigarette weg und griff nach seiner Maschinenpistole. Wahrscheinlich wieder ein paar Kreolen, die nicht kapieren wollten, dass sie an diesem Teil des Strandes nichts zu suchen hatten. Er musste sie vertreiben, denn weiter hinten bei der alten Generatorstation schob André Wache, und das war ein scharfer Bursche. Wenn der sie erwischte, würde es Ärger geben.

Er verzichtete darauf, seinen Kameraden zu wecken. Der würde ohnehin keine große Hilfe sein, in seinem Zustand. Und es sollte nicht allzu lange dauern, bis er zurück war.

Er folgte einem schmalen Trampelpfad durch das Unterholz. Unter seinen derben Kampfstiefeln brachen trockene Zweige, und allerlei krabbeliges Kleingetier wuselte davon. Es war noch nicht hell genug, um Einzelheiten zu erkennen, und er legte auch keinen besonderen Wert darauf.

Da war es wieder, das Geräusch. Jean blieb stehen und lauschte. Ein eigenartiges, schabendes Geräusch und Schritte auf Sand.

Manchmal nahmen einige der Soldaten, die keine Wache hatten, Mädchen mit zum Strand. Aber in der Regel waren sie alle am Morgen wieder fort. Jean schob unwillkürlich den rechten Zeigefinger unter den Abzugsbügel seiner Waffe, während er sich mit der linken Hand den Weg bahnte.

Dann stand er am Strand, und sein Blick saugte sich sofort an den großen schwarzen Schlauchbooten fest, die an der Küste gelandet waren, und an den schwarzgekleideten Männern, die ihnen entstiegen. Sie trugen Waffen und schleppten Kisten, die wie Munitionskisten aussahen. Und draußen auf dem Meer ragte der schwarze Turm eines Unterseebootes aus den träge glitzernden Wellen ...

Ein Überfall. Er musste Alarm schlagen, sofort. Jean drehte sich um.

Doch da stand ein schwarz gekleideter Mann auf dem Pfad, den er gekommen war, das Gesicht vermummt, und Jean sah nur seine Augen, stahlharte, erbarmungslose Augen. Noch ehe der Fremdenlegionär eine Bewegung machen konnte, wirbelte eine gleißende Klinge in der Hand des anderen. Ein greller, betäubender Schmerz durchbohrte die Kehle des Mannes, den seine Kameraden Jean genannt hatten, ein unglaublicher Schmerz, ein Schmerz wie das Aufflammen eines Blitzlichts. Jean sah an sich herab, an seiner zerknautschten, khakifarbenen Uniform, doch da war kein Khaki mehr, da war nur noch Blut, Blut, Blut.

KAPITEL 1

Sex im Weltraum ist nach wie vor eine der exklusivsten Erfahrungen unserer Zeit. Und eine der überwältigendsten dazu. Es sind bestimmt Jahrtausende vergangen seit der letzten wirklichen Neuerung auf sexuellem Gebiet: ein Orgasmus im Zustand der Schwerelosigkeit ist unter Garantie eine, und er ist mit nichts zu vergleichen, was immer man auch je zuvor erlebt hat. Ein kleiner Schritt für die Menschheit, aber ein großer Schritt für einen Menschen, sozusagen.

Die Frau, die diese Erfahrung von Zeit zu Zeit mit mir zu teilen bereit war, hieß Yoshiko und war eine zierliche, hübsche Japanerin mit langem schwarzem Haar und einer schlanken, knabenhaften Figur. Die japanische Raumfahrtbehörde stellte grundsätzlich keine Frauen mit großen Brüsten für den Einsatz auf der Raumstation ab, da man – nicht zu Unrecht – befürchtete, die Kombination von großen Brüsten und Schwerelosigkeit könnte zu einer gefährlichen Beeinträchtigung des Denkvermögens der männlichen Besatzung führen.

Auch in anderer Hinsicht muss man beim Miteinander von Mann und Frau unter Bedingungen der Mikrogravitation, wie die Schwerelosigkeit fachmännisch genannt wird, umdenken. Komplett vergessen muss man zum Beispiel alle heftigen Bewegungen beim Geschlechtsverkehr. Selbst wenn man es vermeiden kann, unsanft gegen irgendwelche spitzen, harten oder empfindlichen Einrichtungsgegenstände zu prallen, besteht für den Mann ernsthafte Verletzungsgefahr: Bei einer unbedachten Bewegung der Frau kann er sich buchstäblich den Penis brechen.

Aber wahre Leidenschaft lässt sich durch Gefahr nicht einschüchtern. Wir hatten uns in den Versorgungsraum zurückgezogen, einen kleinen Raum in der Nähe der Unterkünfte, in dem Kleidung, Wäsche und Handtücher und dergleichen gelagert wurden und dessen Wände demzufolge gut gepolstert waren, hatten die Türe hinter uns verriegelt, die Heizung aufgedreht und das Licht ausgeschaltet, sodass nur noch zwei winzige rote Kontrolllampen übrig blieben, die unser Treiben in schummriges Halbdunkel hüllten.

Ich habe mich immer gefragt, was für geheime Geschichten sich früher an Bord der Spaceshuttles abgespielt haben mochten, als zum ersten Mal weibliche Astronauten mit an Bord gingen. Ich fürchte nur, gar keine. Alle Astronauten waren immer glücklich verheiratet, und wenn sie nur halb so spießig waren, wie sie im Fernsehen gewirkt hatten, dann haben sie sich an Bord benommen wie die braven Pfadfinder.

Nun ja, das war inzwischen auch schon Geschichte. Die Jungs hatten jedenfalls ihre Chance gehabt. Heute hockten sie in Ehren ergraut mit ihren Ehefrauen zu Hause und verzehrten ihr Altenteil, während ich vierhundert Kilometer über ihren Köpfen die Erde umkreiste, verschlungen und verschmolzen mit diesem zarten, atemberaubenden Geschöpf. Und natürlich verschwendete ich in Wirklichkeit keinen Gedanken an die Raumfahrtgeschichte des ausgehenden zwanzigsten Jahrhunderts. Um ehrlich zu sein, in meinem Hirn wäre kein einziger Gedanke, woran auch immer, zu finden gewesen. Wir schwebten nur keuchend und stöhnend in der samtroten Dämmerung, die uns umgab, uns unendlich sacht und behutsam bewegend, unsere Arme und Beine einander umwindend wie taumelnde Schlangen, und wir waren so groß wie das Universum. Wir hatten jedes Zeitgefühl verloren, jedes Gefühl für eine Trennung zwischen uns, es war uns, als hätten wir den Kosmos bereits erobert und uns einverleibt.

Yoshiko, bebend und schweißnass in meinen Armen, zwitscherte unentwegt in mein Ohr, während sie ihre langen Nägel in meinen Rücken grub, wisperte und hauchte in einem fort japanische Worte, von denen ich die meisten nicht verstand. Während ich nur grunzte und stöhnte, kam es aus ihr heraus wie ein Wasserfall. Immer wieder, wenn krampfhafte Zuckungen ihren biegsamen Körper erschütterten, keuchte sie etwas vom Sterben und von unerträglich süßen Schmerzen und solches Zeug.

Was Sex anbelangt, trennen die Japaner und uns Westler Welten. Wir Westler sind durch zweitausend Jahre Christentum verkrüppelt, und inzwischen wissen wir das. Die Japaner glauben nicht an das Christentum, und an Sigmund Freud auch nicht, und auf den ersten Blick wirkt es so, als hätten sie mit Sex beneidenswert wenig Probleme. Aber irgendwo haben sie auch ihren Schuss weg: Wenn es ihnen richtig gut kommt, wollen sie immer gleich sterben.

Irgendwann, nach Stunden, wie es schien, in denen wir auf einer einzigen, endlosen Welle von Höhepunkten geritten waren, schlichen sich Raum und Zeit wieder in unsere Wahrnehmung ein, kehrte das Bewusstsein für die normale, gewohnte Welt zurück wie ein ärgerlicher Störenfried und verscheuchte die Ekstase. Die Atmung normalisierte sich wieder, der Herzschlag beruhigte sich, und ich nahm uns wieder als zwei voneinander getrennte menschliche Wesen wahr, die einander eng umschlungen hielten. Ich roch Yoshikos Schweiß, ihren Körperduft, bohrte meine Nase liebkosend in ihr Haar und hätte sie noch ewig so halten können. Sie aber küsste mich sanft und entwand dann einen ihrer Arme den meinen, griff hinter sich und knipste das Licht wieder an. Wahrend ich noch blinzelnd versuchte, mich an die Helligkeit zu gewöhnen, hatte sie schon ihre Armbanduhr aus ihrem Kleiderbündel gefischt und die Zeit abgelesen.

»Es wird Zeit, Leonard-*san*«, sagte sie sanft.

Seufzend glitt ich aus ihr heraus und gab sie frei. Es wäre eine Illusion gewesen zu glauben, dass sie mich etwa liebte. Ich wusste, dass sie das nicht tat. Yoshiko war eine junge, intellektuelle Japanerin, eine echte Tochter des neuen Jahrtausends, wahnsinnig intelligent, wahnsinnig ehrgeizig und mit ihren sechsundzwanzig Jahren bereits eine der führenden Astronominnen des Landes, wenn nicht der ganzen Welt. Für eine Frau wie sie war es chic, sich eine Affäre mit einem *gaijin* zu gönnen, und wenn sie etwas an mir mochte, dann war es meine westliche Grobheit und Ungeschlachtheit, die sicherlich einen erfrischenden Kontrast darstellte zur allgegenwärtigen japanischen Höflichkeit. Und vielleicht auch meine im Vergleich zu japanischen Männern stärker ausgeprägte physische Ausstattung.

Obwohl ich das alles wusste und obwohl ich sie inzwischen schon eine ganze Weile kannte, war es immer wieder ernüchternd zu erleben, wie rasch und problemlos sie aus der Welt der Ekstase in die Welt des Alltags zurückkehrte. Während in mir noch alles bebte und vibrierte und ich verträumt und bedauernd zusah, wie sie ihren begehrenswerten Körper nach und nach wieder in den schmucklosen Bordoverall hüllte, schien sie in Gedanken schon ganz woanders zu sein, an der Schalttafel ihres Radioteleskops vielleicht oder mit irgendwelchen Überlegungen zu bahnbrechenden kosmologischen Theorien beschäftigt.

»Wir sollten nicht zu spät kommen, Leonard-*san*«, mahnte sie sanft. »Der Kommandant ist sehr beunruhigt wegen der vielen Pannen bei der Energieübertragung in letzter Zeit.«

Das war ein zarter Hinweis, nicht länger nackt durch die Gegend zu schweben, sondern mich ebenfalls wieder anzuziehen. Ich beeilte mich. Yoshiko regelte unterdessen die Heizung herunter, fing dann ihre langen Haare ein und bändigte sie wieder mit einem Haargummi.

Natürlich wusste jeder an Bord Bescheid über unsere Schäferstündchen. Trotzdem hatte es etwas Verschwörerisches an sich, wie wir die Tür des Kleiderlagers öffneten und uns umsahen. Und während wir den Gang entlang paddelten, blieb ich etwas zurück, um ihr bewundernd zuzusehen. Es würde wieder einige Tage dauern, bis ich aufhören konnte zu bedauern, dass ich ihr im Grunde nichts bedeutete.

Ich verliebe mich immer in die Frauen, mit denen ich schlafe. In dieser Reihenfolge. Wahrscheinlich ist genau das mein Problem.

KAPITEL 2

Die Anspannung auf der Brücke war mit Händen zu greifen, als wir dort ankamen. Die Blicke, die uns trafen, waren nicht einmal wissend oder anzüglich wie sonst, sondern nur ungeduldig. Der Kommandant sah nur demonstrativ auf die so genannte Missionsuhr, deren große rote Ziffern nicht die laufende Uhrzeit, sondern den Countdown für ein aktuelles Vorhaben anzeigten: in diesem Fall die verbleibende Zeit bis zum Beginn des Kontaktes, noch fünf Minuten.

Wir nahmen schweigend unsere Plätze ein. In der Schwerelosigkeit setzt man sich natürlich nicht auf Stühle; das ist völlig unnötig. Es gab auf dem Boden vor den jeweiligen Schaltpulten Schlaufen am Boden, in die man die Füße steckte, und wenn man dann die Karabinerhaken, die an elastischen Schnüren an jedem Overall befestigt waren, an den entsprechenden Ösen einhakte, konnte man sich ganz auf seine Arbeit konzentrieren, ohne befürchten zu müssen, in einem unachtsamen Moment davonzuschweben.

Meine Aufgabe war, die Energieflusskontrollen im Auge zu behalten. Ich blickte über die Anzeigeinstrumente, verwirrend viele, zog einen Notizzettel aus der Tasche, den ich mir vorsorglich angefertigt hatte, und heftete ihn mit einem kleinen Magneten an eine freie Fläche. Das war ein Aushilfsjob für mich, weil Taka Iwabuchi, der für den Bereich Sonnenenergie zuständig war, sich diesmal unten im Maschinendeck aufhielt, um das Funktionieren der automatischen Anlagen zu überwachen. Oder das Nichtfunktionieren, um genau zu sein. Denn seit zwei Monaten gab es ständig Pannen bei der Energieübertragung.

Noch drei Minuten.

Yoshiko hatte ihren Platz an der Erdbeobachtung eingenommen. Ich riskierte einen kurzen Seitenblick. Sie drehte an Schaltern, drückte Tasten und war ganz bei der Sache, als wenn nichts gewesen wäre. Dann bemerkte ich einen mahnenden Blick von Moriyama, dem Kommandanten, und widmete mich angelegentlich wieder meinem Kontrollpult. Wenn nur nicht alles so groß in Japanisch und nur so klein – und unvollständig – in Englisch beschriftet gewesen wäre! Auch nach all den Jahren in den Diensten der japanischen Raumfahrt tat ich mich mit dem Lesen der japanischen Schrift immer noch schwer. Okay, ich konnte die Tageszeitung von Tokio entziffern, die wir täglich heraufgefaxt bekamen, aber in der Zeit, die ich für die Titelseite brauchte, hatte ich früher die *New York Times* einmal ganz durchgelesen.

Noch zwei Minuten.

»Hawaii, hier spricht die Raumstation NIPPON. Bitte kommen.« Das war Sakai, der für Funk, Datenübertragung und allgemeine Kommunikation zuständige Operator. Ein verschlossener, humorloser und ziemlich unangenehmer Zeitgenosse, den ich noch nie mit jemandem aus der Crew ein längeres Gespräch hatte führen sehen. Wahrscheinlich hatte er sich beruflich der Kommunikation verschrieben, weil er sie privat absolut nicht beherrschte. Auch dass er fließend Englisch sprach, änderte daran nichts.

»NIPPON, hier Hawaii«, drang die Stimme des Funkers unten an der Empfangsanlage aus dem Lautsprecher. »Wir haben Sie geortet.«

»Hawaii, wir sind bereit für den Empfang Ihres Leitstrahls in« – er blickte auf die Missionsuhr – »einer Minute und vierzig Sekunden.«

»Bestätigt. Wir sind synchron.«

Ein meckerndes Lachen quittierte diese Durchsage. Sie

stammte von James Prasad Jayakar, dem Computerspezialisten, den auf seinen eigenen Wunsch hin alle nur Jay nannten. Er war der Sohn eines indischen Physikers und einer englischen Kybernetikerin und vor kurzem direkt von Cambridge weggekauft worden. Wenn man sich nicht an seinem, vorsichtig ausgedrückt, ziemlich eigenwilligen Charakter stieß, war gut mit ihm auszukommen, und wenn man bedachte, dass diese Dienstschicht – er war mit dem vorletzten Shuttle vor vier Monaten an Bord gekommen – sein erster Aufenthalt im Weltraum war, dann hielt er sich erstaunlich gut.

Alle Augen fixierten nun die Missionsuhr. Die Sekunden verstrichen so langsam, als ginge der Zeit ausgerechnet jetzt der Sprit aus.

In Hawaii ging in diesen Minuten die Sonne unter, und von dort aus gesehen tauchten wir am nördlichen Horizont auf, als winziger, aber mit bloßem Auge gut sichtbarer Punkt am klaren Abendhimmel. In wenigen Augenblicken würden sie uns einen Laserstrahl entgegenschicken, der genau auf unseren Energiesender gerichtet sein würde. Und an diesem Laserstrahl entlang sollte unsere Energie hinab zur Erde fließen, um dort von einem riesigen Empfängergitter aufgenommen zu werden, das, beinahe einen Quadratkilometer groß, nördlich der kleinen Insel Nihoa im Pazifik dümpelte.

Das hatte auch schon funktioniert. Nur seit zwei Monaten war der Wurm drin.

Noch fünfundvierzig Sekunden.

Jeder denkt, das Aussehen der Raumstation sei leicht zu beschreiben, solange er es noch nicht versucht hat. Klar, man weiß, dass es sich um eine Versuchsstation handelt, die hauptsächlich gebaut wurde, um verschiedene Aspekte der Energiegewinnung aus Sonnenlicht und der Übertragung von Energie aus dem Weltraum zur Erde zu erforschen und die zugehörige Technologie zu entwickeln. Und man kann sich auch denken, dass die Raumstation dazu ziemlich große Flächen haben muss, die im Volksmund als Solarzellen oder Sonnenpaddel bezeichnet werden. Was man sich aber nicht denken kann, ist, *wie* groß diese Flächen tatsächlich sind.

Am eindrücklichsten fand ich eine Beschreibung, die einmal in einem von der japanischen Raumfahrtbehörde herausgegebenen Prospekt stand. Stellen Sie sich vor, hieß es dort, Sie hätten eine kreisrunde Scheibe feinen weißen Papiers, einen halben Meter im Durchmesser, gerade so groß, dass ein Erwachsener sie mit ausgestreckten Armen umfassen kann. Durch den Mittelpunkt dieser Scheibe sei eine kleine Nadel gesteckt. Der winzige Kopf dieser Nadel – das ist die eigentliche Raumstation. Hier leben, arbeiten und schlafen die Mitglieder der Besatzung; hier werden wissenschaftliche Experimente aller Art gemacht, und hier sind auch alle Maschinen untergebracht, die zur Versorgung mit Wasser und Atemluft erforderlich sind. Die Spitze der Nadel ist in Wirklichkeit eine hundertfünfzig Meter lange, ölbohrturmartige filigrane Stabkonstruktion, an deren Ende der Energiesender sitzt. Und die Papierscheibe – das sind die Solarzellen.

Nur dass es keine Solarzellen im herkömmlichen Sinn sind. Es handelt sich um eine hauchdünne Folie, die nur unter Schwerelosigkeit hergestellt werden kann – und die wir deshalb hier an Bord herstellen –, die zwischen lächerlich mageren Trägern aufgespannt ist und die eine Energieausbeute von ungefähr hundert Watt je Quadratmeter liefert. Und dieser Quadratmeter hat, inklusive der Träger und Energieleitungen, eine Masse von durchschnittlich gerade mal zehn Gramm – weitaus weniger als Papier also.

Und das Ganze ist wirklich *riesig*. Es schneidet unser Sichtfeld buchstäblich in zwei Hälften. Wenn wir in der Station aus einem Fenster sehen, sehen wir ringsum diese endlose, wie frisch gefallener Schnee schimmernde Fläche, die bis zum Horizont reicht, und darüber den halben Sternhimmel. Und um diese Jahreszeit auch nur die halbe Erde, die immer am Rand der Scheibe entlangwanderte.

Man kann im Weltraum, wo alle Belastungen durch Schwerkraft und Luftwiderstand wegfallen, wirklich riesenhafte Gebilde bauen, ohne Probleme zu bekommen. Mitsubishi Industries dachte zurzeit darüber nach, die nächste Version einer Solarstation zu sponsern, unter der Auflage, dass die Sonnenfläche in Form des Mitsubishi-Firmenlogos und so groß gebaut würde, dass sie mit bloßem Auge von der Erde aus gesehen werden konnte. Ich weiß auch genau, was sich Coca-Cola und McDonald's zu diesem Thema ausgedacht hätten, wenn sie heute noch die Firmen gewesen wären, die sie in meiner Jugend gewesen waren.

»Noch zehn Sekunden«, sagte Moriyama.

Ich starrte meine Anzeigeinstrumente an und bedauerte, nicht aus dem Fenster schauen zu können, was ich sonst oft tat bei den Übertragungsmanövern. In dem Moment nämlich, in dem die darin erzeugte Energie *floss*, wurde die sonst blendend weiße Fläche auf einmal tiefschwarz, und vor dem Hintergrund des Alls wirkte das, als verschwände sie von einem Moment zum anderen spurlos.

»Wir empfangen den Leitstrahl!«, verkündete Sakai. »Energie frei!«, befahl Moriyama.

Das galt mir. Ich legte den entsprechenden Hebel um und bildete mir ein, dass ein feines Rucken durch die ganze Station ging. Die Anzeigen wanderten rasch in die grünen Bereiche. »Energie fließt«, verkündete die Stimme Iwabuchis aus dem Lautsprecher der Bordsprechanlage.

»NIPPON, hier Hawaii. Wir empfangen Sie mit zwei Prozent der Nennleistung.«

»*Go-fun*. Wir warten fünf Minuten, dann erhöhen wir«, ordnete Moriyama an.

»Hawaii, hier Nippon«, sagte Sakai. »Wir senden für fünf Minuten nur den Orientierungsstrahl.«

»Verstanden, Nippon.«

Gespanntes Schweigen. Es war nichts zu hören, kein Wummern von Maschinen, kein Surren und kein Rattern, nichts. Was die normale sinnliche Wahrnehmung anbelangte, hätte alles ebensogut ein Computerspiel sein können.

Jay brach das Schweigen mit dem Wort, das alle gefürchtet hatten. »Vibrationen.«

Ein Fluch auf Japanisch, der sicher nicht für unsere Ohren gedacht war, kam über die Sprechanlage. Iwabuchi. Ich verstand kein Wort, aber Yoshiko neben mir schien zu erröten. »Strahl beginnt zu wandern«, sagte sie dann, »ist aber noch im Zielbereich.«

»Vibrationen werden stärker«, verkündete Jay.

»Strahl verlässt den Zielbereich!«, rief Yoshiko. Unter der Konsole vor mir ertönte ein hässliches, schnappendes Geräusch, ein Geräusch wie von einer Axt, die ein Halteseil mit einem Hieb kappt, und auf einem Bildschirm erschien eine rot blinkende Meldung, dass die automatische Abschaltung erfolgt war, weil die Steuerung des Energiestrahlers den Leitstrahl verloren hatte.

»Abschaltung«, blieb mir zu verkünden, obwohl alle das Geräusch gehört hatten und seit Wochen genau wussten, was es bedeutete.

»Nippon, hier Hawaii. Wir empfangen Sie nicht mehr.«

»Hawaii, wir hatten eine Notabschaltung infolge Zielverlustes«, erwiderte Sakai.

Ein halb unterdrückter Fluch, den diesmal *ich* verstand und die anderen nicht, Jay vielleicht ausgenommen. »Könnt ihr euch nicht mal etwas Originelleres einfallen lassen, Nippon?«

Moriyama schaltete sich ein, wohl weil er wusste, dass Sakai mit derlei launigen Bemerkungen nichts anzufangen wusste.

»Hawaii, hier Moriyama. Haben Sie die Wanderbewegungen des Strahls registriert?«

»Ja. Wir können Ihnen die Aufzeichnungen hochschicken.«

»*Dozo*. Tun Sie das bitte.«

»Wollen Sie es noch einmal probieren?«

»Nein, das hat keinen Zweck. Wir müssen erst den Verlauf des heutigen Versuchs analysieren. Ehe wir keine neuen Anhaltspunkte für die Fehlerursache haben, werden wir nur wiederholen, was wir ohnehin schon wissen.«

»In Ordnung, NIPPON. Dann bis in zwei Tagen wieder?«

»*Hai*«, sagte Moriyama. »Bis in zwei Tagen.«

Eine Weile behielt er in einer Haltung dumpfen Brütens die Hand am Mikrophonschalter. Wir schalteten unsere Geräte ab, soweit das erforderlich war, und sahen ihn abwartend an. »Hat jemand einen Vorschlag zu machen?«, fragte er schließlich.

»Wir könnten . . .«, begann Jay sofort, wurde aber vom Kommandanten scharf unterbrochen.

»*Sie* habe ich dabei nicht gefragt, Mister Jayakar! Was Sie tun werden, steht bereits fest. Sie werden aufhören zu essen und aufhören zu schlafen und jedes einzelne Bit an Aufzeichnungen überprüfen, das wir von diesem Versuch haben, und Sie werden bis zum nächsten Rendezvous mit Hawaii den *Fehler* gefunden haben. Von Ihnen will ich keine Theorie und keinen Vorschlag, sondern schlicht und einfach *den Fehler!* Haben wir uns verstanden?«

Jay atmete einmal geräuschvoll ein und ebenso geräuschvoll wieder aus und sagte dann behutsam: »Ich denke, das war unmissverständlich, Sir. Zum Glück habe ich vor dem Versuch noch einmal feste Nahrung zu mir genommen . . .« Er löste seine Karabinerhaken. »Ich gehe an das Terminal im Maschinendeck.«

Wir sahen ihm nach, wie er sich von Handgriff zu Handgriff

bis zum Türschott hangelte, das bereitwillig vor ihm auffuhr und sich hinter ihm zischend wieder schloss.

Moriyama atmete seufzend aus. »*Shitsurei shimash'ta.* Wir stehen unter Druck. In ein paar Tagen kommt der Shuttle, und falls wir irgendwelche Geräte oder Teile benötigen, um den Fehler zu beheben, sollte uns das möglichst vorher einfallen, sonst müssen wir wieder zwei Monate warten.«

Dazu fiel niemandem von uns etwas ein. Sakai wirkte, als ginge ihn das Ganze nichts an; er beobachtete den Bildschirm, der die Übertragung der Aufzeichnungen aus Hawaii protokollierte.

»*Ma*«, meinte Moriyama schließlich. »Das war's für heute. Ich danke Ihnen. *Arigato gozaimas.*«

Als wir uns losschnallten, fügte er beiläufig hinzu, gerade so, als sei ihm das eben eingefallen: » *Chotto,* Mister Carr, Sie würde ich gerne noch einen Moment in meinem Büro sprechen.«

Yoshiko sah mich an, ich sah Yoshiko an. Mister Carr. So nannte er mich nur, wenn es ernst wurde. Ich sah, wie ein gehässiges Grinsen Sakais Mundwinkel umspielte.

Kapitel 3

Das Büro des Kommandanten war ein kleiner Verschlag am Ende des Stationsmoduls, das die Steuerzentrale beherbergte. Hier erledigte er die Verwaltungsarbeit, die mit der Führung der Raumstation verbunden war. Man hätte nur mit Mühe zwei Telefonzellen aus dem Raum machen können, so eng war er, und die Wände waren übersät mit Papieren, festgeklammerten Ordnern, Übersichtstafeln und eng bekritzelten Faxmeldungen, alle mit Magneten festgepinnt. Ein kleiner Schreibtisch war an der Wand befestigt, und daneben ein ganz normaler Personalcomputer mit flachem Bildschirm, Kanji-Tastatur und einem Tintenstrahldrucker.

»Nehmen Sie Platz«, sagte Moriyama.

Er hatte zwei ›Hühnerstangen‹ in seinem Büro, wie wir die dünnen Plastikgestelle nannten. Sie waren ebenfalls magnetisch am Boden verankert und hatten kleine Sitzkissen am oberen Ende, auf denen man sich mit den Karabinerhaken seines Bordanzugs festzurren konnte. Auf diese Weise wurde das Becken fixiert, und für Schreibarbeiten oder beim Essen war dies eine angenehme und bequeme Körperhaltung.

Ich schnallte mich also fest und erwartete eine Standpauke wegen meines ungezügelten Sexuallebens.

»Mister Carr«, begann Moriyama, der sich gleichfalls festgeschnallt hatte, »Sie erinnern sich sicher, dass Sie hier an Bord als *Maintenance and Security Operator* angestellt sind.« Er sah mich nicht an dabei.

»Ja«, sagte ich. *Maintenance Operator* – das war die beschönigende Umschreibung für den Job eines Hausmeisters. Meine

Aufgabe war es, alles sauber und in Schuss zu halten. Keine leichte Arbeit und auch keine unwichtige, aber dass sie auch nur annähernd so angesehen war wie die irgendeines anderen Crewmitglieds, davon konnte keine Rede sein. Ich war die Putzfrau, basta.

»Ich spreche hier mit Ihnen«, fuhr der Kommandant fort, »in Ihrer Eigenschaft als Sicherheitsbeauftragter.«

Ich nickte nur noch. *Jetzt kommt es,* dachte ich, und meine Zunge schien plötzlich ausgetrocknet und am Gaumen festgewachsen zu sein.

»Ich glaube, es ist Sabotage«, sagte Moriyama.

Zuerst verstand ich überhaupt nicht, wovon er sprach. »Wie bitte?«

»Sabotage«, wiederholte der Kommandant. »Wir haben alle technischen Möglichkeiten durchprobiert, und es ist noch nicht einmal ein *Anhaltspunkt* für einen Fehler aufgetaucht. Die Steuerung der Energieübertragung hat lange Zeit funktioniert, und jetzt funktioniert sie nicht mehr. Ich denke, jemand hat sie sabotiert.«

Ich musste erst einmal erleichtert aufatmen, ehe ich etwas sagen konnte. Ich war wirklich darauf gefasst gewesen, mir höchst unangenehme Ermahnungen wegen meiner Affäre mit Yoshiko anhören zu müssen; Ermahnungen, in denen die Worte Pflichtvergessenheit und Unpünktlichkeit und dergleichen vorgekommen wären. Dann wurde mir bewusst, wie lächerlich meine Erleichterung war im Vergleich zu dem ungeheuerlichen Verdacht, den Moriyama gerade geäußert hatte.

»Aus welchem Grund sollte jemand unsere Versuche zur Energieübertragung sabotieren wollen?«, fragte ich, weil mir nichts Besseres einfiel.

»*Ano-ne*«, brummte Moriyama überrascht. »Da kann ich mir eine ganze Menge Gründe vorstellen. Wussten Sie, dass es bereits zwei Bombenattentate auf unser Versuchsgelände auf Hawaii gegeben hat? Natürlich kann man nichts beweisen, aber alles deutet darauf hin, dass hinter den Anschlägen dieser Verein seniler Schwachköpfe steckt, der sich *Gemeinschaft Erdöl exportierender Staaten* nennt und der immer noch nicht begriffen hat, dass in fünf bis zehn Jahren sein letztes Fass Öl abgefüllt sein wird.«

»Sie glauben, dass die OPEC uns einen Agenten an Bord geschickt hat?«

»Oder eine der Erdölgesellschaften. Denken Sie nur einmal daran, was alles an dunklen Machenschaften ans Licht kam, als die Exxon Corporation in Konkurs ging. Ich glaube nicht, dass die Konkurrenz besser ist. Wenn unser Konzept funktioniert, dann bricht das Solarzeitalter an, und das bedeutet das sichere Ende für jede Art von Energiegewinnung aus fossilen Brennstoffen. Mit anderen Worten, das sichere Ende für Shell, British Petroleum, Mobil, Texaco ...«

»... Nippon Oil ...«, warf ich ein.

»Das ist etwas anderes«, wies mich Moriyama zurecht. »Die japanische Industrie hat immer langfristig gedacht, die westliche dagegen immer nur bis zum nächsten Quartalsabschluss. Wäre es anders gewesen, wäre eine Raumstation wie diese schon vor zehn Jahren gebaut worden, und zwar unter der Regie aller amerikanischen Energieerzeuger.«

Ich nickte.

Ich sah Moriyama an, wie er da saß und auf ganz unjapanische Art die Dinge beim Namen nannte. Er musste an die fünfzig Jahre alt sein, und sein Haar begann schon an vielen Stellen weiß zu werden. Auf eine natürliche Weise strahlte er Autorität aus, und er war der Einzige an Bord, mit dem ich mich auf der Erde gern in irgendeiner Kneipe getroffen hätte, um über die Welt und das Leben zu diskutieren. Er hatte mir einmal erzählt, dass er ein paar Jahre in Santa Barbara, Kalifornien, studiert hatte, und wir hatten herausgefunden, dass wir uns im Sommer 1990 zur gleichen Zeit im Flughafen von San Francisco aufgehalten haben mussten. Er war damals zurück nach Japan geflogen, ich dagegen nach Kansas City, um mich von meinen Eltern zu verabschieden. Damals war ich Kampfflieger der US Air Force gewesen, und ich hatte einen Befehl in der Tasche getragen, der mich in die Wüste von Saudiarabien beorderte, zu einer Operation namens *Desert Shield* . . .

»Davon abgesehen«, fuhr er fort, »kann ich mir auch politische Gründe vorstellen. In Ihrem schönen Heimatland zum Beispiel gibt es viele Leute, die den Weltraum als amerikanisches Territorium betrachten. Grundsätzlich sind sie zwar dafür, dass die Menschen das All erobern, aber sie haben etwas dagegen, dass diese Menschen Schlitzaugen haben.«

Ich hob die Augenbrauen. »Dann müssten Sie eigentlich mich verdächtigen.«

Er sah mich an und lächelte. »Sie sind es nicht.«

»Woher wollen Sie das wissen?«

»*Dai rokkan*«, sagte er und klopfte sich mit dem Zeigefinger auf den Nasenflügel. »Spürnase. Sechster Sinn.«

Nun gut, was mich anbelangte, trog ihn sein sechster Sinn durchaus nicht. Ich ließ die Gesichter der Crew vor meinem inneren Auge Revue passieren. »Gibt es jemanden, den Ihr *dai rokkan* im Verdacht hat?«, fragte ich.

»Leider nicht. Bisher kann ich mich dem Problem nur auf rationale Weise nähern.« Und das war ihm nicht geheuer. Japaner legen sehr viel Wert auf ihre Intuition. Schlussfolgerungen, die auf rein logischem Weg zustande kommen, stehen sie sehr misstrauisch gegenüber.

Moriyama zog einen Ordner aus seinem Halteclip und schlug ihn auf. Darin war der Schichtplan eingeheftet. »Die Pannen fingen am vierten Tag nach dem Rückflug des letzten Shuttles an. Seither ist keine einzige Energieübertragung mehr geglückt. Was die Frage aufwirft, ob es etwas mit diesem

Schichtwechsel zu tun hat.« Die Raumstation wurde alle zwei Monate von einem Spaceshuttle angeflogen, das neue Vorräte brachte, neue Geräte für die wissenschaftlichen Versuche und die Ablösung für ein Drittel der neunköpfigen Mannschaft.

»Mit dem letzten Shuttle kam zum Beispiel Sakai.« Moriyama sah mich an und seufzte. »Ein merkwürdiger Mensch. Er versteht alles von Kommunikationstechnik, aber von allem anderen scheint er nicht die geringste Ahnung zu haben, und außergewöhnlich schwer von Begriff ist er außerdem. Ich frage mich manchmal, wie er die psychologischen Eignungstests bestanden hat.«

Ich versuchte, mir Sakai vorzustellen, wie er im Maschinendeck umherschlich und raffinierte Manipulationen an den Steuerungsautomaten vornahm, aber es gelang mir einfach nicht. »Iwabuchi kam auch mit dem letzten Shuttle«, fuhr Moriyama fort. »Und das ist ja nun der genialste Techniker, den ich je gesehen habe. Ich kann mir zwar nicht vorstellen, aus welchem Grund, aber er *könnte* es bewerkstelligen, dass die Steuerung nicht mehr funktioniert.«

Ich blickte auf den Schichtplan. Der dritte neue Name, der dort stand, war Yoshiko Matsushima.

»Aber selbstverständlich ist jeder andere auch verdächtig«, meinte der Kommandant. »Die zeitliche Übereinstimmung mit einem Schichtwechsel kann Zufall sein, oder ein Ablenkungsmanöver.«

»Wenn es Sabotage ist«, gab ich zu bedenken, »dann könnte es auch sein, dass uns einer der drei, die beim letzten Schichtwechsel von Bord gingen, das faule Ei hinterlassen hat.«

Moriyama starrte eine Weile nachdenklich auf das Blatt Papier vor sich. Dann klappte er den Ordner zu und stellte ihn neben sich in die Luft, wo er schweben blieb, unmerklich langsam in Richtung Tür driftend.

»Mir wäre es auch lieber, wenn ich nur Gespenster sähe,

Leonard«, sagte er. »Trotzdem – ich habe das Gefühl, dass irgendetwas an Bord nicht stimmt. Das Gefühl von Gefahr. Eine Staubwolke am Horizont. Ich möchte, dass Sie sich umsehen, unauffällig Augen und Ohren offen halten. Sie können sich überall in der Station aufhalten, ohne verdächtig zu wirken, und fast jeder an Bord unterschätzt Ihre Intelligenz. Meine Landsleute tun das, rassistisch wie sie nun einmal sind, wegen Ihrer Hautfarbe, und die anderen, weil Sie keinen akademischen Grad haben. Nutzen Sie das bitte aus.«

Über dieses Thema hatten wir uns schon öfters unterhalten. Moriyama kannte die andere Seite. Während seines Studiums in Kalifornien hatte er jobben müssen, in einem Restaurant, in dem auch seine reichen Kommilitonen verkehrten, und hatte das ganze Spektrum von Herabsetzung, Verachtung und Diskriminierung erlebt. Und seit ich in Japan lebte, hatte ich in Gedanken schon tausendmal meinem Freund Joe von der Fliegerakademie Abbitte geleistet, meinem Freund Joe, dem Schwarzen aus Washington, D.C., der mir vergeblich versucht hatte zu erklären, wie man sich fühlte als Neger, als Nigger, als Mensch zweiter Klasse. »Wenn dich jemand anschaut und du genau spürst, dass sein Blick nur bis zu deiner Haut reicht und keinen Millimeter tiefer, und du siehst, dass ihm das schon reicht, um dich zu beurteilen, dich in eine Schublade zu stecken – das ist Diskriminierung, und wenn du das nicht erlebt hast, dann weißt du nicht wie sich Ungerechtigkeit anfühlt.« Das pflegte er immer zu sagen, und ich hatte geglaubt, ihm mitfühlend zuzuhören, und überhaupt, *ich* war ja kein Rassist, denn ich hatte einen guten Freund, der schwarz war, und das machte mir überhaupt nichts aus. Aber ganz tief unten dankte ich natürlich dem Schicksal, dass es mich als Mitglied der Herrenrasse hatte zur Welt kommen lassen und mir damit diese Probleme erspart blieben. Nie im Leben hätte ich es für möglich gehalten, dass ich mich eines Tages wie ein Mensch zweiter

Klasse fühlen könnte, weil ich ein Weißer war. Aber trotz all ihrer wohlerzogenen Höflichkeit ließen es einen die Japaner, vor allem die jungen, nie vergessen, dass man nicht das unerhörte Glück gehabt hatte, als Japaner zur Welt zu kommen.

»Okay«, versprach ich. »Ich schnüffle ein bisschen herum.« Moriyama sah mir forschend in die Augen. Dann, als müsse er sich einen Ruck geben, öffnete er eine Schublade unter seinem Schreibtisch und nahm ein Blatt Papier heraus, das am Rand einen roten Streifen hatte.

»Ich bin mir nicht sicher, ob ich Ihnen meine Befürchtungen eindringlich genug habe deutlich machen können«, erklärte er mit ungewöhnlichem Ernst. »Deshalb will ich Ihnen eine Mitteilung zeigen, die ich vor vier Wochen erhalten habe und über die Sie bitte Stillschweigen bewahren. Sie kennen Professor Yamamoto?«

Ich nickte. Ich erinnerte mich dunkel an ein Seminar an der Universität von Tokio, auf dem er über verschiedene Konzepte raumgestützter Sonnenenergiegewinnung referiert hatte. Yamamoto hatte das Steuerungssystem des Energiesenders entwickelt, und wir hatten ihn um Rat fragen wollen, als die Störungen auftraten. Es hatte jedoch geheißen, er liege mit einem schweren Herzinfarkt im Krankenhaus und sei nicht ansprechbar.

Moriyama reichte mir das Blatt. Es war eine verschlüsselte Mitteilung, die er eigenhändig mit dem Code des Kommandanten entschlüsselt hatte:

VERTRAULICH. PROFESSOR YAMAMOTO WURDE VOR ZWEI WOCHEN VON UNBEKANNTEN AUS SEINEM WOHNHAUS ENTFÜHRT. ES FEHLT JEDE SPUR. WIR HALTEN DEN VORFALL EINSTWEILEN GEHEIM. ISA, TOKIO, SICHERHEITSABTEILUNG.

Ich starrte das Papier an. Jetzt spürte ich sie auch, die Staubwolke am Horizont. Den Geruch von Gefahr.

»Regt das Ihre Phantasie an?«, fragte Moriyama.

»Ja«, nickte ich und reichte ihm das Blatt mit dem roten Rand, auf dem in japanischen Schriftzeichen *Streng vertraulich* stand, zurück.

Ich war schon am Gehen, als er plötzlich sagte: »Ach, und wenn ich Ihnen noch einen Tipp geben darf, Leonard ...«

Ich fasste den Haltegriff neben der Tür und wandte mich noch einmal um. Moriyama lächelte plötzlich verschmitzt. Er hatte die ganze Zeit nicht gelächelt, seit wir den Raum betreten hatten.

»Von Mann zu Mann«, meinte er. »Achten Sie auf Ihren Bartwuchs. Ganz gleich, was sie Ihnen erzählen – japanische Frauen mögen keine Bartstoppeln.«

Ich fuhr mit der Hand über mein Kinn. Es kratzte wie Sandpapier. Jetzt musste ich auch grinsen.

»Danke«, sagte ich.

KAPITEL 4

Ich hatte eine kurze Dusche genommen – da die Japaner Reinlichkeitsfanatiker sind und es ihnen bei der Körperhygiene fast nicht heiß genug sein kann, verfügte die Raumstation trotz der ansonsten sehr beengten Wohnverhältnisse über eine geradezu gigantische Dampfduschkabine –, und nun stand ich nackt vor dem Spiegel im Waschraum, die Füße in den Bodenschlaufen eingehakt, und rasierte mich, während ich zu überlegen versuchte, wie ich vorgehen wollte.

Aus irgendeinem Grund war es ausgerechnet die Tätigkeit des Rasierens, die mich regelmäßig in Hochstimmung versetzte. Immer, wenn ich mein Gesicht im Spiegel betrachtete, während ich mir das Kinn mit Rasierschaum eincremte, wurde mir mit atemberaubender Klarheit bewusst, dass ich mich im Weltraum befand, dass hinter diesem Spiegel nur ein schmaler Wandschrank war, hinter dem Wandschrank ein paar dünne Rohre und elektrische Leitungen, dann noch eine daumendicke Isolierwand – und dahinter begann unmittelbar das allumfassende, unauslotbare Nichts, dieser unermessliche, leere Raum, der alle Sterne und Planeten enthielt, der größer war als jedes Menschen Vorstellungskraft, diese niemals endende Weite, von der niemand ahnen konnte, welche Wunder und welche Schrecken sie bereithielt für den, der es fertig brachte, sie zu bereisen. Ich hatte die äußerste Grenze erreicht. Mein Leben war nicht einmal ein Aufblitzen vor dem unendlichen Abgrund der Zeit, mein Körper nur ein schwaches, zerbrechliches, verletzliches Gebilde, und trotzdem war ich hier.

Doch die Euphorie, die ich dabei empfand, entsprang nicht

einem billigen Triumph, sondern einem Gefühl tiefster Übereinstimmung mit mir selbst. Wenn es etwas gab im Leben, von dem ich überzeugt war, dann davon, dass ich das *Recht* hatte, hier zu sein. Mit fast religiöser Inbrunst glaubte ich, dass das Universum es von mir *erwartete*. Ich weiß noch, wie mein Vater einmal bei einem nächtlichen Spaziergang zum Himmel deutete, an dem unglaublich viele Sterne leuchteten wie reinstes Geschmeide – ich muss damals ungefähr zehn Jahre alt gewesen sein, und wir lebten in einem verschlafenen kleinen Ort in Kansas, inmitten von Landwirtschaft und endlosem flachen Land –, und sagte: »Schau dir das an, Leonard, all diese Sterne. Wir Menschen sind wirklich nichts.«

Und ich stand da, den Kopf in den Nacken gelegt, ließ mein Herz vom Anblick des Firmaments wärmen und versuchte zu verstehen, was mein Vater wohl gemeint haben konnte. »Aber Daddy«, sagte ich schließlich, »wenn wir nicht da wären, um sie anzuschauen, würden die Sterne doch ganz umsonst leuchten.« In diesem Moment war mir klar geworden, dass wir Menschen keine Parasiten im Universum sind. Wir Menschen – oder, weniger anthropozentrisch gedacht, Wesen mit Bewusstsein – sind es, die der Existenz des Universums erst Sinn verleihen.

Okay, ich gebe zu, dass es eine Menge Leute gibt, bei denen man nicht das Gefühl hat, dass sie viel zu diesem Sinn beitragen. Vielleicht war es das Rasieren. In ihrer Blütezeit hatte die NASA, die amerikanische Raumfahrtbehörde, einige Millionen Dollar auf die Entwicklung eines weltraumtauglichen Trockenrasierers verwendet, der mittels einer Art eingebauten Staubsaugers die beim Rasieren entstehenden staubfeinen Bartpartikel zuverlässig einsaugen sollte, damit sie nicht durch die Luft schwirrten und in irgendwelchen elektronischen Anlagen Katastrophen anrichteten. Irgendwann hatte man diese Entwicklungen ergebnislos abgebrochen und schlicht verfügt, dass die Astronauten sich nass zu rasieren hätten: jeder handelsübliche Rasierschaum aus der Drogerie an der Ecke war imstande, die Bartpartikel zu binden und damit das Problem zu lösen. Und seither rasieren sich Raumfahrer, so sie es tun, nass.

Auf der Erde rasiere ich mich immer noch trocken. Ich hatte es bis zuletzt aufgeschoben, das Nassrasieren wenigstens einmal zu üben, und vor meinem ersten Shuttlestart, vor dem Abflug zum Tanegashima Raumfahrtgelände, hatte ich mir in einem kleinen amerikanischen Laden auf dem Flughafen von Tokio ein sündhaft teures Nassrasur-Set gekauft, von Gillette, wohl um mich meiner nationalen Identität zu versichern. Am ersten Morgen in der Raumstation machte ich dann zwei aufschlussreiche Erfahrungen: erstens, dass Schwerelosigkeit das Erlernen des Nassrasierens nicht erleichtert, und zweitens, dass Blut sich – anders als Wasser, das unter Schwerelosigkeit ziemlich große Kugeln bilden kann – in einen feinen roten Nebel verwandelt, und herzlichen Glückwunsch, wenn man den mit einem Schwamm wieder einsaugen muss.

Mit derlei Erinnerungen beendete ich meine Rasur, reinigte den Klingenkopf und packte alles in mein Fach. Dann wusch ich mir die Hände – man macht das im Weltraum mit Hilfe eines nassen Schwammes, betätigte die Heißluftbrause, um alle noch umherschwirrenden Wassertröpfchen zu beseitigen, und verließ die Waschzelle, um mich in meiner Kabine anzuziehen. Auf dem Weg dorthin kam ich an den Bodybuilding-Geräten vorbei, an denen wir regelmäßig trainierten, um den schädlichen Einwirkungen der Schwerelosigkeit vorzubeugen, Muskelschwund etwa, Brüchigwerden der Knochen oder einer Erscheinung, die man *orthostatische Intoleranz* nennt: der Effekt, dass nach der Rückkehr ins Schwerefeld der Erde das Gehirn unzureichend mit Blut versorgt wird, wenn man aufrecht steht. Natürlich funktionierten diese Geräte nicht mit Gewichten, wie dies in einem irdischen Fitness-Studio der Fall gewesen wäre, sondern mit Federn und hydraulischen Kolben, und die weitaus meisten Geräte befassten sich mit den Muskeln der unteren Körperhälfte: es war nicht Ziel, mit einem Schwarzenegger-Bizeps aus der Erdumlaufbahn heimzukehren, sondern die Beinmuskulatur, die bei Wegfall der Erdanziehung am schnellsten verkümmerte, in Form zu halten.

Es gab zwei Wohntrakte auf dem Crew-Deck, jeweils mit fünf Kabinen. Eine Kabine stand in der Regel leer, weil die Raumstation eine Normalbesatzung von nur neun Personen hatte, und wurde als Lagerraum benutzt. Während in meinem Trakt die Hygiene- und Fitnesseinrichtungen lagen, befand sich im anderen Trakt die so genannte Messe, das hieß die automatische Küche und ein kleiner Gemeinschaftsraum mit einem großen runden Tisch, an dem man essen, lesen oder magnetische Brettspiele spielen konnte. (Nach sieben Jahren in Japan spielte ich allerdings immer noch so schlecht Go, dass ich für die japanischen Crewmitglieder ein völlig uninteressanter Gegner war.) Natürlich gab es auch ein Videogerät und eine Sammlung – größtenteils japanischer – Videofilme.

Die Kabine wäre angenehm groß gewesen, wenn es sich dabei um einen Kleiderschrank gehandelt hätte – aber als Wohnraum war sie doch etwas beengend, obwohl man außer an Platz an nichts gespart hatte. Jede Kabine verfügte über einen Anschluss an die Datenbank des Bordcomputers, die genug Lesestoff bot, selbst wenn man während des halbjährigen Aufenthalts nichts anderes zu tun gehabt hätte als zu lesen, ferner über eine eigene Sprechanlage, eine teure Designer-Leselampe an einem biegsamen Hals, etlichen Stauraum für persönlichen Krimskrams und sogar ein Abspielgerät für diese neuartigen Micro-Discs: kleine Speicherelemente von der Größe einer Vierteldollarmünze, die sechzig Minuten Musik in CD-Qualität enthielten – die ideale Soundtrackmaschine für den Raumfahrer mit leichtem Gepäck.

Und eine kleine Sichtluke hatte meine Kabine, knapp handtellergroß. Ich schob die Blende beiseite und sah hinab auf die geplagte Erde, auf der es so viel unüberschaubarer zuging als früher. Wir überflogen gerade Afrika, und über dem Hoggar Massiv ging die Sonne auf. Wir sahen zurzeit immer nur Sonnenaufgänge oder Sonnenuntergänge auf der Erdoberfläche, weil die Raumstation die Erde auf einer von Pol zu Pol laufenden Kreisbahn umrundete, auf der sie selber die meiste Zeit des Jahres nicht in den Erdschatten eintauchte. Vielleicht lagen dort unten jetzt gerade Männer, die den Sonnenaufgang hinter den Läufen ihrer Maschinengewehre erlebten.

Ich musste an den Golfkrieg denken, in dem ich gekämpft hatte und der jetzt der Erste Golfkrieg genannt wurde, weil seit einigen Jahren der zweite Golfkrieg tobte, ein Flächenbrand, der die gesamte arabische Welt erfasst hatte, Nordafrika verheerte und dessen Flammen längst nach Europa und Russland züngelten. Seit bald einem Jahr belagerten die Dschijhadis die heilige Stadt Mekka, und manchmal, wenn wir Arabien überquerten, bildete ich mir ein, dass die Wüste rot war von Blut. Bilder tauchten in meiner Erinnerung auf, wie ich, gerade einundzwanzig Jahre alt und stark und selbstsicher, mit meinem Kampfflugzeug vom Deck des Flugzeugträgers gestartet war, um todbringende Bomben auf Ziele im Irak abzuwerfen, die der Computer vorgab, und wie die Irakis nicht den Hauch einer Chance hatten gegen mich und Gott auf meiner Seite war. Bilder von der Luftwaffenbasis in Bahrain und von der bildschönen, dunkeläugigen Dolmetscherin Fatima, deren Herz ich gewann, ich, der schlaksige Yankee aus Kansas. Damals war mir das alles andere als unglaublich vorgekommen; damals war ich ein Sieger gewesen, und Sieger kriegen die Mädchen, die sie wollen. Mein Vater hatte es nie verwunden, dass ich eine Araberin geheiratet hatte. Er wurde etwas versöhnlicher, als unser Sohn auf der Welt war, der den Namen

Neil bekam, weil ich im Jahr der Mondlandung geboren war, aber ich hatte immer das Gefühl, dass er erst aufatmete, als wir wieder geschieden waren. Vier Jahre hatte es gehalten, dann war Fatima zurückgegangen nach Arabien und hatte Neil mitgenommen. Neil, meinen Sohn. Manchmal hielt ich vom Weltraum aus Ausschau nach ihm, obwohl das völlig idiotisch war, und fragte mich, wie es ihm wohl ging. Der Krieg damals kam mir heute so vor wie das letzte Aufbäumen einer Epoche, deren Zeit vorüber war. In meiner Kindheit war alles so einfach gewesen. Auf der einen Seite waren die Amerikaner, die Guten, und auf der anderen Seite die Russen, die Bösen. Und alles war stabil und überschaubar gewesen, wir waren die Stärkeren, was nichts machte, weil wir ja zum Glück auch die Guten waren, und ab und zu fürchtete man sich ein wenig vor der Bombe. Das war alles. Aber dann verschwand das Reich des Bösen, einfach so, zerplatzte wie eine Seifenblase, und in den Jahren danach konnte man förmlich zusehen, wie Amerikas Bedeutung ebenfalls zerfiel, als hätte es des mächtigen Gegenspielers bedurft, um selber mächtig zu sein. Wir warfen alles weg, brachten uns selber um. Als Fatima und ich geheiratet hatten, hatte ich angefangen zu studieren, mit dem Ziel, Astronaut zu werden. Ganz naiv hatte ich mir gesagt, dass es unübersehbar war, dass die Menschheit die Grenzen des Planeten erreicht hatte und es folglich an der Zeit war, nach Wegen zu suchen, wie man darüber hinaustreten konnte – und dazu wollte ich beitragen. Ein bisschen war ich immer noch der Sieger. Aber dann sagte meine Regierung, nein, ganz falsch, wir geben die Raumfahrt auf, bleiben zu Hause und sparen Energie. Praktisch vor meiner Nase wurde 1999 die NASA aufgelöst, wurde die *Columbia* ins Smithsonian Museum in Washington gestellt und wurden die übrigen drei Spaceshuttles nach Japan verkauft. Ich spüre immer noch die Fassungslosigkeit, mit der ich einen Leitartikel der *New York Times* las, der diesen Verkauf als ›gutes Geschäft‹ und ›bedeutenden Beitrag zur Verbesserung der Außenhandelsbilanz‹ feierte.

Während ich einen frischen Overall überstreifte und den Clip mit meinem Namen an der Brust festmachte, gedachte ich wie so oft in Dankbarkeit meines alten Professors für Astronomie, Harry M. Wheeler, der alle seine Beziehungen hatte spielen lassen, um mir einen Job bei der NASDA, einer der beiden japanischen Raumfahrtbehörden, zu verschaffen. Ihm verdankte ich es, dass ich hier war, dass ich es doch noch geschafft hatte. Nicht als Sieger – man kann nicht sein ganzes Leben lang siegen. Aber immerhin erfolgreich. Ich hatte mit blutendem Herzen Abschied nehmen müssen von dem Land, das ich liebte, und ich hatte es geschafft, die Japaner schätzen zu lernen und in Japan so etwas wie heimisch zu werden. Mein jüngstes Erfolgserlebnis war kurz vor dem Start hier herauf gewesen, als ich erfuhr, dass ich mittlerweile auf der internen Präferenzliste des Personalbüros in meinem Fachgebiet *Maintenance and Security* zur allerersten Wahl aufgerückt war.

Security. Sicherheit war bisher kein Problem gewesen. Was die rein technische Sicherheit anbelangte, gab es keinen Raumfahrer, der sich damit nicht bestens auskannte. Und was andere Aspekte von Sicherheit anbelangte – mein Gott, es hatte noch nicht einmal einen Diebstahl auf der Raumstation gegeben! Und jetzt Sabotage? Beinahe schmerzhaft wurde mir klar, dass ich nicht die leiseste Ahnung hatte, wie ich vorgehen sollte. Ich war schließlich kein Privatdetektiv. Und wenn auch nur eine der Befürchtungen Moriyamas zutraf, dann spielten sich hier Dinge ab, die mehrere Nummern zu groß für einen Amateur waren.

Plötzlich fiel mir ein Bruchstück des Textes ein, der zu der Melodie gehörte, die ich während des Anziehens vor mich hin gesummt hatte: *What goes up, must come down* . . . Ein Text aus einem alten Song; ich wusste nicht mehr, von wem. Ich verließ meine Kabine und machte mich auf den Weg. Es sah ganz so aus, als würde ich meinen Nummer-1-Platz nicht lange halten. Als ich mich von Haltegriff zu Haltegriff den Gang entlangzog, kam es mir vor, als sei es plötzlich wärmer geworden, aber ich wusste, dass das nur meine Angst war.

Kapitel 5

Die Raumstation ist ein Gebilde, zusammengesetzt aus zahlreichen zylinderförmigen Modulen, die jeweils eine Länge von maximal dreizehn Metern und einen Durchmesser von etwas mehr als vier Metern haben: genau die Dimensionen, die es erlauben, ein solches Modul fertig vormontiert mit einem Spaceshuttle in die Erdumlaufbahn zu transportieren. Das Herz der Station ist der so genannte *Knotentunnel,* zwei Module, die der Länge nach aneinander befestigt sind und deren Verbindungsstelle besonders verstärkt ist, weil sie außerdem noch die gesamte, riesige Sonnenfläche trägt. Der Knotentunnel ist das, was in einem irdischen Gebäude das Treppenhaus wäre. Er ist zum größten Teil leer, bis auf einige kleinere Wandschränke oder in unwichtigen Ecken befestigte Gerätschaften, und ist durch insgesamt drei quer zu seiner Längsrichtung verlaufende Rippen versteift. Von diesem Tunnel, der die Längsachse der Station darstellt, führen Druckschotte in die verschiedenen Labor- und Wohnmodule. Diese Druckschotte sind normalerweise geschlossen, öffnen sich jedoch automatisch, wenn man sich ihnen nähert. Lediglich falls die Sensoren einen Druckabfall in einem der Module registrieren würden, würde das entsprechende Schott vom Computer verriegelt werden.

Das ist ein Grundprinzip jeder Raumstation, das aus der Seefahrt stammt. Man muss immer mit der Möglichkeit rechnen, von einem größeren Meteoriten getroffen zu werden, und bereits ein Gesteinsbrocken von der Größe eines Daumengliedes – was, wie man hinzufügen muss, extrem selten vorkommt – könnte bei den für diese himmlischen Geschosse üblichen Geschwindigkeiten enorme Beschädigungen anrichten. Wenn aber ein Leck in einer Außenwand entsteht, durch das die Atemluft ins All entweicht, kann durch Schließen der Schotte wenigstens der Rest der Station gerettet werden.

In der Schwerelosigkeit stellt der Gleichgewichtssinn seine Funktion zum größten Teil ein, was zur Folge hat, dass es keine Unterscheidungen zwischen oben und unten gibt. Das Auge dagegen (das unter Schwerelosigkeit interessanterweise sogar *besser* funktioniert) versucht nach wie vor, sich an gewohnten Strukturen zu orientieren. An Bord der NIPPON neigte man automatisch dazu, die große Solarfläche als ›Ebene‹ wahrzunehmen, über die sich die eine Hälfte der Station erhebt, während die andere Hälfte sich darunter zu befinden scheint. Ganz ›oben‹ war für uns das Crewdeck. Hier war das Modul angeflanscht, das die Steuerzentrale enthielt (die meistens ›Brücke‹ genannt wurde in Anlehnung an die Seefahrt), außerdem die beiden Wohnmodule. Das vierte Modul fehlte; während die beiden Wohnmodule einander genau gegenüber lagen, gab es gegenüber der Brücke nur einen kurzen Stummel, an dem zwei Manipulatorarme befestigt waren, die auf Sicht gesteuert werden konnten. Man benutzte sie meistens, um die Shuttles auszuladen, die an die Raumstation andockten. Die Koppelschleuse hierfür befand sich an der Stirnwand des Knotentunnels.

Das nächste Deck war das Labordeck. Hier waren alle Ausbaumöglichkeiten ausgeschöpft; vier Module ragten in alle vier Himmelsrichtungen. Das Modul, das unter den Manipulatoren lag, also dem Sonnenlicht fast voll ausgesetzt war – im Gegensatz zu den anderen Modulen, die im Schatten der darüber liegenden Wohnzylinder lagen –, beherbergte das biologische Labor, in dem Versuche an Pflanzen und Tieren vorgenommen wurden. Zurzeit hatten wir zwar keine Tiere an Bord, aber es gab eine Menge Käfige und Instrumente für entsprechende Versuche. Ein großer Teil der übrigen Laboratorien befasste sich mit Mikrogravitations-Forschung.

Etwas anderes, das man für viele wissenschaftliche Zwecke brauchen kann und das man im Weltraum praktisch kostenlos zur Verfügung hat, ist ein Vakuum von hervorragender Qualität. Am Ende eines der Module befand sich für Versuche im Vakuum eine freie Plattform, die über eine Schleuse bestückt und mit einem kleinen Manipulatorarm bedient werden konnte. Abgesehen davon brachte fast jedes Shuttle neue Versuche und die dazu erforderlichen Geräte mit; das zog immer ausgedehnte Umbauten in den Laboratorien nach sich und natürlich entsprechende Revierkämpfe zwischen Wissenschaftlern der verschiedenen Disziplinen. Zurzeit beherbergten wir kleine Laboratorien für Strahlenphysik und Atmosphärenforschung.

Das nächste Deck war das Maschinendeck, und das lag nun schon ›unterhalb‹ der Solarfläche – ›auf der dunklen Seite‹, wie wir zu sagen pflegten. Wenn man dort aus dem Luk schaute, war wirklich alles dunkel: Kein Sonnenlicht erreichte diese Module, es war praktisch nur die Nachthälfte der Erde zu sehen, und die riesige Rückseite der Solarfläche war von erdrückend stumpfem, bleigrauem Glanz. Auch hier gab es vier Module. In einem waren die Anlagen zur Versorgung der Station mit Atemluft und Wasser untergebracht (natürlich gab es außerdem in jedem einzelnen Modul entsprechende Notaggregate, die so ausgelegt waren, dass sie das Überleben der Besatzung bis zum Eintreffen eines Rettungsshuttles ermöglichen konnten), in einem zweiten die Aggregate, die mit der Erzeugung der Sonnenenergie und der Übertragung auf die Erde zu tun hatten. Ein Modul beherbergte die Anlage, mit der die Solarfolie hergestellt werden konnte. Und es gab auch ein Labor hier, nämlich das zur Erd- und Raumbeobachtung. Die Raumstation bot jedoch, seit die Solarfläche so über alle

Maßen gewachsen war, dass sie nun, egal wo man aus dem Fenster sah, die Hälfte des Sichtfeldes in Anspruch nahm, keine besonders guten Bedingungen für entsprechende Forschungsarbeiten. Sie waren auf der dunklen Seite untergebracht, weil auf der hellen Seite der Raumstation der strahlendweiße Glanz der Solarfläche die Beobachtungen noch mehr beeinträchtigt hätte. Für Beobachtungen des tieferen Weltraums stand ein fernsteuerbares Radioteleskop zur Verfügung, das in etwa zehn Kilometer Entfernung frei im Raum schwebte. Ich hatte allerdings noch nicht gehört, dass irgendjemand damit irgendwelche besonders aufregenden Dinge entdeckt hätte; die Beobachtung war wohl doch eher ein ungeliebtes Stiefkind der Raumstation.

Am unteren Ende des Knotentunnels war der Turmausleger befestigt, ein fragiles, kirchturmgroßes Stahlrohrgebilde, an dessen Ende wiederum der Energiesender saß. Man hätte noch eine vierte Ebene einrichten können, bisher war dies aber noch nicht geschehen. In der ›untersten‹ Ebene gab es nur eine kleine Mannschleuse, ansonsten waren die entsprechenden Anschlussstellen des Knotentunnels noch verschlossen. Wir bewahrten die Raumanzüge hier unten auf, weniger aus praktischen Überlegungen heraus als vielmehr infolge unserer Platzprobleme. Abgesehen von dem einigermaßen geräumigen Knotentunnel fühlte man sich überall in der Raumstation, als krabble man von einem überfüllten Camping-Wohnwagen in den nächsten.

Als ich das Versorgungsmodul erreichte, in dem ich auch meine Reinigungsgeräte aufbewahrte, fand ich Tanaka vor, den stellvertretenden Kommandanten. Er verharrte vor den Anzeigekontrollen der Bord-Luftversorgung und studierte sie mit einer merkwürdig unangemessenen Intensität. Vielleicht war es aber auch nur ein Vorwand, um meine Anwesenheit ignorieren zu können. Seine Familie stammte ursprünglich aus Nagasaki, und er war auf Amerikaner nicht gut zu sprechen. Ich öffnete den Wandschrank und holte den Dampfreiniger heraus sowie eine Anzahl von Wischtüchern und einen Beutel für Abfälle, den ich am Gürtel befestigen konnte. Tanaka starrte noch immer auf die Kontrollen. Vielleicht hatten sie ihn hypnotisiert. Außerdem, zum Teufel, was hatte er hier unten eigentlich zu suchen? Er war Operator für Energiesysteme, und die Lebenserhaltungsaggregate waren verdammt noch mal *mein* Gebiet.

»Stimmt etwas nicht, Sir?«, fragte ich.

Er wandte den Blick von den bunten Leuchtbalken ab und sah mich an, und er schien nicht ausgesprochen glücklich, mich zu sehen. »Die Luft auf der Brücke«, begann er zögernd. »Sie ist . . . stickig. Woran kann das liegen?«

Stickig? Es klang, als hätte er eigentlich nach einem anderen Wort gesucht, das ihm aber nicht eingefallen war.

In Gedanken ließ ich das komplexe Geflecht der zur Bordversorgung gehörenden Atemluftleitungen vor meinem inneren Auge vorüberziehen. Es gab tausend Dinge, an denen das liegen konnte. »Haben Sie Zirkulation auf der Brücke?«, fragte ich.

»Zirkulation?«

»Ich meine, kommt Luft aus den Gittern der Klimaanlage?«

Tanaka zog zischend die Luft zwischen den Zähnen ein und stieß sie wieder aus. Er sah aus wie der typische karrierebesessene Japaner, mager, nervös und immer angespannt. »Ich weiß nicht«, gestand er.

Ich glitt näher und ließ meinen Blick über die Kontrollinstrumente gleiten. Luftdruck war überall normal, Durchfluss ebenfalls, die Temperatur war in Ordnung, und alle Querventile waren geöffnet. Es gab keinen sichtbaren Grund, warum die Luft in der Steuerzentrale stickig sein sollte und sonst nirgends. »Ich kümmere mich darum, Sir«, meinte ich schließlich. »Hier ist nichts außergewöhnlich. Ich komme nachher auf die Brücke und schau es mir an.«

»Das wäre sehr freundlich«, nickte Tanaka. Ohne ein weiteres Wort hangelte er sich an mir vorbei und glitt hinaus.

Ich starrte selber noch eine Weile auf die Kontrolltafel. Die Bordversorgungssysteme waren robust und ausgereift und hatten einen Perfektionsgrad erreicht, von dem die Astronauten der ersten Raumflüge nicht einmal zu träumen gewagt hätten. Es war in den letzten Jahren kein Fall mehr bekannt geworden, in dem die Lebenserhaltungssysteme irgendwelche ernsthaften Probleme bereitet hätten.

Würde ein Saboteur an der Versorgung mit Atemluft herumfingern? Welchen Sinn konnte so etwas haben? Schließlich hing sein eigenes Leben ebenso davon ab wie das unsere.

Ich griff nach meinem Dampfreiniger, der immer noch in der Nähe des Schotts durch die Gegend schwebte, und fing die umherdriftenden Wischtücher wieder ein. Zwecklos, sich verrückt zu machen. Ich betätigte den Schalter, der das Schott auffahren ließ.

Draußen fing mich Yoshiko ab. Schon beim Herunterkommen war mir aufgefallen, dass das Schott zum Raumbeobachtungslabor offen gestanden hatte; sie musste mich bemerkt haben.

»Und?«, wollte sie wissen. »Was hat Moriyama gesagt?«

»Dass ich mehr putzen soll«, log ich trocken.

Sie sah mir misstrauisch ins Gesicht. »Es ging nicht um uns?«

Ich hielt ihrem Blick stand. Ich kann gut lügen, wenn ich es drauf anlege. »Das dachte ich zuerst auch, aber er hat es mit keinem Wort erwähnt. Dafür hat er mir eine Liste vor die Nase gehalten, so lang wie mein Unterarm, was er alles am Zustand der Station zu bemängeln hat.«

»*So desu ka*? Na ja, umso besser.«

Ich beschloss, das Thema zu wechseln. »Was treibst du?«

»Ach, ich starre mit dem Radioteleskop Cygnus A an und finde nichts, was nicht schon tausend Leute vor mir gefunden haben«, meinte sie geistesabwesend. »Ich hänge grade ein bisschen durch, was meine Arbeit betrifft.«

»Das kann ich mir leider nicht erlauben. Aber vielleicht hast du ja Lust, mir zu helfen?«

Sie lächelte ihr sanftes asiatisches Lächeln. »Ach, so schlimm ist es auch wieder nicht . . .«

Ich konnte sie nicht ansehen, ohne dass mein Körper sich an unsere gemeinsamen Ekstasen erinnerte. Aber es war eine unausgesprochene Regel unserer Beziehung, dass die Initiative von ihr ausgehen musste.

»Na ja«, sagte ich mit unbeholfenem Lächeln. »Ich muss an die Arbeit.«

»Ja«, erwiderte sie. »Ich wohl auch. *Mata.*« Wenigstens einen Kuss hätte sie mir geben können. Wenigstens eine kurze Berührung. Aber sie angelte nur nach dem nächsten Haltegriff, warf mir einen letzten Blick zu und schwebte davon, und ihr herrliches langes Haar wirbelte hinter ihr her, als wäre sie Arielle, die Meerjungfrau.

Also gut, ich wusste ja, dass Yoshiko außerhalb des Liebesnestes niemals küsste. Und außerdem hatte ich jetzt wirklich andere Sorgen. Ich öffnete das Schott zum Solarenergiemodul, wo ich Iwabuchi wusste.

KAPITEL 6

Taka Iwabuchi und James Jayakar waren in eine heftige wissenschaftliche Diskussion vertieft, als ich hereinkam, und beachteten mich überhaupt nicht – wie man eben den Hausmeister ignoriert, der abends kommt, um die Papierkörbe zu leeren.

»Interferenz?«, fragte Jay gerade und fuhr sich mit gespreizten Fingern durch das wild zerwühlte Haar. »Irgendeine Beeinflussung des Laserstrahls durch den Energiestrahl?«

»Völlig unlogisch.«

Iwabuchi war ein Berg, ein Schrank von einem Mann, und die Intelligenz sprühte ihm förmlich aus allen Knopflöchern. Mit hellwachen Augen musterte er den indisch-britischen Kybernetiker, der, in eine Wolke von schlangengleich verdreht in der Luft hängenden Computerlisten, frei schwebenden Handbüchern und fliegenden Schreibstiften eingehüllt, auf einer Sitzstange vor seinem riesigen Computerbildschirm festgeschnallt saß.

»Es muss irgendetwas geben, das sich vor zwei Monaten verändert hat«, beharrte Iwabuchi und gab einem dicken Nachschlagewerk, das allzu aufdringlich vor seinem Gesicht umherdümpelte, einen sanften Stoß mit dem ausgestreckten Zeigefinger. »Vorher hat es funktioniert, und seither funktioniert es nicht mehr. Frage: Was hat sich verändert?«

»Die Größe der Solarfläche.«

»Minimal. Und das hat nur Auswirkungen auf die Menge der maximal möglichen Energie, während die Vibrationen bereits bei minimaler Energie entstehen.«

»Und Interferenz halten Sie für völlig ausgeschlossen?«,

wollte Jay wissen. »Ich bin kein Physiker, aber sowohl der Laser als auch der Energiestrahler senden elektromagnetische Wellen ...«

»Ich bin auch kein Physiker«, versetzte Iwabuchi gelassen, »aber selbst wenn es ein physikalischer Effekt wäre, ist nicht einzusehen, warum er vor acht Wochen noch nicht aufgetreten sein soll.«

Ich hörte der Unterhaltung der beiden zu, während ich Abfall einsammelte, mit meinem Dampfstrahler Wände und Boden bearbeitete, problematische Stellen von Hand nachwischte und mich bemühte, völlig harmlos zu wirken. Ich befand mich gerade hinter Iwabuchi und polierte einige Rohrleitungen, als dieser sich umdrehte und beiläufig meinte: »*Chotto*, Leonard, der blaue Sack dorthinten enthält Abfall, der wegkann.«

Ich wäre fast zusammengezuckt, schaffte es aber, mich beinahe ebenso beiläufig umzusehen, einen kleinen blauen Plastiksack auszumachen, der mit einem Stück Schnur an einer Strebe festgezurrt war, und zu sagen: »Ah ja, in Ordnung.«

»Die Frage, Mister Jayakar«, fuhr Iwabuchi dann fort, während ich weiter in einigen schmierigen Wandlöchern herumpulte, »ist ganz einfach und immer dieselbe: was hat sich verändert? Was hat sich in Ihren Programmen verändert?«

Aus den Augenwinkeln sah ich, wie Jay missmutig auf die unendlichen Programmzeilen starrte, die über seinen Schirm huschten. »Mein Gott, was habe ich verändert ...?«, wiederholte er, in einem Tonfall, als spräche er mit sich selbst. »Nichts, was ich nicht inzwischen schon unzählige Male rückgängig gemacht habe.«

»Sind Sie sicher?«, bohrte Iwabuchi.

»Sicher?«, brauste Jay auf. »Natürlich bin ich mir *nicht* sicher! Wer kann sich schon sicher sein bei Software? Das sind Millionen von Programmzeilen, und unzählige Programmierer haben daran herumgestrickt, gute und schlechte, geniale und sorgfältige, alles, was Sie wollen.«

»Wir müssen in Ihrer Software anfangen zu suchen, Jay«, beharrte Iwabuchi ruhig.

Jay seufzte. »Das versuche ich doch seit Stunden, Ihnen klarzumachen. Genau das müssen wir tun. Wir müssen Zeile für Zeile durchgehen, wir beide, und uns genau klarmachen, was sie tut.«

Dieses Modul war das einzige, das durch keinerlei Trennwand unterteilt war. Der zylinderförmige Raum, der einem das Gefühl vermittelte, sich im Inneren eines Unterseebootes zu befinden, wurde beherrscht von den großen, dunklen Aggregaten in der Mitte, die links und rechts jeweils nur einen schmalen Durchgang freiließen, von armdicken schwarzen Rohren, die sich an grau schimmernden Kühlrippen entlangschlängelten, von wirren Kabelsträngen, die mit dünnen Plastikbändern verzurrt waren, von Schaugläsern und japanisch beschrifteten Signallampen und langen Reihen von winzigen Hebeln und Schaltern. An einer Stelle, die für die Verhältnisse hier besonders geräumig war, stand das Computerterminal, und dort hielten die beiden ihren Kriegsrat ab. Iwabuchi hatte sich mit den Füßen unter einer abgeschirmten Energieleitung verkantet und vergnügte sich damit, während der Unterhaltung mit einem kleinen Schraubenzieher zu spielen, der in seinen gewaltigen Pranken wie ein Kinderspielzeug aussah. Er drehte ihn, wie viele Weltraumingenieure das tun, möglichst schnell um seine Längsachse, indem er den Schaft zwischen Daumen und Mittelfinger zwirbelte, ließ ihn dann los, um ihn nach einigen Augenblicken wilden, schwebenden Tanzes wieder einzufangen. Ich zwängte mich auf der anderen Seite der Aggregate vorbei, um in den hinteren Teil des Moduls zu gelangen.

»Und wenn wir uns doch noch einmal den Energiesender

genau anschauen?«, fragte Jay vorsichtig. »Vielleicht gibt es doch etwas, das wir übersehen haben ... ein winziger Meteoritentreffer am Sensor, irgendetwas in der Art ...?«

»Wie oft denn noch?« Iwabuchi schüttelte den Kopf. »Ich war jetzt schon zweimal draußen und habe nichts gefunden. Wir sind mit der Montageplattform um den Sender herumgekurvt und haben jede Ecke mit der Kamera inspiziert und nichts gefunden. Glauben Sie mir, ich habe viel im freien Raum gearbeitet, und ich weiß, wie ein Meteoritentreffer aussieht. Wenn ich irgendeinen Sinn darin sehen könnte, würde ich diese mörderische hundertfünfzig Meter Kletterpartie auch noch ein drittes Mal auf mich nehmen, aber nicht, wenn ich jetzt schon weiß, dass ich nichts finden werde.«

»Und wenn vielleicht Tanaka oder Kim ...«

Iwabuchi fing den Schraubenzieher mit einer kurzen, schnappenden Geste ein und richtete seine Spitze auf Jay, als halte er ein Schwert in der Hand. »Was verbergen Sie, Dr. Jayakar?«, fragte er mit gespieltem Groll, der dennoch aufkeimende Verärgerung durchscheinen ließ. »Was haben Sie dagegen einzuwenden, dass wir uns Ihre Programme genauer anschauen?«

»Nichts«, wehrte sich Jay lahm. »Aber ist Ihnen klar, was für eine langwierige Angelegenheit das werden wird? Ich suche doch nur nach einem Strohhalm – einer Möglichkeit, das Rätsel anders und schneller zu lösen ...«

»Das gibt es eben manchmal nicht«, erwiderte Iwabuchi. »Außerdem, was regen Sie sich auf? In zwei Monaten kommt Ihr Shuttle, und Sie können den ganzen Mist Ihrem Nachfolger vererben. Ich dagegen habe noch volle vier Monate vor mir ...«

Jay stierte eine Weile blicklos vor sich hin. »Morgen«, sagte er dann und begann, die Bücher und Schriftstücke, die um ihn herumschwebten, einzufangen und in Schubladen und an Halteclips zu deponieren. »Lassen Sie uns morgen früh damit anfangen, Iwabuchi. Ich muss erst etwas geistigen Anlauf nehmen ...«

»In Ordnung«, sagte der stämmige japanische Ingenieur.

Jay schnallte sich los und verschwand. Iwabuchi wandte seine Aufmerksamkeit einem kleinen Schaltpult zu. Fröhlich summend konsultierte er ein dickes Handbuch, das nicht so wollte wie er und immer wieder davonglitt, bis er es schließlich kurzerhand mit ein paar Klemmen an einem dünnen Querträger befestigte. Dann verstellte er ein paar der Schalter und kontrollierte das Resultat dieser Manipulation auf dem Bildschirm eines kleinen Computermessgeräts, schüttelte nachdenklich den Kopf und machte die Veränderungen wieder rückgängig, um es mit einer anderen Kombination zu versuchen.

Meine Anwesenheit schien er völlig vergessen zu haben. Und ich fand auch nur noch mit Mühe irgendwelche Stellen, die meiner pflegerischen Hand bedurft hätten. Ich beschloss, dass es an der Zeit war, weiterzuziehen. Was immer der von Moriyama als ›genial‹ bezeichnete Ingenieur da gerade treiben mochte, ich verstand ohnehin nichts davon. Er hätte unter meinen Augen eine Atombombe scharf machen können, ohne dass ich es bemerkt hätte. Ich begann meine Wischlappen einzusammeln.

»Sie denken an den Abfallsack?«, meinte Iwabuchi plötzlich in halblautem Plauderton, ohne mich anzusehen und ohne seine Tätigkeit zu unterbrechen.

Ja«, erwiderte ich erschrocken. »Sicher.« Er hatte mich also doch nicht übersehen. Ich fühlte mich ertappt, wie ein Lauscher am Schlüsselloch einer Tür, die überraschend geöffnet wird, und wurde beinahe rot. Vielleicht auch, weil ich den Sack tatsächlich vergessen hätte.

Ich band ihn los und befestigte ihn an meinem Gürtel. Dann schnappte ich meinen Dampfreiniger und meine Lappen und verließ den Maschinenraum.

Kapitel 7

Ich nahm den Abfallsack mit in das gegenüberliegende Bord-versorgungsmodul, sortierte seinen Inhalt in die verschiede-nen Deponier- und Kompostiereinrichtungen, reinigte das Innere des Sacks und verstaute ihn im Vorratsbehälter. Tanaka fiel mir wieder ein.

Vielleicht war es an der Zeit, einmal auf der Brücke nach dem Rechten zu sehen.

Das Schott zur Steuerzentrale stand sperrangelweit offen, als ich dort ankam. Und es roch tatsächlich etwas merkwürdig. Tanaka hatte sich ungenau ausgedrückt: Die Luft war nicht muffig oder abgestanden – sie war vielmehr von einem eigen-artigen Geruch durchdrungen.

»Es ist besser geworden, seit wir lüften«, erklärte Tanaka. »Eine Zeitlang war es nicht auszuhalten.«

Ich schnüffelte, kam aber nicht darauf, woran mich der Geruch erinnerte. Es roch staubig, wie im Inneren einer Gruft, die seit Jahrhunderten nicht geöffnet worden war, gleichzeitig aber auch wie Holz, wie ein Lagerfeuer aus Sargbrettern. Merkwürdig. Ich glitt zu den Zuführungsschlitzen der Lüftung und strich mit den Fingern daran entlang. Kühle Luft wehte heraus, wie immer, und als ich mit der Nase näher kam, roch ich nichts Besonderes. Es war einfach ganz normale, frische Luft – soweit man im Zusammenhang mit unserer künstlich erzeugten, vielfach aufbereiteten, sauerstoffangereicherten Unterdruck-Bordatmosphäre von frischer Luft reden durfte.

»Alles normal«, sagte ich und überlegte.

Unter anderen Umständen wäre das kein besonders aufregender Vorfall gewesen, und ich hatte dergleichen auch schon oft erlebt. An Bord einer Raumstation gab es buchstäblich Tausende von möglichen Ursachen für eigenartige Gerüche, und die weitaus meisten davon waren harmlos. Zu den ernsteren Ursachen zählten schmorende Kabel oder durchbrennende Bauteile, aber das waren Gerüche, die man kannte und die sich auch in Funktionsstörungen niedergeschlagen hätten. »Funktionieren alle Geräte?«, fragte ich trotzdem.

»Ja«, sagte Tanaka.

»Hmm«, machte ich. Ich war einigermaßen ratlos. Noch einmal glitt ich schnüffelnd die ganzen Kontrollpulte und Schaltschränke ab, in der Hoffnung, die Quelle des rätselhaften Geruchs ausfindig zu machen, bevor dieser sich ganz verflüchtigt hatte. Ohne Erfolg. Das Schott zum Büro des Kommandanten ging auf, und Moriyama streckte den Kopf heraus. »Sind Sie das, Leonard?«

»Ja.«

»Dieser Geruch – haben Sie eine Idee, woher der kommen könnte?«

»Bis jetzt nicht«, gestand ich. »Aber ich arbeite daran.«

Moriyamas Gesicht wirkte etwas verquollen. Vielleicht hatte er gerade ein Nickerchen gemacht. Es gingen Gerüchte, dass er sich manchmal zu diesem Zweck in seinem Büro einschloss.

»Halten Sie mich auf dem Laufenden«, meinte er und wollte sich wieder zurückziehen.

»*Sumimasen*, Kommandant, diese Meldung kam vorher von NASDA«, rief Tanaka hastig und kam mit einem kleinen Blatt Papier angepaddelt, das er Moriyama reichte.

Der las, was darauf stand, und seine Miene verdüsterte sich. Sie wechselten ein paar Sätze in schnellem, für mich nahezu unverständlichem Japanisch, dann meinte Moriyama: »Man kann nichts machen. Geben Sie es der Crew bekannt.«

Damit verschwand er wieder in seinem Verschlag.

Tanaka kehrte gemächlich zurück an seinen Platz. Er musste meinen fragenden Blick im Rücken brennen gespürt haben, denn er drehte sich um, ehe er sich festschnallte, und erklärte: »Es gibt Probleme mit dem Shuttle. Der Start wird sich wahrscheinlich um mindestens eine Woche verzögern.«

Nun ja, auch das kam häufig vor. Da waren zunächst einmal die Wirbelstürme. Wirbelstürme liebten Japans Küsten. Wenn ein Taifun mit Windgeschwindigkeiten von zweihundert Stundenkilometern über den Osaki-Startkomplex hinwegdonnerte, dann war es nicht ratsam, ein Shuttle an der Startrampe stehen zu haben, geschweige denn zu versuchen, damit zu starten.

Selbst bei Windstille blieben so viele Möglichkeiten, die eine Startverzögerung verursachen konnten, dass man sich nachgerade wundern musste, dass überhaupt jemals ein Shuttle von der Erde wegkam. Das reichte vom Auftreten handfester Funktionsstörungen beim Probelauf der Triebwerke über die Entdeckung von Haarrissen in den wichtigen Bauteilen, die routinemäßig mit Ultraschall untersucht wurden, bis hin zu verwaltungstechnischen Banalitäten wie dem verspäteten Eintreffen der zu transportierenden Fracht. Die Lieferanten, die die Raumstation belieferten, erstarrten inzwischen keineswegs mehr vor Ehrfurcht ob der Ehre, dass ihr Milchpulver, ihre Bananen, ihre Handtücher oder ihr Klopapier mit Millionenaufwand an den exklusivsten Arbeitsplatz der Welt transportiert wurden. Da wurde hart verhandelt und gefeilscht, und manchmal stellte es sich heraus, dass ein Einkäufer der NASDA Lieferanten mit etwas zu großzügiger Einstellung ausgewählt hatte, was Liefertermine anbelangte.

Und, alles in allem, es war ja nicht *meine* Ablösung, auf die wir warten mussten.

Tanaka machte eine entsprechende Durchsage über die Bordsprechanlage.

Währenddessen fiel mein Blick auf den großen Wandbildschirm mit der Weltkarte, auf dem ein großes Fadenkreuz den Punkt auf der Erdoberfläche markierte, den wir im Moment überflogen. Wir waren gerade über Neuseeland. Das hieß, wir mussten vor kurzer Zeit den Funkbereich der japanischen Post passiert haben ...

Ich hangelte mich rasch hinüber zu Sakai, der reglos an den Kommunikationsanlagen saß, die Kontrollen im Auge behielt und dabei die Gelassenheit eines schlafenden Ochsenfrosches ausstrahlte. Mit seinem schütteren Haar erinnerte er mich an einen Zen-Mönch bei einer Meditationsübung, und er ließ mit keiner Miene erkennen, ob er meine Annäherung registrierte. Vielleicht meditierte er tatsächlich. Mein hoffnungsvoller Blick erspähte einige Faxe, die neben ihm in einer speziellen Klammer an der Wand hingen.

Private Briefe an die Besatzungsmitglieder der Raumstation wurden per Fax übermittelt. Im Prinzip konnte uns jeder schreiben – die Raumstation hatte sogar eine eigene Postleitzahl –, aber in der Praxis war es eine Sekretärin der NASDA, die alle Briefe öffnete und diejenigen aussortierte, die tatsächlich an Bord übertragen wurden, wenn die NIPPON in den japanischen Funkbereich kam. Alle übrigen Briefe bekamen wir nach der Rückkehr auf die Erde in einem mehr oder weniger handlichen Bündel überreicht. Wir blieben also von Werbesendungen und anderer Alltagspost verschont; nur die Briefe eines von uns zu benennenden Personenkreises – und gegebenenfalls termingebundene Mitteilungen wie Zahlungsbefehle, Mahnungen oder dergleichen – erreichten uns direkt. Eine der zahllosen Unterschriften, die vor jedem Start zur Raumstation zu leisten waren, bestätigte unsere Einwilligung zu dieser teilweisen Aufhebung des Fernmeldegeheimnisses. »Haben Sie Post für mich, Sakai-*san*?«, fragte ich. Jeden Tag fragte ich, und jeden Tag wurde ich enttäuscht.

Auch heute war ein ganz normaler Tag.

»Tut mir leid, Leonard-*san*«, entgegnete Sakai gleichgültig.

Es gab mir einen Stich. Es gab mir immer einen Stich, und er ging von Tag zu Tag tiefer. Und es machte mir Angst.

»Danke«, sagte ich, obwohl mir eher nach Schreien zumute war.

Mein Blick blieb an einem träge glitzernden Tropfen hängen, der am Schaltschrank neben Sakais Kommunikationseinrichtungen hing, ungefähr in Kniehöhe, genau in der Ritze zwischen zwei Schalttafeln. Er sah aus wie Kondenswasser. Kondenswasser? In unserer chronisch zu trockenen Bordluft? Ich löste meinen Clip von der Brust und fing den Tropfen vorsichtig damit auf.

Er hatte eine eher ölige Konsistenz, und als ich daran schnupperte, roch er auch irgendwie … ölig. Er blieb gut an meinem Namensclip haften.

»Was ist hinter diesen Schalttafeln?«, fragte ich.

Sakai musterte mich unwillig. »Die Reservesteuerung für die Montageplattform, ein Reservecomputer zur Messdatenauswertung – lauter Reservegeräte.«

»Kann man sie aufschrauben?«

»Sicher«, erwiderte er trocken. »Wozu wären sonst all die Schrauben da?«

Tanaka mischte sich ein und wollte wissen, was ich gefunden hatte. Ich zeigte ihm den Tropfen auf meinem Clip.

»Mich interessiert, woher der kommt«, erklärte ich. »Er scheint hier aus der Ritze herausgequollen zu sein.«

»Sie glauben, er kommt aus einem der Geräte?«

»Vielleicht.«

Tanaka musterte mich zweifelnd. Eigentlich musterte er mich, wenn ich zurückdachte, fast immer zweifelnd – gerade so, als frage er sich, was jemand wie ich an Bord dieser Raumstation, unter all diesen fähigen und intelligenten Menschen, verloren hatte.

Was ihn in diesem Augenblick zweifeln ließ, war meine Idee, die Schalttafeln abzuschrauben. Man schraubte nicht einfach Schalttafeln ab. Wie dies zu geschehen hatte, dafür gab es genaue Vorschriften; es gab Handbücher und technische Dokumentationen, die vor einem solchen Schritt zu konsultieren waren, die Arbeit musste ferner von einem zugelassenen Raumingenieur ausgeführt werden, und beim Wiedereinbau galt es eine Fülle von Sicherheitsvorkehrungen zu beachten, Checklisten waren abzuhaken und dergleichen. Kurzum, mein Vorhaben war eines, das einen hoch qualifizierten, hoch bezahlten und wichtigen Mann wie zum Beispiel Iwabuchi, Tanaka oder Sakai mehrere Stunden in Anspruch nehmen würde.

»Ist Ihnen klar, was das für ein Aufwand wäre?«, fragte Tanaka also. Seine Nasenflügel bebten dabei nervös. Alles an diesem Mann schien dünn und nervös zu sein.

»Ja.«

»Was rechtfertigt diesen Aufwand?«

Tja. Das wusste ich auch nicht. Ich hatte keinen logisch stichhaltigen, rational zwingenden Grund vorzuweisen. Es war nur ein Gefühl, nur ... *dai rokkan.*

»Ich weiß nicht, ob der Aufwand zu rechtfertigen ist«, gestand ich. »Nicht, ehe wir die Tafel abgeschraubt haben.«

Tanaka sah mich an, als habe er es mit einem tollwütigen Schimpansen zu tun. »*Sonna bakana!*«, zischte er durch die geschlossenen Zähne. »Die Schalttafeln bleiben, wo sie sind, *wakatakka?*«

»*Hai*«, nickte ich ergeben. Er war der Boss. Zumindest der zweite Boss.

»Wahrscheinlich«, warf Sakai ein, »handelt es sich um einen Tropfen meines Hautöls.« Wir sahen ihn überrascht an, und er wirkte ungewöhnlich nervös, als er Tanaka gegenüber eine devote Verbeugung andeutete und an ihn gerichtet fortfuhr: »*Domo sumimasen.* Als Sie vorhin im Maschinendeck waren, habe ich für einen kurzen, aber selbstverständlich unentschuldbaren Moment meinen Posten verlassen, bin in meine Kabine gegangen und habe mir Gesicht und Hände eingecremt. Ich wollte diese nichtswürdige Verfehlung gestehen, ehe aufwendige, aber sinnlose Maßnahmen eingeleitet werden.«

Die verschraubten Phrasen japanischer Höflichkeit faszinierten mich immer wieder.

»Nun, Carr«, meinte Tanaka, schon weit weniger höflich – aber ich war ja auch nur ein blassgesichtiger, ungehobelter *gai jin* –, «da hören Sie es. Hautöl. Ich denke, damit ist der Fall erledigt.«

»*Hai*, Kommandant«, nickte ich. Den Clip mit dem fraglichen Tropfen in der Hand, verließ ich ohne ein weiteres Wort die Brücke. Mein Ziel war das materialwissenschaftliche Labor im Maschinendeck. Dort wusste ich Dr. Kim Chong Woo von der Universität von Seoul. Kim hatte eines der modernsten Analysegeräte, das für Geld zu kaufen war, in seinem Labor stehen, und er würde mir sicher den Gefallen tun, den Tropfen zu analysieren.

Und *fuck you*, Kommandant Isamu Tanaka, wenn es etwas anderes war als Hautöl!

KAPITEL 8

Kim Chong Woo hatte, obwohl Koreaner, ein flaches, pocken-
narbiges Gesicht von eher chinesischem Typus, und das
Lächeln darauf schien ein untrennbarer Bestandteil seiner
Gesichtszüge zu sein. »Es wird mir sein eine große Ehre, Mister
Carr«, radebrechte er sofort, als ich ihm mein Ansinnen vor-
trug, nahm mir den Clip aus der Hand und applizierte den Öl-
tropfen darauf in eine haarfeine Glaskapillare, die er wiederum in einen röhrenförmigen Probenträger aus Edelstahl
steckte. Das Ganze schob er in die Aufnahmeöffnung eines
unscheinbaren Gerätes, dem man die Millionen, die es gekostet haben musste, überhaupt nicht ansah, und drückte einen
Knopf. Das unscheinbare Gerät begann summend zu arbeiten.

»Es wird dauern«, lächelte er. »Längeren Zeitraum.«

»Gut«, meinte ich, während ich den Clip abwischte und wieder an meinem Overall festklemmte, »ich kann ja warten. Lassen Sie sich nicht in Ihrer Arbeit stören.«

»Sie stören überhaupt nicht«, beeilte Kim sich zu versichern. Er zögerte trotzdem ein wenig, ehe er sich wieder vor
seiner Versuchsanordnung festschnallte. »Wird wichtiger Bestandteil meiner Habilitationsarbeit«, erklärte er. »Sie wissen,
was eine Habilitationsschrift ist?«

Ich nickte gequält. Kim konnte mich leiden, aber auch er
hielt mich für beschränkt. »Ja«, sagte ich. »Sie wollen Professor
werden.«

Er nickte begeistert. »Professor für Metallurgie an Universität von Seoul. *Weltraum*-Metallurgie.«

In diesem Moment waren harte, schabende Kratzgeräusche

von den Wänden des Labormoduls her zu hören, als schlage jemand von außen mit einem Schraubenschlüssel dagegen in der Hoffnung, eine brüchige Stelle zu finden. Nein, es waren mehr als ein Schraubenschlüssel. Sechs mindestens, und sie klopften und scharrten sich die Wand entlang auf das freie Ende des Moduls zu.

»Aha«, lächelte Kim. »Das ist Spiderman. Möglicherweise Sie haben Lust, Spiderman zu beobachten bei seiner Tätigkeit, Mister Carr?«

»Gute Idee«, meinte ich. Ich zog mich an eine der Sichtluken und öffnete die Blende, sodass ich hinaussehen konnte.

Spiderman war der Spitzname des Montageroboters, der unablässig, Tag und Nacht, jahraus, jahrein über die Solarfläche krabbelte und mit der unerschöpflichen Geduld einer Maschine an ihrer Vervollständigung arbeitete. Er sah aus wie eine große mechanische Spinne. Sein Körper war ein schmales, ungefähr rechteckiges Gebilde von annähernd drei Metern Länge, das neben der Energieversorgung und dem Steuerungscomputer vor allem zwei Greifzangen trug, die imstande waren, genau eine der Folienrollen zu transportieren, wie sie aus Kims automatischer Schmelze kamen. Am Kopfende äugten zwei beweglich montierte Kameras aufmerksam umher, und rechts und links des Körpers gab es jeweils drei sehr lange, sehr dünne Spinnenbeine, mit deren Hilfe sich der Roboter fortbewegte. Daher kam der Name.

Spiderman war im Unterschied zu unserer großen, fernlenkbaren Montageplattform nicht imstande, sich frei fliegend durch den Raum zu bewegen, weil er eben *nicht* ferngelenkt war, sondern sich vollkommen selbst steuerte und eine schwebende Fortbewegungsweise die Fähigkeiten seines Computersystems überfordert hätte. Er hatte Magnete und zangenartige Greifinstrumente an den Enden seiner Beine, mit deren Hilfe er sich ausnehmend elegant an der Trägerstruktur der

Solarfläche entlanghangelte. In all den Jahren hatte er noch nicht ein einziges Mal danebengegriffen oder den Halt verloren, und das hieß einiges, denn Spiderman war noch ein gutes Stück älter als die ganze Raumstation.

Ursprünglich hatte es zehn dieser Roboter gegeben, die den Ausbau der riesigen Solarfläche weitgehend selbständig bewerkstelligt hatten. Die anderen neun Roboter hatte man eines Tages, als der größte Teil des Solargenerators fertig gestellt gewesen war, wieder zur Erde zurückgeschafft; Spiderman war der Letzte seiner Art. An ihm hatte man testen wollen, wie lange ein Roboter im Weltraum funktionstüchtig bleiben kann. Mittlerweile aber schien es fraglich, ob irgendeiner der an diesem Test beteiligten Wissenschaftler sein Ende jemals erleben würde, denn Spiderman arbeitete und arbeitete und arbeitete unermüdlich und ohne Unterlass. Er war ursprünglich einmal silberweiß lackiert gewesen, doch inzwischen hatte die gnadenlose Sonne seine Oberfläche regelrecht braungekocht. Seine einstmals klaren Kameralinsen begannen sich zu trüben von der Partikelstrahlung. Trotzdem ließ er sich nicht davon abhalten, emsig über die schneeweiße Ebene rings um die Station zu krabbeln, immer wieder neue Folie zu holen und mit seinen langsamen, aber geschickten Greifwerkzeugen auch die letzten leeren Stellen in der Struktur der Solarfläche zu füllen.

So auch jetzt. Es war immer wieder faszinierend, den Roboter bei seiner Tätigkeit zu beobachten. Er krabbelte ans Ende des Moduls, bis er seinen ›Leib‹ genau über dem länglichen Schlitz der Ausgabeschleuse platziert hatte. Dann betätigte er mit einem seiner Greifarme eine breite Taste, und das Schott der Ausgabeschleuse fuhr auf. Spiderman kontrollierte mit einem raschen Blick einer seiner Kameras, ob auch eine Rolle Folie darin lag. Dann senkte er seinen Leib auf die Öffnung herab, die Greifzangen packten die Folie, und noch während der Leib des Roboters wieder nach oben federte, schloss sich die schmale Schleuse wieder, und die Maschine, die in einem vakuumisolierten Raum untergebracht war, der die hintere Hälfte des materialwissenschaftlichen Labors beanspruchte, fing automatisch an, neue Solarfolie herzustellen. Und Spiderman stakte majestätisch den Weg zurück, den er gekommen war.

»Silizium«, erklärte Kim begeistert. »Billigstes Rohmaterial. Überall zu finden, auf jedem Planeten. Hier wir schaffen große, zusammenhängende Kristallgitter. Unsere Folie könnte auf der Erde nicht hergestellt werden, wegen der Schwerkraft, und sie würde sich zersetzen in der normalen Atmosphäre. Nur wir können sie herstellen, nur wir können sie benutzen. Kein Exportartikel, was?«

Er lachte. Wahrscheinlich sollte das ein Witz gewesen sein, und ich nickte lächelnd. Im Prinzip war die Folie nichts als eine Weiterentwicklung der herkömmlichen Solarzelle, die Licht in elektrischen Strom umwandelte. Im Prinzip. Genauso hätte man sagen können, der Megabytechip sei im Prinzip eine Weiterentwicklung der Elektronenröhre.

»Waren Sie dabei beim Bau der Station, Mister Carr?«, wollte Kim wissen. Ich verneinte.

»Ah!«, machte er bedauernd. »Ich war. Großartige Arbeit. Großer Ring wurde ringsumher gespannt, aus lauter kleinen Plastikteilen. Dann man spannte ein Kabel, das mittendurch ging durch alle diese Plastikteile, und – zack, Ring war stabil. Wie indischer Seiltrick, nicht wahr? Dann wir verspannten Ring mit der Station, mit vielen Drähten. Leichtbauweise Und zogen Folie auf. Mit Hilfe der Roboter. Es war sehr großartig, dabei zu sein, zu erleben. Eines Tages, Mister Carr, man wird riesige Gebäude bauen in der Erdumlaufbahn – denken Sie an meine Worte!«

Ich verstand nicht alles, was er sagte, aber ich hatte Berichte über den Bau studiert. Man hatte eine Fülle interessanter

Technologien für den raschen Bau großer Gebäude unter Schwerelosigkeit erprobt, und tatsächlich hatte man nur fünf Shuttleflüge gebraucht, um die Solarfläche zu realisieren.

»Na, unsere Station ist doch schon ziemlich riesig«, warf ich ein.

»Bah!«, machte er mit einer wegwerfenden Geste. »Nichts ist sie, wenn man vergleicht mit dem, was möglich ist. Wir haben zu niedrige Umlaufbahn für größere Bauten. Zu viel Widerstand durch restliche Luftmoleküle. Brauchen regelmäßig Raketen für Bahnkorrektur. Größere Gebäude brauchen höhere Umlaufbahnen, weiter weg von der Erde. Und wir müssen bauen aus Metall, nicht aus Kunststoffen.«

»Metall?« Irgendwie war mir klar, dass ein Metallurg so etwas sagen musste.

Kim sah sich argwöhnisch nach allen Seiten um, als planten wir gerade eine Verschwörung oder dergleichen und hätten Lauscher zu fürchten, dann winkte er mich her. »Ich Ihnen zeige etwas, Mister Carr, ein Geheimnis. Sie bewahren es in Ihrer Brust?«

Er machte mich neugierig, und ich nickte. »Ich schweige wie ein Grab«, versprach ich, während ich mich zu ihm an seinen Arbeitstisch hangelte.

»Gut.«

Er öffnete eine Klappe und zog einen länglichen Gegenstand heraus, ungefähr einen Meter lang, eingewickelt in ein weißes Tuch und mit drei grünen Kordeln verschnürt. Kim löste die Kordeln und schlug das Tuch dann feierlich zurück. Verblüfft starrte ich auf das, was sich meinen Blicken darbot. Ich hatte mir nicht überlegt, was Kim mir wohl zu zeigen hatte, aber ganz bestimmt hatte ich nicht das erwartet, was sich jetzt meinen Blicken darbot. Nicht so etwas ... *Archaisches.*

Es war ein Schwert.

»Das«, erklärte Kim mit weicher, fast liebevoller Stimme,

während er zärtlich über die glänzende Klinge fuhr, »ist ein Schwert, wie es noch nicht gesehen hat die Welt. Seine Klinge besteht aus monokristallinem Metall. Jedes der alten Samuraischwerter könnte man damit in Stücke hauen. Man könnte Damaszenerklingen zerschneiden wie Butter. Es ist schade, dass keine Ritter mehr leben: Das wäre das beste Schwert aller Zeiten – geschmiedet im Weltraum.«

Ich starrte das Schwert an, dann starrte ich ihn an. »Wozu haben Sie das hergestellt?«

Kim zuckte die Schultern. »Für meine Habilitationsarbeit. Für den Vortrag vor der Akademie von Tokio.« Er fing wieder an, es behutsam einzupacken. »Und weil ich es wollte.«

»Ohne Schwerkraft«, fuhr er fort, als wolle er seinen Vortrag an mir erproben, »werden die Kristallgitter von Metallen beim Abkühlen aus der Schmelze viel größer und viel regelmäßiger. Die Festigkeit herkömmlicher Metalle wird bestimmt von der Festigkeit zwischen den einzelnen Metallkristallen. Innerhalb des Kristallgitters ist die Festigkeit viel, viel größer. Wenn ein Metall versagt, reißt es entlang der Trennlinie zwischen den einzelnen Kristallen. Wenn es eine solche Trennlinie nicht gibt, weil das gesamte Metall ein einziger Kristall ist, nun . . .«

Fasziniert beobachtete ich den kleinen Wissenschaftler, dessen Blick mit einem Mal ins Unendliche zu gehen schien, durch die Wände des Labors hindurch, der mich vergessen hatte und Dinge sah, die mir verschlossen bleiben mussten. »Eines Tages«, prophezeite er bedächtig, »wird es Bergwerke auf dem Mond geben. Man wird Metallerze finden und fördern, und man wird das rohe Erz mit gewaltigen elektrischen Katapulten in den Weltraum schleudern, aus dem schwachen Schwerefeld des Mondes heraus. Das Erz wird in der Umlaufbahn eingefangen und zu Metallen von unvorstellbarer Qualität verarbeitet werden. Wir müssen es nur tun. Das Rohmaterial ist da. Die Energie ist da. Unermesslich viel Energie. So viel

Energie gibt es im Weltraum, dass man sich *schützen* muss davor...«

Ein widerlicher elektronischer Summton, mit dem der Analysator den Abschluss seiner Arbeit anzeigte, unterbrach Kims Vision. Seufzend verstaute der Metallurg sein Tuchbündel wieder in der Lade und schnallte sich los.

»Interessanter Stoff«, meinte er dann, nachdem er das Ergebnis der Analyse – eine dichte Reihe verschieden hoher und verschieden gefärbter Linien auf einem Bildschirm – eine Weile studiert hatte. »Besteht aus Hunderten verschiedener Substanzen. Viel Kohlenstoff. Schwefel. Wasser. Spuren fast aller Metalle, die es gibt. Silizium. Benzpyrene. Natrium.«

»Könnte es Hautöl sein?«

Kim lächelte sein glattes asiatisches Lächeln. »Ich weiß es nicht. Ich denke, es wäre kein besonders gesundes Hautöl, aber ich bin Metallurg, Mister Carr, kein Pharmazeut.«

Enttäuschend. Ich hatte eine Analyse, aber keine Ahnung, was es war.

»Wenn ich Ihnen einen Tropfen Hautöl bringe – können Sie ihn dann analysieren und mit dieser Analyse vergleichen?«

»Ja, sicher«, nickte Kim bereitwillig. »Das würde sicher funktionieren. Wenn die gleiche Verteilung der Linien entsteht, ist es der gleiche Stoff. Entsteht eine andere – ist er es nicht.« Ich sah auf die Uhr. Es war Zeit, an die Zubereitung des Abendessens für die Crew zu denken. »Ich bringe Ihnen morgen eine Probe des fraglichen Öls.« Morgen früh würde ich mir den Generalschlüssel holen und aus Sakais Kabine einen Tropfen seines Hautöls beschaffen.

»Das ist in Ordnung.«

»Können wir die Sache einstweilen für uns behalten?«

Kim neigte den Kopf. »Teilen wir zwei Geheimnisse.«

»Okay«, nickte ich. »Vielen Dank.«

Kapitel 9

Im biologischen Labor war es immer taghell, viel heller als in jedem anderen Raum der Station. Große, milchig strahlende Leuchtflächen beherrschten die Wände des Moduls, und intensiv strahlende Tageslichtlampen gaben noch eins drauf. Die Atmosphäre, die einem entgegenschlug, wenn sich das Schott öffnete, war feucht, heiß und modrig und weckte Vorstellungen von Dschungel und Regenwald, und das unübersichtliche Labor, voller großer Glaskästen, in denen es undefinierbar wucherte und wimmelte, mit seinen leeren Gitterkäfigen, den Mikroskopen und Glasflaschen und chromblitzenden Instrumenten, war geeignet, diese Vorstellungen noch zu unterstützen: Man fühlte sich in das Labor eines wahnsinnigen Tropenarztes versetzt, und wenn einem im nächsten Moment Tarzan entgegengekommen wäre, wäre man nicht besonders überrascht gewesen.

Ich hangelte mich vorsichtig zwischen den Tischen und Glasschränken hindurch und fand schließlich, ziemlich weit hinten, eine ältere Frau, die damit beschäftigt war, einzelne Samenkörner mit einer Pinzette in eine mit feuchtem Zellstoff ausgekleidete Trommel zu legen.

»*Moshi moshi,* Leonard-*san*«, begrüßte sie mich leise, ohne in ihrer Tätigkeit innezuhalten. »Was führt Sie an meinen bescheidenen Arbeitsplatz?«

»Hallo, Oba-*san*. Sie wollten mir bei der Zubereitung des Abendessens helfen.«

Jetzt hielt sie doch inne und konsultierte erschrocken ihre Armbanduhr. »*Yaa,* ist es schon so spät? Tatsächlich, es ist Zeit.

Sie müssen verzeihen, Leonard-*san*, ich verliere leicht das Zeitgefühl bei meiner Arbeit.«

Oba war unsere Bordärztin. Da alle Crewmitglieder sich für gewöhnlich einer ausgezeichneten Gesundheit erfreuten, verbrachte sie ihre Zeit mit verschiedenen weltraumbiologischen Experimenten, die sich in der Regel um den noch weitgehend ungeklärten Einfluss von Schwerelosigkeit und kosmischer Strahlung auf die Lebensvorgänge bei Pflanzen und Tieren drehten. Oba war nur wenig jünger als Kommandant Moriyama, und ihr von zahlreichen dünnen Falten durchzogenes, sympathisches Gesicht strahlte jene Wärme und Zuversicht aus, die für gute Ärzte charakteristisch ist und im allgemeinen bewirkt, dass jeder Kranke schon beim Anblick des Arztes anfängt, sich besser zu fühlen.

»Wenn Sie mir nur noch gestatten, die Vorbereitungen dieses Versuchs hier abzuschließen...«, bat sie und nahm die Arbeit mit der Pinzette wieder auf.

»Kein Problem.«

»Sie haben gehört, dass der Shuttle später kommt?«, fragte sie, während sie die letzten Samenkörner aus der kleinen Plastikflasche angelte, die sie in der Hand hielt. »Wahrscheinlich eine Woche. Als ich das hörte, beschloss ich, noch einen Keimversuch zu machen. Das Wachstum unter Schwerelosigkeit ist immer noch ein großes Rätsel. Manche Pflanzen haben keine Probleme damit, andere sehr große – warum? Diese Pflanze hier keimt nur unter Schwerkraft, und ich will feststellen, wie groß die Schwerkraft sein muss, damit die Keimung einsetzt. Man nennt dieses Verhalten der Pflanzen Gravitropismus. Pflanzen nehmen die Schwerkraft wahr, und dann wachsen Wurzeln abwärts, Stängel, Halme und Stämme aufwärts. Aber wie das funktioniert, ist noch weitgehend unklar.« Sie verstaute Plastikflasche und Pinzette in einer Schublade, schloss dann das lichtdichte Gehäuse der Trommel und schaltete den

Motor ein, auf der niedrigsten Stufe. Die Trommel begann, sich ganz langsam zu drehen. Rotation ist die einzige Möglichkeit, im Weltraum eine Art Scheinschwerkraft zu erzeugen.

»Das klingt, als wären Sie froh, dass Sie noch eine Weile bleiben können«, meinte ich.

Sie lächelte, und ihr Gesicht wirkte plötzlich wie das eines verträumten Kindes. »O nein, Leonard-*san*, ich bin schrecklich ungeduldig. Da ist ein Mann, wissen Sie, der mich gebeten hat, seine Frau zu werden, und er wartet auf mich. Und ich warte auf ihn ...«

»Oh«, machte ich. Ich hatte auf der Erde in Raumfahrerkreisen manchmal hässliche, abwertende Bemerkungen über die unverheiratete Ärztin gehört. »Herzlichen Glückwunsch.«

»Danke. Dies sind meine letzten Tage im Weltraum, wissen Sie? Ich werde mit ihm gehen, nach Wakkanai, hoch im Norden von Japan, wo er ein Häuschen besitzt. Man sieht dort aufs Meer hinaus, auf die Straße zwischen Hokkaido und Sachalin, und an klaren Abenden werden wir die Raumstation über den Himmel ziehen sehen, und ich werde ihm erzählen, wie es ist hier oben ...«

Ich lächelte, und sie sah es. »Jetzt halten Sie mich für eine sentimentale alte Närrin, nicht wahr, Leonard-*san*?«

»Überhaupt nicht«, erwiderte ich. »Ich beneide Sie. Ich wünschte mir, auf mich würde auch jemand warten.«

Sie sah mich prüfend an, und das war jetzt wieder der Ärztinnenblick. »Ich kenne wenigstens sieben Menschen, die auf Sie warten – und auf mich«, meinte sie spitzbübisch. »Und die sehr ungeduldig werden, wenn wir sie mit dem Abendessen warten lassen. Kommen Sie, Leonard-*san*, es wird Zeit. *Ikimasho!*«

Sie nahm aus einem der leer stehenden Tierkäfige einen großen Plastikbeutel mit Sojasprossen, die das heutige Abendessen bereichern würden. Soja zählt zu den absolut unproblematischen Pflanzen; in der Schwerelosigkeit wächst es wie Unkraut.

Die frühen Weltraumexpeditionen, sowohl die amerikanischen als auch die russischen, waren gekennzeichnet von Hektik und Zeitnot. Die Astronauten hatten mehr oder weniger rund um die Uhr gearbeitet, umso viele Experimente wie möglich in der vorhandenen knappen Zeit zu erledigen, und ihre eigenen körperlichen Bedürfnisse waren dabei so ungefähr das Unwichtigste gewesen. Gearbeitet wurde in Schichten, geschlafen nur so viel wie nötig, und es wurde eigentlich nicht gegessen und getrunken – man nahm lediglich Nahrung zu sich. Ich hatte Protokolle des Funkverkehrs zwischen Houston, der amerikanischen Bodenleitstelle, und verschiedenen Mondflügen und Skylab-Missionen gelesen, die einen guten Eindruck der allgemeinen Zeitschinderei vermittelten, und die viel gerühmten guten Nerven der ersten Astronauten waren wohl vor allem deshalb notwendig gewesen, weil ihnen bei jedem Handgriff ein halbes Dutzend Leute besserwisserisch dazwischenquatschte.

Dergleichen Unkultur ist für das japanische Denken selbstverständlich indiskutabel. Nicht nur, dass die Japaner den so genannten kleinen Dingen des Lebens von jeher größere Aufmerksamkeit zukommen ließen als wir Amerikaner mit unserer Fast-Food-Kultur; sie sind darüber hinaus auch fest davon überzeugt, dass nichts von wirklichem Wert geschaffen werden kann, wenn man hektisch und oberflächlich handelt, ohne in seiner eigenen Mitte zu ruhen. Die teilweise mangelhaften wissenschaftlichen Ergebnisse der ersten Weltraumexperimente, die gegen Ende der achtziger Jahre allgemeine Zweifel an Sinn und Nutzen der Raumfahrt aufkommen ließen, erklären sich für die Japaner aus der gedankenlosen Geschäftigkeit, die diese Unternehmungen oft kennzeichnete.

An Bord der Raumstation herrschte ein geregelter Tagesablauf, der dazu geeignet war, zum Wohlbefinden jedes Crewmitglieds beizutragen und ein ruhiges, konzentriertes und zielstrebiges Arbeiten zu ermöglichen. Unsere Tag- und Nachtphasen entsprachen der Zeitzone, in der auch Japan lag, was die Zusammenarbeit mit der Bodenstation erleichterte. Morgens und tagsüber aß jeder, wann und wo er Lust hatte, und wie Wissenschaftler nun mal so sind, vergaßen die meisten das Essen ganz. Abends dagegen versammelte sich die ganze Crew zu einer gemeinsamen Mahlzeit, die nicht nur der Nahrungsaufnahme diente, sondern gleichzeitig Gelegenheit zu zwanglosen Besprechungen bot, allgemeine Geselligkeit darstellte und so auf angenehme Weise das Denken aus den Bahnen löste, in denen es sich den Tag über festgefahren hatte.

Die Vorbereitung des Abendessens war natürlich meine Aufgabe. In der Regel stellte das keine große Affäre dar, da der größte Teil unserer Nahrungsmittel aus Fertigmahlzeiten bestand, die fix und fertig zubereitet und portioniert in unseren Tiefkühlfächern lagen und nur noch in einem Mikrowellenofen erhitzt zu werden brauchten. Bei einem Teil der Portionen handelte es sich auch um dehydrierte Nahrung, wie sie früher aus Gewichtsersparnisgründen in der Raumfahrt üblich gewesen war. Diese Nahrung war womöglich noch schneller zubereitet: man musste sie nur mit Wasser versetzen und erhielt eine Art breiige Paste, die man sich aus dem Plastikbeutel direkt in den Mund drücken konnte und die, o Wunder, tatsächlich oft recht gut schmeckte.

Aber man kann sich nicht ein halbes Jahr von Brei und Paste ernähren, ohne massive Verdauungsprobleme und Zahnausfall zu bekommen: diese Teile des menschlichen Ernährungssystems müssen auch beschäftigt werden. Deshalb war die Abteilung Nutzlastverwaltung der NASDA schon vor einiger Zeit dazu übergegangen, den Versorgungs-Shuttles regelmäßig ein gewisses Kontingent an Natur belassenen Lebensmitteln mitzugeben. Im Prinzip war jedes Lebensmittel dazu geeignet, im Weltraum verspeist zu werden, vorausgesetzt, es erfüllte zwei Bedingungen: Erstens musste es den Transport und die beim Start des Shuttle unvermeidlichen Andruckkräfte überstehen – solche Dinge wie Tomaten, Trauben oder Brombeeren schieden also aus. Und zweitens – es durfte nicht krümeln. Krümel, die in der Schwerelosigkeit umherschwirren, sind fast unmöglich wieder einzufangen und können, wenn sie in geeignete Geräte eindringen, eine Menge Unheil anrichten. Es gab also keine Kekse, und das Brot war ein speziell für uns gebackenes, weiches, fladenartiges Etwas, das nicht trocknete und nicht bröselte.

Zu einem zwar geringen, aber stetig zunehmenden Teil versorgten wir uns auch selbst mit Gemüse und Obst, das im Rahmen von Wachstumsexperimenten im Biolabor gezüchtet wurde. Tomaten waren immer noch ein Problem, aber die Zucht von Gurken und Paprika gelang bereits recht gut. Was Soja anbelangte, unseren Star unter den Weltraumpflanzen, waren wir inzwischen so weit, dass wir sogar unser eigenes Saatgut gewannen, und so gönnten wir uns regelmäßig den Luxus frisch gezogener Keimlinge.

Bei der Zubereitung von frischem Gemüse benötigte ich allerdings Hilfe, denn die Zubereitung von Nahrungsmitteln unter Schwerelosigkeit ist alles andere als einfach. Das fängt schon mit dem Zerschneiden an: Die Gemüsestücke bleiben ja nicht schön auf dem Schneidebrett liegen, wie sie das auf der Erde täten, sondern fangen an, den Koch fröhlich zu umschwirren, wenn er nicht aufpasst. Hier hatte sich irgendwann, nach zahlreichen Versuchen mit raffinierten Apparaturen, als einfachste Lösung die herausgestellt, das Kochgut auf einem *nassen* Kunststoffbrett zu schneiden. Durch die Adhäsionskräfte des Wassers bleiben die Schnipsel zu einem ausreichend großen Teil auf dem Brett kleben, und man kann sie dann bequem in den Topf streifen.

Der Kochtopf ist das nächste interessante Problem. Man kann natürlich keinen gewöhnlichen Kochtopf nehmen, schon weil man natürlich auch keinen gewöhnlichen Herd benutzt. Ein Kochtopf würde davonschweben, der Deckel würde sich unter dem Dampfdruck öffnen, das Kochgut würde sich von den Wänden des Topfes lösen und eine Art kugelförmiges Etwas bilden ... kurzum, die Küche würde hinterher schrecklich aussehen.

Natürlich kann man alles in einem Mikrowellenofen zubereiten, und meistens taten wir das auch. Aber es war ein ständiges Hobby der Wissenschaftler (bemerkenswerterweise fast ausschließlich der *männlichen* Wissenschaftler), immer neue Apparaturen zu erfinden, die es erlaubten, unter Schwerelosigkeit zu kochen. Am lustigsten fand ich den so genannten Dämpfofen, der dazu gedacht war, Gemüse zu dämpfen. Es handelte sich um einen kleinen Kasten aus Aluminium, der ein Guckloch hatte und innen beleuchtet war, damit man den Anblick genießen konnte, denn durch einige Düsen im Hintergrund strömte kochendheißer Dampf in den Kasten, der das Gemüse, das darin schwebte, wild durcheinanderwirbelte und dabei gar dünstete. Dann gab es noch einen Bratofen, eine Art großer Toaster: Das Bratgut – Gemüse oder feine Fleischstreifen – wurde von einer Klammerkonstruktion gehalten, während es von zwei Seiten erhitzt wurde.

Für die stilgerechte Zubereitung von Sojasprossen taugte natürlich weder das eine noch das andere. Hierfür kam nur der Weltraum-Wok in Frage, den Ingenieure aus der vorletzten Schicht entwickelt hatten, ein atemberaubend hässliches und gefährliches Gerät, das aussah wie eine Art glühendheißer, kleiner Betonmischer, der sich rasch um seine Achse drehte. Man gab zuerst etwas gewürztes und gesalzenes Öl hinein, das sich infolge der Rotation rasch im Inneren verteilte, und dann, wenn das Öl ausreichend heiß war, die Sprossen. Eingebaute

Schaufeln besorgten das Wenden und Rühren, und man brauchte nur zu warten, bis die Sprossen das Öl ganz aufgenommen hatten, dann schaltete man den Wok aus und konnte darangehen, die gebratenen Sprossen einzufangen, wenn sie aus der Öffnung kamen.

Oba übernahm die Regie. Wie immer kannte sie ein paar Tricks, mit Gewürzen und anderen raffinierten Kniffen das Essen besonders schmackhaft zuzubereiten – Tricks, die, wie sie nicht müde wurde zu erzählen, von ihrer Großmutter mütterlicherseits stammten, die jedes Mal als dritter, unsichtbarer Helfer in der Küche zu sein schien. Zusammen bereiteten wir neun Tabletts vor und deponierten sie im Warmhalteschrank, einer Art Durchreiche zwischen der kleinen Küche und dem Gemeinschaftsraum mit seinem großen runden Tisch. Dann ging ich an die Bordsprechanlage und gab das Signal, das die Crew zum Abendessen rief.

Kapitel 10

Die Mannschaft fand sich so rasch im Gemeinschaftsraum ein, als habe jeder nur sehnsüchtig auf diesen Moment gewartet. Wir verteilten die Tabletts, die alle mit einem Magneten versehen waren und folglich auf dem runden Tisch, der eine Metalleinlage hatte, gut hafteten, und Oba erntete reichlich Komplimente für ihre knackig zubereiteten Sojasprossen.

»Ich bin ganz ehrlich«, erklärte Jayakar mit Verschwörermiene. »Ich habe da unten jemanden bestochen, den Shuttle ein paar Tage zurückzuhalten, damit Sie uns noch einmal etwas kochen.«

Auch das Essen ist nicht so einfach in der Schwerelosigkeit. Das Hauptproblem ist, zu vermeiden, dass sich die guten Sachen einfach vom Teller erheben und auf und davon fliegen. Deswegen hat jeder Teller einen fest schließenden Deckel. Messer und Gabel gibt es auch nicht; das einzige Esswerkzeug des Astronauten ist eine Art schmale Zange, ähnlich einer Zuckerzange, wie sie die Generation unserer Eltern noch zu besitzen pflegte. Mit der linken Hand öffnet man den Deckel ein wenig, und mit der Esszange in der rechten Hand schnappt man sich dann einen Leckerbissen vom Teller.

Für Anfänger empfiehlt es sich, zuerst eines jener Gerichte zu nehmen, die mit einer klebrigen Soße zubereitet sind. Dadurch haftet das Essen am Teller, und man kann sich ganz darauf konzentrieren, die Handhabung der Zange einzuüben. Und, nicht zu vergessen, das Schlucken – da einem die Schwerkraft nicht hilft, hat man bei den ersten Bissen das Gefühl, im Liegen oder im Kopfstand zu essen und die Nahrung gegen einen Widerstand herunterschlucken zu müssen. Gewöhnungsbedürftig.

Zur allgemeinen Begeisterung präsentierte Sakai eine große Flasche edlen Pflaumenweins und erklärte, sie der Runde spendieren zu wollen. Es sei ein privater Anlass. »Heute vor zehn Jahren musste ich eine wichtige Prüfung wiederholen. Wenn ich sie nicht bestanden hätte, hätte ich die Raumakademie verlassen müssen. Aber – ich habe sie bestanden.«

»Na, so ein Glück für uns«, meinte Moriyama doppelsinnig.

»Holt die Gläser!«, rief Jay.

Bei den ›Gläsern‹ handelte es sich in Wirklichkeit um elastische kleine Beutel aus transparentem Plastik, die eine verschließbare Einfüllöffnung und ein kurzes Saugröhrchen hatten. Wenn man etwas trinken wollte, musste man sich die Flüssigkeit in den Mund drücken, als lutsche man an einer Tube Zahnpasta.

Auch den Wein aus der Flasche herauszubekommen war eine einigermaßen umständliche Prozedur, die an Bord äußerst selten vorkam, da praktisch kein Getränk in Flaschen herauf transportiert wurde – abgesehen eben von Mitbringseln im privaten Gepäck der Crewmitglieder. Aber auch dieses Problem war schon vorgekommen und gelöst worden. Aus den Tiefen der Küchenschränke förderte ich ein Gerät zutage, das aussah wie eine Kreuzung zwischen einem Sahnesiphon und einer Beatmungsmaschine und das ich, nachdem Sakai die Weinflasche entkorkt hatte – und der Wein, wie nicht anders zu erwarten, keinerlei Anstalten machte, die Flasche zu verlassen –, anstelle des Korkens in den Flaschenhals einführte. Das Prinzip war ganz einfach: Am unteren Ende einer dünnen Röhre, die tief in die Flasche hineinragte, befand sich ein leerer Gummiballon. Wenn man einen Druckhebel betätigte, wurde dieser Ballon mit Luft aufgeblasen; dadurch drückte er die Flüssigkeit in der Flasche zum Flaschenhals hinaus, und dort floss sie folgsam aus einer entsprechenden Spritzöffnung.

»Ich habe die erste Wache heute Nacht«, wehrte Yoshiko ab. »Ich trinke besser nichts.«

»Ich habe heute Nacht die zweite Wache«, sagte Jay. »Also trinke ich besser – als Erster!«

Moriyama sah dem Treiben mit geduldigem Lächeln zu.

Natürlich erlaubten die Vorschriften der Raumfahrtbehörde keinen Alkoholgenuss an Bord der Raumstation. Und natürlich konnte man unmöglich immer alle Vorschriften einhalten. Er lehnte nicht ab, als Sakai ihm einen gefüllten Trinkbeutel reichte.

Die Stimmung und der Geräuschpegel der Gespräche stieg schon nach wenigen Schlucken. Ich hatte mich auf meinen Stuhl zurückgezogen und festgeschnallt und hörte hauptsächlich zu, während ich an dem vorzüglichen Wein nippte.

Mein Blick wanderte wieder einmal über die große Weltkarte, die eine Wand des Gemeinschaftsraums einnahm. Es war eine dieser neumodischen Weltkarten in pazifischer Darstellung, das heißt, die Kontinente waren nicht wie auf den früher üblichen Karten rings um den Atlantik angeordnet, sondern rings um den Pazifik; Nord- und Südamerika also auf der rechten Kartenseite, Asien mit Afrika und Europa auf der linken Seite.

Ursprünglich, hatte ich einmal gelesen, hatte es sich bei dieser Art Weltkarte nur um einen Werbegag des Fremdenverkehrsamtes von Honolulu gehandelt: eine Weltkarte, auf der Hawaii genau in der Mitte lag. Aber dann hatte ein Verleger in Sydney – nachdem Sydney die Olympischen Spiele im Jahr 2000 ausgerichtet hatte, hatte es sich zu einer Art kulturellem und wirtschaftlichem Zentrum der nichtasiatischen Welt am Pazifik entwickelt – die Idee aufgegriffen und ernst damit gemacht. Er ließ exakte Karten anfertigen und gab Poster, Wandkarten und ganze Atlanten heraus, die auf der pazifischen Weltkarte basierten, und seither erfreute sich diese Art der Darstellung der Welt zunehmender Beliebtheit.

»Ihre europäischen Landsleute«, meinte Tanaka über den Tisch an Jayakar gerichtet, »haben wieder einmal Großes vor, wie man hört.«

»Meine europäischen Landsleute?«, fragte Jay verwundert zurück.

Tanaka hob die Augenbrauen. »Sie sind doch Brite, oder?«

»Ach ja«, nickte Jay. »Auch. Was haben sie denn vor?«

»Heute Nacht soll eine Ariane-Rakete starten und einen Erdbeobachtungssatelliten in eine hohe Polarbahn bringen«, berichtete Tanaka. »Die Meldung kam heute Nachmittag, kurz nach Beginn meiner Brückenwache.«

»Einen Erdbeobachtungssatelliten?«, wunderte sich Iwabuchi.

»Ja, und einen ziemlich teuren. Sein Name ist Transgeo-1. In der Meldung stand auch, wie viel Millionen Franc oder DM oder Dollar er gekostet hat, aber ich habe es mir nicht gemerkt. Ich fand es nur erstaunlich, dass Europa sich noch so sehr für den Rest der Welt interessiert ...«

Jay hob abwehrend die Arme. »Machen Sie mich nicht für alles verantwortlich, was die Europäer machen. Ich bin außerdem zur Hälfte Inder.«

»Aber Sie haben doch ganz gut gelebt in Cambridge, oder?«, fragte Moriyama.

»Hervorragend«, erwiderte Jay trocken. »Zweimal haben mir irgendwelche Nazis die Wohnung zertrümmert und die unglaublichsten Parolen an die Wände geschmiert.«

»Ich dachte immer, Sie seien des Geldes wegen nach Japan gekommen«, neckte ihn Yoshiko.

»Damit hätte ich mich als Mathematiker disqualifiziert«, grinste Jay. »Ich verdiene jetzt zwar fünfmal so viel, aber dafür kostet in Japan alles das Zehnfache.«

Ich sah wieder die Weltkarte an und nahm noch einen tiefen Schluck. Wahrscheinlich war diese Karte so beliebt geworden, weil sie die Verhältnisse des einundzwanzigsten Jahrhunderts so treffend wiedergab. Die Gewichte hatten sich drastisch verschoben, verglichen mit der Welt, die ich als Kind gekannt hatte. Der Pazifik war der wichtigste Wirtschaftsraum. Japan, die mit Abstand führende Industrienation, lag auf dieser Karte dort, wo es hingehörte – in der Mitte. Neben Korea, dem Konkurrenten. Und China, das rein durch seine Masse ein Wirtschaftsgigant war und sich gerade anschickte, mit einer dickköpfigen, uneinsichtigen Automobilisierungskampagne der Ozonschicht der Nordhalbkugel den endgültigen Todesstoß zu versetzen. Australien. Und auf der anderen Seite des Pazifik gab es die Küstenländer Südamerikas, immer noch rückständig, und in den Vereinigten Staaten Los Angeles, das sich nur mühsam von den Folgen der beiden großen Erdbebenkatastrophen erholte, und Seattle. Der Rest von Gottes eigenem Land war in den Händen von religiösen Eiferern und von Fanatikern, die sich für radikale Umweltschützer hielten, aber hauptsächlich damit beschäftigt waren, das Land endgültig auf den Stand eines Entwicklungslandes herunterzuwirtschaften. Inzwischen konnte ein Drittel der Amerikaner nicht mehr als ihren eigenen Namen schreiben, und es war wieder verboten, die Evolutionslehre nach Darwin an den Schulen zu unterrichten.

Europa, vor dessen vereinigter Wirtschaftsmacht man einmal kurze Zeit Angst gehabt hatte, war, anstatt sich zu vereinigen, in unzählige winzige Staaten zerfallen und beschäftigte sich hauptsächlich mit sich selbst. Nachdem die Leute gemerkt hatten, dass ein eigener Staat allein auch nicht glücklich macht, gab es viele unerklärte Kleinkriege und Scharmützel, und alles in allem bot Europa der Welt das Bild eines Altersheims voller seniler, streitsüchtiger Greise. Wenn man auf den Straßen von Tokio, Seoul oder Melbourne jemanden nach seiner Meinung über Europa befragte, bekam man eine Antwort, die auch auf die Azteken oder die Babylonier gepasst hätte: großartige Kultur – warum sie wohl untergegangen ist?

Die arabische Welt des Nahen Ostens und Nordafrikas dagegen war Schauplatz des wahnwitzigsten Religionskrieges, den die Geschichte kannte. Etwa um die Jahrtausendwende hatte sich eine fanatische islamische Sekte um einen selbsternannten Propheten gebildet, der den suggestiven Namen Abu Mohammed trug und dessen Glaubenslehren ein islamischer Religionswissenschaftler einmal so charakterisiert hatte: »Wer das für Islam hält, der hält die Hexenverbrennungen für den Kern des Christentums.« Offenbar hielten eine Menge Leute die Worte des Abu Mohammed für Islam, für den reinen Islam sogar. Die ›Dschijhadis‹, wie sie sich nannten, die ›Heiligen Krieger‹, hatten den Iran von innen heraus erobert, den Irak überrannt und schließlich in der gesamten Golfregion einen Krieg entfesselt, der nun schon seit Jahren tobte und unzähligen Anhängern des neuen Propheten die Gelegenheit bot, den heiligen Tod zu sterben und unmittelbar ins verheißene Paradies einzuziehen.

Nun, und der Rest der Welt ... Afrika starb an Aids. Und die Zustände in Russland als Chaos zu bezeichnen wäre eine Beleidigung für das Chaos gewesen.

»Der europäische Satellit wird ungefähr unserer Bahn folgen, nur in 1790 Kilometern Höhe«, erläuterte Tanaka. »Das ist eine Zwei-Stunden-Umlaufbahn, auf der der Satellit jeden Tag jeden Punkt der Erde überfliegt.«

»Wenn sie ihn hochkriegen«, meinte Iwabuchi herablassend.

Yoshiko verschwand, um die erste Nachtwache auf der Brücke anzutreten. Ohne mir einen Blick zuzuwerfen. Ich sah missmutig meinen Trinkbeutel an, der schon leer war, und beobachtete Sakai, der die letzten Tropfen aus seiner Flasche zwischen Iwabuchi und Moriyama verteilte. Ich gehörte nicht dazu. Sie duldeten mich, und mit den meisten von ihnen war gut auszukommen, aber ich gehörte nicht dazu. Wenn ich beschließen würde, den Dienst zu quittieren, würde mich keiner von ihnen vermissen.

Die Unterhaltungen wurden jetzt überwiegend in Japanisch geführt, in jenem schnellen, undeutlichen Japanisch, von dem ich nur jedes zehnte Wort verstand. Ich schnallte mich los, brachte mein Tablett in die Küche und sortierte das schmutzige Geschirr, das schon da war, in den Spülautomaten ein. Dann verabschiedete ich mich kurz, aber Moriyama war der Einzige, der mir eine gute Nacht wünschte.

Vielleicht war es auch der Alkohol. Manchmal macht Alkohol mich depressiv. Ich wusch mich kurz und putzte meine Zähne nachlässig. In meiner Kabine zog ich mich aus und schlüpfte in einen leichten Schlafanzug, dann manövrierte ich mich in den Schlafsack. Europäisches Erbe, dachte ich undeutlich. Die heutigen Weltraumschlafsäcke beruhten auf einem Prinzip, das der deutsche Raumfahrer Reinhard Furrer erfunden hatte: Man konnte sie leicht aufblasen und so das Gefühl erzeugen, von allen Seiten her gut zugedeckt zu sein, wie man es in einem Bett auf der Erde auch hat. Davor hatten die Astronauten einfach in einem Sack geschlafen, der sie an einer bestimmten Stelle hielt, aber da die Arme in der Schwerelosigkeit frei umherschwebten, waren sie oft von der Berührung durch ihre eigenen Hände aufgewacht. Europäisches Erbe, dachte ich noch einmal. Großartige Kultur – warum sie wohl untergegangen ist?

Dann dachte ich über mein eigenes Leben nach und was ich alles falsch gemacht hatte, und irgendwie dämmerte mir, dass, egal wohin man geht, ob ans Ende der Welt oder in die Tiefen des Ozeans oder in die Einsamkeit des Weltalls, man sich immer mitnimmt, und das ist das Problem – und darüber schlief ich ein.

KAPITEL 11

Dieser verdammte Wecker. Irgendjemand musste ihn heimlich lauter gestellt haben. Und er musste auch irgendetwas an der Frequenz des Tones gedreht haben, damit das gemeine Piepsen direkt das Zentralnervensystem angriff. Stöhnend und fluchend schaffte ich es, einen Arm aus dem Schlafsack zu kriegen und den akustischen Angriff abzuschalten, ohne ganz wach zu werden.

Eine Weile duselte ich noch schläfrig vor mich hin. Aber die schweren inneren Kämpfe zwischen der Stimme in mir, die der Ansicht war, ich müsse weiterschlafen und die Nacht könne unmöglich schon zu Ende sein, und der Stimme, die unablässig mahnte, ich müsse aufstehen und die Pflicht rufe, ließen mich einfach nicht mehr zur Ruhe kommen. Also gut. Ich stemmte mühsam die Augenlider hoch, öffnete den Reißverschluss des Schlafsacks und fröstelte unter der kühlen Luft, die hereindrang.

Meine Güte, was für ein Brummschädel! Der Pflaumenwein musste es ganz schön in sich gehabt haben. Wahrscheinlich konnte ich froh sein, dass ich nicht so viel davon abbekommen hatte wie die anderen.

Ich verließ die Kabine und hatte eine Weile regelrechte Orientierungsprobleme in der Schwerelosigkeit. Allerhand. Die Raumfahrtbehörde hatte also doch recht mit ihren Vorschriften.

Im Fitnessraum traf ich Tanaka, der mir nur einen kurzen, gemarterten Blick zuwarf und mich ansonsten keines Wortes würdigte. Wahrscheinlich hatte auch er einen ganz schönen

Kater, denn er arbeitete mit fast wütender Besessenheit an den Trainingsgeräten, um die Gifte aus dem Körper zu schwitzen. Ich fühlte mich zwar absolut nicht in Trainingsstimmung – eher danach, mich stöhnend in den Schlafsack zurückzuziehen und bis Mittag zu schlafen –, aber ich beschloss mich zu zwingen, es ihm gleichzutun. Ich begann mit einem längeren, gemächlichen Dauerlauf auf dem Laufband, dessen Vorläufer schon den Spacelab-Astronauten gute Dienste geleistet hatte, und nachdem Tanaka in der Dusche verschwunden war, wechselte ich an die Bodybuildingmaschinen und quälte meine schmerzenden Muskeln mit einem vollen Durchgang durch alle Übungen: Butterfly, Bizepscurl, Trizepsdrücken, Latissimusziehen, Bauchmuskelübungen, Beincurls, Beindrücken – no pain, no gain. Es schien sogar zu helfen, zumindest bildete ich mir das ein. Nach der letzten Übung glühte mein Körper und pulsierte bis in die letzte Faser, und ich hatte das übliche ausgelassene Gummiball-Gefühl, das einen befiel, wenn man nach den anstrengenden Muskelübungen wieder schwerelos durch die Gegend schwebte. Und Tanaka hatte sich beeilt; die Dusche war schon wieder frei. Vielleicht würde heute doch noch ein guter Tag werden.

Als ich in den Gemeinschaftsraum kam, herrschte auch dort ziemliche Katerstimmung. Moriyama saß am Tisch und kaute lustlos an seinem Frühstück, Oba war eben fertig geworden, und Kim und Tanaka drängelten sich in der Küche. Ich wünschte einen guten Morgen, der muffig erwidert wurde, und gesellte mich hinzu.

Schon vor mehreren Jahren hatte eine Kommission von Ernährungswissenschaftlern im Auftrag der NASDA das ideale Raumfahrerfrühstück entwickelt, das sich durch eine gute Transportbilanz und hohen Gehalt an Vitaminen, Ballaststoffen und anderen wertvollen Bestandteilen auszeichnete und seither schlicht und einfach Vorschrift war. Es handelte sich um Weizen, der am Vorabend geschrotet und zusammen mit Rosinen und gehackten Nüssen über Nacht in Wasser eingeweicht wurde. Morgens wurde der eingeweichte Weizenschrot mit einem Mus aus geriebenen Äpfeln, etwas Traubensaft, etwas Zitronensaft, ein wenig Gelatine und einer bestimmten Menge einer komplizierten Mineralienmischung vermengt. Das Ganze war eine regelrechte Vitaminbombe, ein Segen für den geregelten Stuhlgang – unter Bedingungen der Schwerelosigkeit konnte Durchfall zu einem persönlichen Trauma ausarten – und klebte überdies von selbst in der Schüssel, sodass man es fast ganz normal mit einem Löffel essen konnte.

Heute Morgen schien es niemandem besonders zu schmecken. Und ein Gespräch wollte auch nicht so recht in Gang kommen. Jay tauchte auf, mit übernächtigten, rotgeränderten Augen und zerstrubbeltem Haar. »Hat jemand Iwabuchi gesehen?«, wollte er wissen.

Allgemeines Kopfschütteln. »Er wird noch schlafen«, brummte Tanaka.

»Nein, in seiner Kabine ist er nicht«, sagte Jay. »Da komme ich gerade her.«

»Er wird schon arbeiten«, meinte Kim, dessen Lächeln heute Morgen auch etwas bemüht wirkte.

»Im Labor ist er auch nicht«, schüttelte Jay den Kopf und fuhr sich zerstreut mit den gespreizten Fingern durch die Haare, als ändere das etwas an seiner katastrophalen Frisur. »Ich finde ihn einfach nicht. Könnten Sie ihm etwas ausrichten, wenn Sie ihn sehen?«

Es war nicht ganz klar, wen er damit ansprach, aber Kim sagte bereitwillig »Gerne. Was soll ich ihm sagen?«

»Dass ich mich noch ein wenig schlafen lege. Wir hatten uns heute Morgen verabredet, aber ich hatte die zweite Nachtwache und bin davor nicht zum Schlafen gekommen, habe also die ganze Nacht kein Auge zugetan. Und jetzt bin ich absolut nicht in der Verfassung, irgendwelche Software zu analysieren.«

»Das werde ich ihm ausrichten«, versicherte Kim.

»*Cotto matte ne*«, schaltete sich Moriyama ein. »Wie war das? Sie hatten sich heute Morgen verabredet, und jetzt finden Sie Iwabuchi nicht?«

Jay sah den Kommandanten an und nickte. »Ja. Als wir es ausmachten, war mir nicht gegenwärtig, dass ich zur Nachtwache eingeteilt war und . . .«

»Sie waren in seiner Kabine?«

»Ja.«

»Und im Labor unten?«

»Ja.«

Moriyama rieb sich die verquollenen Augen. »Das gibt es doch nicht. So groß ist die Station doch wahrhaftig nicht, als dass man sich darin verlaufen könnte.« Er drehte sich zur Bordsprechanlage um, die hinter ihm an der Wand montiert war, und drückte den roten Knopf, der einen Rundspruch über alle Geräte der Station auslöste. »Hier spricht Moriyama. Iwabuchi, bitte melden Sie sich umgehend im Gemeinschaftsraum.«

Gespannte Stille. Jeder hatte aufgehört zu essen und sah Moriyama und die Sprechanlage an. Nichts rührte sich. Jay rieb sich nervös die rechte Seite des Halses.

Moriyama wiederholte den Rundspruch.

Die kleine Empfangsleuchte an der Sprechanlage blieb dunkel. Moriyama warf mir einen kurzen Blick zu, nur einen Wimpernschlag lang, aber ich wusste, was er mir damit sagen wollte.

Da war sie wieder, die Staubwolke am Horizont. Der Geruch von Gefahr.

»Wir müssen ihn suchen«, ordnete Moriyama an. »Es muss ihm etwas zugestoßen sein. Jayakar und Tanaka, Sie beide nehmen sich bitte das Maschinendeck vor. Oba, bitte wecken Sie Yoshiko, und durchsuchen Sie das Labordeck. Kim, Sie prüfen bitte nach, ob ein Raumanzug fehlt. Und Sie, Mister Carr, kommen bitte mit mir auf die Brücke.«

Die anderen eilten davon, und ich schob rasch noch einen Bissen in den Mund. Aber Moriyama schien es nicht so eilig zu haben. Er bedeutete mir mit einer Geste, zu warten, bis wir allein im Gemeinschaftsraum waren, und fragte dann mit gedämpfter Stimme: »Sie haben Iwabuchi gestern Nachmittag beobachtet?«

»Ja«, sagte ich. Ich berichtete ihm kurz von der Unterhaltung zwischen Jayakar und Iwabuchi, die ich belauscht hatte.

»*Ano ne*«, machte Moriyama und wiegte eine Weile nachdenklich das silberne Haupt. Dann ging ein Ruck durch seinen Körper, und er begann sich loszuschnallen. »*Ikimasho.* Kommen Sie.«

Wir begaben uns in die Steuerzentrale. Sakai war gerade damit beschäftigt, ein paar routinemäßige Checks zu machen, doch Moriyama unterbrach ihn barsch: »Gehen Sie ins Maschinendeck, und helfen Sie den Leuten dort, Iwabuchi zu finden.«

Sakai bekam große Augen. »Iwabuchi?«

»Er ist verschwunden«, erklärte der Kommandant ungeduldig. »Machen Sie sich auf den Weg, und das schnell, *wakarimas*?«

Sakai nickte hastig, stopfte seine Checkliste hinter die nächstliegende Halteklammer und machte, dass er fortkam. Das Schott hatte sich kaum hinter ihm geschlossen, als sich Kim meldete. Die Raumanzüge seien vollzählig, es fehle keiner.

»Danke«, sagte Moriyama und schaltete ab. Dann sah er mich an. »Verstehen Sie das, Leonard?«

»Nein«, sagte ich.

Moriyama hangelte sich zum Bildschirm des Bordüberwachungscomputers und meldete sich mit dem Kommandanten-Passwort an. Er tippte sich durch ein paar Menüs, die ein normalsterblicher Computerbenutzer niemals zu sehen bekam, und holte schließlich das Protokoll der Schleusendurchgänge auf den Schirm.

»Keine Schleusenaktivität heute Nacht«, konstatierte er halblaut. »Er kann die Station nicht verlassen haben.«

Ich schwieg.

»Natürlich nicht«, sagte Moriyama zu sich selbst. »Ohne Raumanzug.«

Der Geruch der Gefahr.

»Und was sollte er draußen anstellen?«

Die Staubwolke am Horizont, die näher kam und näher und näher.

»Tanaka hier.« Die Bordsprechanlage. »Im Solarenergiemodul und im Bordversorgungsmodul ist er nicht. Wir durchsuchen jetzt das Erdbeobachtungslabor.«

Ich stieß mich mit den Fingerspitzen ab, glitt langsam und lautlos zum Schott. Es fuhr bereitwillig vor mir auf. Moriyama beachtete mich nicht. Ich verließ die Brücke, und das Schott schloss sich hinter mir wieder.

Im Knotentunnel war es ruhig. Vom Maschinendeck hörte ich, weit entfernt, die Stimmen der anderen. Und aus meinem Inneren hörte ich eine rostige Stimme, die von Gefahr flüsterte und von Blut und von Angst ...

Ich hangelte mich hinüber ins Wohnmodul. Der Gemeinschaftsraum lag verlassen, die Frühstücksschüsseln standen noch auf dem Tisch. Ich räumte sie ab, ehe der Schrot trocknen konnte und anfing zu fliegen. Ich räumte sie ab, weil das meine Pflicht war. Ich räumte sie ab, weil das eine Möglichkeit war, die Konfrontation mit dem Unvermeidlichen noch ein wenig hinauszuzögern.

Dann durchquerte ich den Gemeinschaftsraum und glitt in den Gang dahinter, in dem die Kabinen lagen. Hier war es jetzt ganz still. Die komfortabelsten Kabinen lagen am Ende des

Gangs; Kommandant Moriyama hatte die linke und der stellvertretende Kommandant Tanaka die rechte. Iwabuchis Kabine war die zwischen Moriyamas Kabine und der Toilette.

Ich glitt näher und öffnete die Tür.

In der Kabine herrschte das übliche Halbdunkel. Der Schlafsack hing schlaff und leer da, und ansonsten war die Kabine nicht so groß, dass man darin irgendjemanden hätte übersehen können.

Aber der Geruch der Gefahr blieb.

Ich schaltete das Licht ein, und plötzlich sah der schlaffe Schlafsack gar nicht mehr so leer aus. Mit spitzen Fingern zog ich den Reißverschluss herunter. Die Stoffbahnen teilten sich von selbst, und Iwabuchi schwebte mir entgegen, zusammengekrümmt und mit weit aufgerissenen Augen und mit drei blutigen Löchern in der Brust.

KAPITEL 12

Der Gang war viel zu eng für uns alle. Trotzdem drängelten wir uns vor Iwabuchis Kabine, und jeder wollte einen entsetzten Blick auf den Leichnam werfen. Blasse Gesichter sahen sich fassungslos gegenseitig an und versuchten zu begreifen, dass das alles Realität und Iwabuchi tatsächlich tot war.

»Oba-*san*«, wandte Moriyama, der wie benommen wirkte, sich an die Ärztin, »was glauben Sie, wie lange er schon tot ist?«

Oba kam zögernd näher. »Ich bin keine Kriminalistin«, sagte sie leise, während sie die Haut des Toten befühlte. Sie öffnete ihm den Mund und steckte prüfend zwei Finger in die Mundhöhle. »Aber Sie fragen mich, Kommandant. Ich sage, mindestens zwei Stunden, eher drei.«

»Sind Sie sicher?«

»*Iie.* Um die Todeszeit genauer festzustellen, muss ich eingehendere Untersuchungen anstellen.«

Der Kommandant sah sich in unseren verstörten Gesichtern um und wandte sich dann an Jayakar: »Mister Jayakar, sagten Sie nicht vorhin, Sie hätten Iwabuchi auch in seiner Kabine gesucht?«

Jay nickte bedrückt. »Ja.«

»Und Sie haben ihn nicht gesehen?«

»Es war ziemlich dunkel . . .« Jay hob die Hände in einer hilflosen Geste. »Ich habe nicht sehr genau hingeschaut. Ich habe nur die Tür einen Spalt weit geöffnet, sah den leeren Schlafsack und machte sie wieder zu . . .«

»Aber der Schlafsack war nicht leer. Nach dem, was Oba sagt, muss Iwabuchi zu diesem Zeitpunkt schon tot gewesen sein.«

»Ich habe ihn nicht gesehen, tut mir leid«, begehrte Jay auf. »Die Möglichkeit, dass er tot sein könnte, ist mir nicht in den Sinn gekommen.«

»*Sumimasen*, Kommandant«, mischte ich mich ein, »ich denke, Mister Jayakar hat den Leichnam tatsächlich nicht gesehen. Ich habe ihn, als ich die Tür öffnete, im ersten Augenblick auch nicht gesehen.«

»Aber wie kann das sein? Ein toter Mann, und noch dazu ein so großer wie Iwabuchi ...«

»Die Wucht der Geschosse hat ihn sich zusammenkrümmen lassen, sodass sein Kopf ins Innere des Schlafsacks rutschte. Durch die Einschusslöcher entwich außerdem die Luft aus den aufblasbaren Kammern des Schlafsacks. Im Halbdunkel und auf einen flüchtigen, arglosen Blick hin wirkte die Kabine deshalb leer und verlassen.«

»Sie aber *haben* ihn gesehen, Mister Carr«, stellte Tanaka misstrauisch fest.

»Mein Blick war nicht arglos.«

Tanaka hob überrascht die Augenbrauen. Er schien sich zu überlegen, was er daraufhin sagen sollte, zog es dann aber vor zu schweigen.

»Die Schüsse«, überlegte Jay und sah die übrigen Bewohner dieses Wohntraktes an, Moriyama, Tanaka, Sakai und Oba. »Hat keiner von Ihnen die Schüsse gehört?«

Alle vier verneinten. »Nein«, sagte auch Moriyama düster, »und ich frage mich, ob das mit rechten Dingen zugeht. Hätten wir die Schüsse nicht hören *müssen*? Drei Schüsse! Und ich habe unmittelbar daneben geschlafen – kann das sein?«

»Ich denke schon«, meinte ich. »Der Mörder hat mit Sicherheit einen Revolver mit Schalldämpfer benutzt, und er hat den Lauf der Waffe direkt auf den Schlafsack aufgesetzt, der zu diesem Zeitpunkt ja noch aufgeblasen war und das Schussgeräusch so zusätzlich dämpfte. Ich bin überzeugt, dass die Schüsse in den umliegenden Kabinen nicht lauter waren als das Geräusch eines zuschnappenden Schrankfachs.«

Ein Augenblick qualvollen Schweigens trat ein. Niemand schien es zu wagen, tiefer als nötig einzuatmen. Angst war spürbar wie eine elektrische Ladung – Angst und blankes Entsetzen.

»Der Mörder ...«, wiederholte Jay schließlich langsam und ahnungsvoll. »Ich muss sagen, dass ich selten mein britisches Erbe so gespürt habe wie im Moment. Unsere Situation könnte aus einem Roman von Agatha Christie stammen – ein Mord ist geschehen, und man weiß genau, einer der Anwesenden muss ihn verübt haben. Aber wer?«

Ich sah, wie Oba erschrocken die Hand vor ihren Mund schlug, als sei ihr dieser Gedanke bis jetzt noch gar nicht gekommen.

»Richtig«, nickte Moriyama düster und sah uns der Reihe nach an, als könne er den Täter auf diese Weise entlarven. »Wie immer man dazu stehen mag, heute Nacht ist Geschichte geschrieben worden. Der erste Mord im Weltraum wurde verübt. Ein Mensch wurde vorsätzlich und heimtückisch getötet, und der Einzige, von dem ich mit Sicherheit weiß, dass er es nicht getan hat, bin ich selber.«

Iwabuchis tote, reglose Augen starrten anklagend auf den Gang heraus. Moriyama betrachtete den ermordeten Ingenieur mit grimmigem Gesichtsausdruck und schloss dann die Tür zu seiner Kabine.

»Wir werden«, fuhr er fort, »jetzt alle zusammen hinüber auf die Brücke gehen und die Bodenstation um Instruktionen bitten. Und bis auf weiteres betritt niemand diesen Wohntrakt.«

Das war ein klarer Befehl, und niemand wäre auf die Idee gekommen, Einwände dagegen zu erheben. Es war das einzig Sinnvolle, was in dieser Situation getan werden konnte. Die Bodenstation verwahrte in einem großen Safe in ihrem Keller eine ganze Reihe schmaler Ordner mit wohlüberlegten, detaillierten Verhaltensmaßregeln für alle nur denkbaren Notfälle und Krisen. Das ist typisch japanisch, und man muss es erlebt haben, um es zu glauben, wie eine Gruppe von Japanern herumsitzt und endlos alle Möglichkeiten und Katastrophen erörtert mit einer Ausdauer, die einem Westler wie die reine Besessenheit vorkommt. Aber dafür haben sie danach alles vorbereitet und alles im Griff. Nach unserem Anruf würde jemand an diesen Safe gehen, den entsprechenden Ordner herausnehmen und uns mit fernöstlichem Gleichmut die zu treffenden Maßnahmen nennen.

Der Mörder, wer immer es war, hatte keine Chance. Das nächste Shuttle würde wahrscheinlich eine Sonderkommission der Kriminalpolizei mitbringen, die die ganze Station auf den Kopf stellen und nicht eher ruhen würde, bis der Mörder Iwabuchis überführt war.

Wir hangelten uns hinüber in die Steuerzentrale, ein schweigsamer Zug schwebender Gestalten. Als das Schott zur Brücke auffuhr, kam uns ein dumpfer, unangenehmer Geruch entgegen.

»Derselbe Geruch wie gestern«, stellte Tanaka nach zwei schnüffelnden Atemzügen fest.

»Darum können wir uns später kümmern«, knurrte Moriyama missgelaunt. »Sakai, stellen Sie eine Verbindung zur Bodenstation her. Und beeilen Sie sich bitte; ich kann es kaum erwarten, Akihiro den Tag zu verderben.« Akihiro war der Leiter der Bodenstation; einer der ersten japanischen Shuttlepiloten, bis ihn ein Autounfall, an dem er unschuldig war, an den Rollstuhl fesselte. Seither war sein Dienstgrad stetig gestiegen, während sich seine Laune ebenso stetig verschlechtert hatte. Das Makabre seiner Situation – und wahrscheinlich der Grund dafür, dass er keine Gelegenheit ausließ, andere an dieser Laune teilhaben zu lassen – war, dass er als Querschnittsgelähmter in der Schwerelosigkeit des Weltraums so gut wie überhaupt nicht behindert gewesen wäre. Er hätte nur den Start nicht überlebt.

Sakai turnte die Handgriffe entlang zu seinem Kommunikationspult. Ich warf einen Blick auf den großen Bildschirm mit der Weltkarte. Die Raumstation überquerte gerade die Antarktis. Der Funkspruch würde über Relaisstationen und Funksatelliten gehen müssen.

»Was für eine Scheiße«, hörte ich Jayakar neben mir murmeln. Wir standen wahrscheinlich immer noch unter Schock. Ein unbeteiligter Beobachter hätte eine Gruppe auffallend lethargischer Menschen gesehen, die sich irgendwie und achtlos Plätze suchten, an denen sie sich festschnallten, um dem weiteren Verlauf der Dinge zuzusehen.

»Ich habe Schwierigkeiten«, sagte Sakai plötzlich.

Moriyama kniff die Augen zusammen. »Was heißt das?«

»Ich bekomme keine Verbindung«, erklärte der Funker verwirrt, während seine Finger über Tasten und Schalter wanderten. »Ich empfange ein Bodenrelais in Adelaide und insgesamt fünf Satelliten, aber meine Verbindungsanforderungen werden nicht beantwortet. Es ist so, als würde ich überhaupt nicht senden.«

»Und? Senden Sie?«

Sakai zog nervös Luft zwischen den geschlossenen Zähnen ein und stieß sie wieder aus. Statt einer Antwort drückte er eine Reihe von Tasten, zuerst langsam, dann schneller und härter. »Nein«, sagte er. »Ich sende nicht. Der Sender scheint ausgefallen zu sein.«

»Wir haben ja wohl einen Ersatzsender, oder?«

»*Hai*«, nickte Sakai und beugte sich hinüber zu dem Schaltschrank neben seiner Konsole. Dem Schaltschrank, an dem ich gestern Abend den öligen Tropfen gefunden hatte. Mir schwante nichts Gutes.

Sakai drückte einen Knopf an einer der Schaltflächen, doch

die kleine Leuchtdiode daneben blieb dunkel. Auf der Stirn des Funkers glitzerten Schweißperlen. Er drückte einen zweiten Knopf an einer darunter angebrachten, identischen Schaltfläche, mit demselben Ergebnis.

»Beide Reserveeinheiten sind ausgefallen, Kommandant«, erklärte Sakai mit bebender Stimme.

Moriyama starrte den Funker ungläubig an. »Wollen Sie mir damit sagen, dass wir nicht imstande sind, mit dem Kontrollzentrum zu sprechen?«

»Wir können empfangen«, erwiderte Sakai ausweichend. Er wand sich förmlich. »Aber wir können nicht senden.«

Kapitel 13

Sie hielten sich nicht lange mit dem Studium der Handbücher auf. Dies war nicht die Zeit für buchstabengenaues Befolgen von Vorschriften. Sie holten Werkzeug und schraubten die Abdeckplatten der Schaltschränke ab, und was zum Vorschein kam, rechtfertigte diese Art der Vorgehensweise voll und ganz.

Hier waren keine Sicherheitsmaßnahmen mehr notwendig, weil man nichts mehr würde sorgfältig zusammenbauen müssen. Es gab nichts mehr, das man hätte zusammenbauen können. Das Innere der Geräte war zerschmolzen, ineinander zerflossen und vollkommen zerstört, und die Reste des Plastikthermits, mit dem dieses Zerstörungswerk vollbracht worden war, erfüllte die Brücke mit seinem dumpfen, beißenden Gestank.

Tanaka fand drei Paare dünner Drähte, die von einer Batterie im Gehäuseinneren nach außen geführt worden waren, an eine unauffällige Stelle unterhalb des Kommunikationspults, wo sie jahrelang niemandem aufgefallen wären, und von dort zurück zu der Schmelzladung. Um die Zerstörung der Sender auszulösen, war es nur notwendig gewesen, die freien Enden der Drähte miteinander zu verdrillen und so den Kontakt herzustellen.

»Da ist jemand schneller gewesen als wir«, stellte Tanaka grimmig fest.

»Ja«, nickte Moriyama »Schneller und schlauer. Das muss alles von ziemlich langer Hand vorbereitet worden sein.«

»Was machen wir nun?«, fragte Tanaka.

Moriyama sah uns der Reihe nach an. »Der Mörder Iwabuchis hat alle unsere regulären Sendeeinrichtungen zerstört. Was er aber möglicherweise nicht wusste oder, falls er es wusste, möglicherweise übersehen hat, ist, dass sich bei der Notversorgungseinrichtung jedes Moduls auch ein starker, batteriegetriebener Sender befindet. Dieser Sender kann zwar nur auf der internationalen Notfrequenz senden, und seine Benutzung löst einen automatischen Alarm aus, aber in Anbetracht unserer Situation wäre das nur wünschenswert. Wir werden nach diesen Sendern suchen und einen davon hierherbringen.«

Wir sahen einander unbehaglich und voller Misstrauen an. »Vielleicht sollten wir in Gruppen gehen oder alle zusammen«, schlug Kim vor. »Nicht einzeln.«

»Genau«, nickte Moriyama, jetzt ganz Feldherr und Kommandant. »Wir dürfen nicht vergessen, dass einer von uns der Mörder ist; dass er sich unerkannt unter uns befinden muss, in diesem Moment. Ganz klar ist, dass sich von jetzt an niemand mehr allein durch die Station bewegen darf. Auch Zweiergruppen sind zu klein, da dies zwangsläufig heißen würde, dass einer mit dem Mörder allein ist. Wir werden deshalb zwei Dreiergruppen bilden. Yoshiko, Sakai und Kim bilden die erste Gruppe, Jayakar, Oba und Tanaka die zweite. Mister Carr bleibt hier mit mir auf der Brücke. Ich erinnere Sie nochmals daran, dass Sie die anderen stets misstrauisch beobachten müssen. Das ist nicht angenehm, aber leider nicht zu vermeiden. Wer versucht, sich von der Gruppe abzusetzen, macht sich dringend verdächtig. Jede Beobachtung, die Ihren Argwohn weckt, alles, was irgendwie ungewöhnlich ist, ist mir sofort zu melden.«

Die beiden Dreierteams gruppierten sich so, wie Moriyama es angeordnet hatte. Plötzlich herrschte ein ziemlich militärischer Ton, und alle beeilten sich zu gehorchen, als drohe andernfalls das Erschießungskommando.

»Die erste Gruppe nimmt sich das Maschinendeck vor, die zweite Gruppe das Labordeck«, befahl Moriyama. »Bis auf weiteres betritt niemand das Wohnmodul Eins. Der Befehl lautet, das erste funktionsfähige Funkgerät, das Sie finden, hierher auf die Brücke zu bringen. Gibt es dazu noch Fragen?«

Es gab keine Fragen.

»Gehen Sie los.«

Kaum war das Schott hinter den beiden Trupps zugefahren, sank Moriyama förmlich in sich zusammen, und die harte Oberbefehlshabermimik in seinem Gesicht wich einem schmerzlichen Ausdruck. Er sah mich an.

»Glauben Sie, dass er die Notrufsender übersehen hat?«

»Nein.«

»Was ist mit den Funkgeräten in den Raumanzügen?«

»Die sind nicht stark genug, um irgendwen zu erreichen.«

»Warum eigentlich nicht? Es sind doch bloß vierhundert Kilometer bis zur Erdoberfläche, das ist doch keine große Entfernung...«

»Wir sind nicht allein im Weltraum. In den Raumanzügen sind Funkgeräte mit sehr schwachen Sendern und sehr guten Empfängern eingebaut. Andernfalls würden wahrscheinlich Millionen Fernsehzuschauer die Dialoge unserer Außenbordarbeiten mithören.«

Moriyama seufzte. »Es ist der Saboteur, nicht wahr?«

»Wahrscheinlich.«

»Was können wir denn tun, um ihn zu entlarven?«

»Wir könnten die Waffe suchen.«

»Die Waffe?«

Es war mit Händen zu greifen, dass Moriyama ebenso wie alle anderen noch unter Schock stand. Wie alle – mit Ausnahme des Mörders.

»Iwabuchi wurde offensichtlich erschossen«, erklärte ich geduldig. »Es muss also eine Waffe geben, und da wir keinen

Schleusendurchgang registriert haben, muss sie noch irgendwo an Bord sein. Und es wäre möglicherweise aufschlussreich, sie zu finden.«

»Ja«, sagte Moriyama, aber ich hatte nicht den Eindruck, dass er mir zugehört hatte. Er schien mit den Gedanken woanders zu sein, und es waren keine guten Gedanken. Ein harter Glanz trat in seine Augen, eine stählerne Wut, die mir regelrechte Schauer über den Rücken jagte. Plötzlich musste ich an die sagenhaften Ninja-Krieger denken, die ohne Rücksicht auf ihr eigenes Leben kämpften, an die verbissene, unerbittliche Entschlossenheit der Kamikaze-Piloten des Zweiten Weltkriegs. Natürlich hatte der Mörder die Notfunkgeräte nicht übersehen. Er schien nicht der Mann zu sein, so etwas zu übersehen. Die beiden Gruppen kehrten unverrichteter Dinge zurück. Wir waren von der Welt abgeschnitten, die wir unablässig mit zwanzigfacher Schallgeschwindigkeit umkreisten. Wir konnten nur hoffen, dass die Bodenstation bald Verdacht schöpfen würde, wenn sie nichts mehr von uns hörte und alle Routinemeldungen ausblieben, und dass daraufhin ein Shuttle starten und uns anfliegen würde.

Aber wer konnte wissen, wie es bis dahin an Bord aussehen würde? Was mochte der Mörder vorhaben? Wenn er so umsichtig gehandelt und alles so eingehend vorbereitet hatte, konnte er nicht dumm sein – was eine Selbstverständlichkeit war, denn selbstverständlich stellte die japanische Raumfahrtbehörde niemanden ein, der keine überdurchschnittliche Intelligenz vorzuweisen hatte –, und er musste sich folglich sagen, dass ihm die Zerstörung der Sender nur einen kurzen Aufschub gewähren konnte, weiter nichts. Er musste weitere Pläne haben. Und mich schauderte bei dem Versuch, mir vorzustellen, wie diese aussehen machten.

»Mister Jayakar erwähnte vorhin die alten englischen Kriminalromane«, begann Moriyama, als jeder wieder seinen Platz eingenommen hatte. »Wenn ich mich recht entsinne, pflegen sie immer damit zu enden, dass alle Verdächtigen in einem Raum versammelt sind und dann der Schuldige entlarvt wird.«

»So wie wir hier«, meinte Jay mit einem schiefen Grinsen. »Alle Verdächtigen sind in einem Raum versammelt. Fehlt nur der Kommissar.«

»Ich will mich einmal in dieser Rolle versuchen«, erwiderte Moriyama mit unnatürlicher Ruhe. »Wie Sie alle wissen, haben wir seit vier Wochen massive Probleme mit den Energieübertragungen, und wir wissen nicht, woran es liegt. Was Sie nicht wissen, ist, dass seit einiger Zeit der Verdacht bestand, es könnte sich dabei um Sabotage handeln. Wir – das heißt, Akihiro-*san* von der Bodenstation und ich – vermuteten, dass sich ein Saboteur in die Crew eingeschmuggelt hatte, der im Auftrag fremder Mächte unsere Versuche zur solaren Energiegewinnung scheitern lassen sollte. Nach dem, was wir heute wissen, ist unser Verdacht berechtigt gewesen. Einer von uns ist der Saboteur. Und man kann wohl davon ausgehen, dass der Saboteur auch der Mörder Iwabuchis ist.«

Es war mäuschenstill in der Schaltzentrale. Selten hatte jemand ein aufmerksameres Publikum gehabt als Moriyama in diesem Moment. Man hörte das gleichmäßige Rauschen der Klimaanlage, man hörte sogar die weit entfernt klackernden Schritte von Spiderman, der wahrscheinlich gerade wieder auf eine neue Folienrolle wartete.

»Ich muss gestehen, dass es ausgerechnet Iwabuchi war, den ich bislang hauptsächlich verdächtigte«, fuhr der Kommandant fort. »Iwabuchi war, wie wir wissen, ein genialer Techniker, und kurz nachdem er an Bord gekommen war, begann die Zieleinrichtung des Energiesenders, die bis dahin zufriedenstellend funktioniert hatte, ihre seltsamen Ausfälle und Fehlfunktionen zu zeigen. Für Iwabuchi wäre es ein Leichtes gewesen, derartige Funktionsstörungen zu erzeugen, ohne dass wir ihm auf die

Spur gekommen wären, weil wir ohnehin selten verstanden, was er eigentlich gerade machte.«

»Ich nehme an«, warf Jay trocken ein, »dass ihn seine Ermordung nun, neben allem anderen, von diesem Verdacht entlastet.«

»Richtig«, nickte Moriyama. »Iwabuchi kann es wohl kaum gewesen sein. Aber das ist ja nicht die einzige Möglichkeit der Sabotage. Eine andere, genau so verletzliche Stelle ist das Computersystem der Raumstation – allgegenwärtig, überall eingebunden, und Manipulationen daran sind kaum aufzuspüren. Besonders dann nicht, wenn ein begabter Programmierer sie vornimmt, der das System so gut kennt, dass er weiß, wo man sie geschickt verstecken kann, nicht wahr, Mister Jayakar?«

Jay bekam plötzlich große Augen.

»Mister Carr hat mir von einem Gespräch zwischen Iwabuchi und Ihnen, Mister Jayakar, erzählt, dessen Zeuge er gestern zufällig wurde. Iwabuchi wollte mit Ihnen zusammen die Software Zeile für Zeile analysieren, um eventuellen Computerfehlern auf die Spur zu kommen. Sie aber lehnten ab und vertrösteten ihn auf heute Morgen. Dummerweise ist Iwabuchi heute Morgen tot und kann Ihnen nicht mehr über die Schulter schauen ...«

Ich hob zaghaft die Hand, aber Moriyama bedeutete mir, mich herauszuhalten. »Lassen Sie, Leonard, das ist jetzt meine Sache. Mister Jayakar, was sagen Sie dazu?«

Jay war blass geworden. Er hatte schon den ganzen Morgen nicht gut ausgesehen; jetzt sah er entschieden schlecht aus. »Es kommt mir so vor, als seien Sie gerade dabei, eine Anschuldigung gegen mich zu formulieren.«

»Ach, kommt es Ihnen so vor?«, fragte Moriyama mit einem Hohn in der Stimme, der einem sadistischen Wildwest-Sheriff gut zu Gesicht gestanden hätte und der aus dem Mund eines

Japaners regelrecht erschreckend wirkte. »Warum haben Sie Iwabuchi vertröstet, Jayakar?«

Jay hob in einer hilflosen Geste die Hände. »Weil ... weil man eine solche Riesenarbeit nicht aus dem Stand heraus in Angriff nimmt. Das braucht Anlauf. Haben Sie eine Ahnung, wie viel Programmcode das ist? Wie viel hunderttausend Programmzeilen? Ich wollte vorher noch alle Aufzeichnungen analysieren, um irgendeinen Anhaltspunkt zu finden, der die Suche hätte einschränken können ...«

»Und das haben Sie heute Nacht gemacht?«

»Ja.«

»Aber Sie sagten, zu dem Zeitpunkt, als Sie das mit Iwabuchi ausmachten, sei Ihnen nicht gegenwärtig gewesen, dass Sie Nachtwache hatten. Hätten Sie auf jeden Fall durchgearbeitet, um die Aufzeichnungen zu analysieren?«

»Ja, wahrscheinlich.«

»Und wann hatten Sie Ihren Schlaf eingeplant?« Moriyamas Stimme war jetzt so scharf wie die Klinge eines Henkerbeils. »Ihnen muss doch klar gewesen sein, dass Sie nicht die Nacht durcharbeiten und sich dann am Morgen mit Iwabuchi treffen konnten.«

»Na ja ...«, wand sich Jay unbehaglich. »Vielleicht hätte ich die Aufzeichnungen auch später analysiert ... Ich wollte mich nur ein wenig vorbereiten auf den Programm-Check ...«

»Nach dem, was Sie mir erzählt haben, analysieren Sie Ihre Aufzeichnungen schon seit Wochen. Ich glaube nicht, dass das heute Nacht Ihre dringendste Beschäftigung war, als Sie Nachtwache hatten. Als Sie sieben Stunden lang allein waren, während jeder sonst in der Station schlief – Zeit genug, um alles vorzubereiten, die Funkgeräte zu verminen, die Notfunkgeräte zu zerstören ...«

»Unsinn«, wehrte sich Jay. »Völliger Unsinn. Ich bin kein Techniker, ich ... ich könnte das überhaupt nicht!«

»Zeit genug, Iwabuchi zu töten . . .«

»Ich habe Iwabuchi nicht getötet!« Jetzt schrie Jayakar. »Das ist doch alles an den Haaren herbeigezogen! Kommandant, Sir . . . das sind alles bedeutungslose Zufälligkeiten. So ein Verdachtsgebäude könnten Sie gegen jeden hier errichten, wenn Sie wollten. Nehmen Sie Carr: Er kann sich überall in der Station bewegen, ohne verdächtig zu wirken – er könnte die Notfunkgeräte viel unauffälliger zerstören. Und *er* hat Iwabuchi gefunden. Warum verdächtigen Sie ihn nicht?«

Moriyama sah den wild gestikulierenden Kybernetiker dumpf brütend an.

»Ich habe«, erklärte er schließlich düster, »eine Überprüfung jedes Crewmitglieds durch den Sicherheitsdienst in die Wege geleitet. Die Ergebnisse dieser Überprüfung sind mir als verschlüsselte Akte übermittelt worden, und der Teil der Akte, der am dicksten ist, betrifft Sie, Professor Jayakar.«

So hatte er ihn noch nie genannt. Der Gipfel der schlechten Laune des Kommandanten war bisher immer gewesen, mit *Mister* angeredet zu werden.

»Diese Akte könnte nicht so dick sein, wie sie ist, wenn Sie alle bei der Einstellung vorgeschriebenen Angaben zu Ihrer Person und Ihrem Lebenslauf gemacht hätten. Aber Sie haben eine Menge Dinge verschwiegen. Zum Beispiel, dass Sie im Jahre 1997 bei der Stadtverwaltung von Cambridge einen Waffenschein für einen Revolver beantragt haben.«

»Ich war damals mehreren ausländerfeindlichen Übergriffen ausgeliefert gewesen und fühlte mich nicht mehr sicher.«

»Und Sie haben auch verschwiegen, dass Sie, ehe Sie 1996 den Ruf nach Cambridge erhielten, für die British Petroleum Company arbeiteten.«

»Ich habe für Geoscope Inc. gearbeitet. Ich habe Analysealgorithmen für geologische Untersuchungen entwickelt, nichts weiter.«

»Sie wussten, dass Geoscope eine hundertprozentige Tochter der British Petroleum war. Das hätten Sie angeben müssen.«

»Mein Gott!«, begehrte Jay auf. »Hören Sie endlich auf mit Ihren haltlosen Verdächtigungen. Sie beleidigen meine Intelligenz. Wenn ich Iwabuchi hätte umbringen wollen, glauben Sie, ich hätte mir nicht etwas weniger Plumpes ausdenken können als einfach mit dem Revolver zu ihm in die Kabine zu gehen?«

»Das glaube ich schon. Aber nicht in der kurzen Zeit, die Ihnen zur Verfügung stand.«

»Ich verbitte mir jede weitere Beleidigung, Mister Moriyama. Im Übrigen bin ich nicht Angestellter der NASDA, sondern der ISAS und Ihnen nur organisatorisch, aber nicht disziplinarisch unterstellt.«

Moriyama beugte sich vor, und seine Stimme war gefährlich leise, als er sagte: »Sie haben nicht verstanden, Mister Jayakar. Ich werde Sie jetzt festnehmen lassen, weil ich Sie der Sabotage verdächtige sowie des Mordes an Taka Iwabuchi. Und ich mache Sie darauf aufmerksam, dass wir ohne Funkkontakt mit unserer Basis sind. Nach geltendem Recht bin ich als Kommandant dadurch an Bord dieser Raumstation Herr über Leben und Tod – und ich rate Ihnen dringend, nicht auszuprobieren, wie ernst es mir damit ist.«

KAPITEL 14

Jayakar ließ sich widerstandslos festnehmen, als Tanaka und Sakai ihn auf Moriyamas Wink hin an den Armen packten. Die nächste Frage war, wo er inhaftiert werden sollte. Tanaka schlug vor, ihn in seiner Kabine unter Arrest zu stellen, was der Kommandant jedoch kategorisch ablehnte.

»In den Kabinen gibt es zu viel Spielzeug«, erklärte er. »Und jede Kabine hat einen Computeranschluss – das ist zu gefährlich.«

»Wir könnten ihn fesseln«, meinte Tanaka. »Mir fällt kein anderer Raum an Bord ein, der sich als Gefängniszelle eignet.«

»Aber mir«, erwiderte Moriyama. »Der große Käfig im biologischen Labor.«

Jay verzog abfällig das Gesicht. »Das ist ausgesprochen geschmacklos.«

»Wenn Ihnen das nicht passt, lasse ich Sie draußen im Knotentunnel an die Wand ketten«, knurrte Moriyama missgelaunt. »Schafft ihn weg.«

Jay sagte nichts mehr. Er ließ sich von Sakai und Tanaka gehorsam zum Schott begleiten und fortbringen. Moriyama sah ihnen nach, bis sie die Brücke verlassen hatten. Dann wandte er sich wieder uns zu. »Yoshiko, Sie übernehmen die Wache am Empfangsgerät. Es kann nicht lange dauern, bis die Bodenstation merkt, dass wir nicht mehr senden, und dann werden sie Instruktionen durchgeben. Kim, für Sie habe ich eine Aufgabe, wenn Tanaka und Sakai zurück sind. Oba und Leonard, lassen Sie uns überlegen, wie wir mit dem Leichnam Iwabuchis verfahren.«

»Am besten wäre es, alles so zu lassen, wie es ist, bis die Kriminalbeamten eintreffen«, sagte ich. »Aber da es noch eine Woche oder länger dauern kann, bis der Shuttle startet, können wir das nicht machen.«

»O nein«, sagte Oba. »Bis dahin würde die Verwesung einsetzen.«

»Wenn wir die Klimaanlage in seiner Kabine so weit wie möglich herunterregeln, um das zu verhindern?«, fragte Moriyama.

»Die niedrigste Temperatur, die man in den Kabinen einstellen kann, ist zwölf Grad Celsius«, gab Oba zu bedenken. »Das ist viel zu warm.«

»Wenn wir die Sicherung entfernen, können wir jede beliebige Temperatur erzeugen«, beharrte der Kommandant. »Auch dreißig Grad unter null. Das ist nur eine Frage des Energieaufwandes, und wenn wir hier oben etwas im Überfluss haben, dann ist das Energie.«

»Bedenken Sie, dass Ihre Kabine nebenan liegt, Sir«, warf ich ein. »Und die Isolation der Zwischenwände ist minimal.«

»Was schlagen Sie vor?«

»Ich denke, wir sollten die wichtigsten Spuren sichern, Iwabuchis Leichnam herausholen und untersuchen, ihn gemäß den Vorschriften entsorgen und schließlich die Kabine bis zum Eintreffen der Polizisten versiegeln.«

»Trauen Sie sich das zu, ohne irgendwelche wichtigen Spuren zu verwischen?«

»Ich würde alles fotografieren und den Leichnam dann herausholen, weiter nichts. Außerdem«, fügte ich hinzu, »glaube ich nicht, dass dieser Mord die Kriminalpolizei vor unlösbare Rätsel stellen wird, selbst wenn ich versehentlich einen Fingerabdruck verwischen sollte, was ich wahrscheinlich sogar schon getan habe. Schließlich liegt es auf der Hand, dass ihn ein Mitglied der Crew begangen haben muss.«

Moriyama sah mich forschend an. »Sie glauben nicht, dass es Jayakar war?«

Ich hielt dem Blick stand. »Nein, Sir.«

»Und warum nicht?«

»Das kann ich nicht genau sagen. Bis jetzt ist es nur ein Gefühl.« Ich gestattete mir die Andeutung eines Lächelns. »*Dai rokkan.*«

Moriyama nickte bedächtig. Schließlich sagte er: »Handeln Sie so, wie Sie es für richtig halten, Leonard. Wo Sie die Siegel finden, wissen Sie ja.«

Unwillkürlich verbeugte ich mich, die japanische Geste des gehorsamen Befehlsempfängers. Dann machten Oba und ich uns an die Arbeit.

Unser Weg führte uns zuerst in das Büro des Kommandanten, und keinem von uns war nach fröhlicher Konversation zumute. Schweigend nahm ich aus einer Schublade einen Streifen mit zehn Siegeln, kreisrunden, durchnummerierten Aufklebern mit auffallendem Hologrammeffekt, die so beschaffen waren, dass man sie nur einmal anbringen konnte. Sie zerrissen unweigerlich, wenn man versuchte, sie wieder zu entfernen. Der Zoll verwendete sie, und wir klebten sie auf manche Proben aus dem Materiallabor, die einem Shuttletransport für weitere Untersuchungen in ausländischen Forschungsinstituten mitgegeben wurden und die einen größeren materiellen Wert darstellten, etwa weil sie Gold enthielten. Zum Versiegeln eines Tatorts würden sie sich ebenfalls eignen. Ich vermerkte die Nummern der Siegel in dem zugehörigen Buch und auch den vorgesehenen Verwendungszweck und unterschrieb.

Dann begaben wir uns hinunter ins Erdbeobachtungslabor und schraubten die Nikon-Kamera von einem der kleineren Teleskope ab, nahmen aus den Vorratsschränken im Bordversorgungsmodul einen der großen blauen Plastiksäcke und zwei Paar dünne Laborhandschuhe und gingen anschließend in das biologische Labor, um Obas Arztkoffer zu holen. Jayakar beachtete uns nicht. Er schwebte bereits hinter Gittern, hatte eine Meditationsstellung eingenommen und die Augen geschlossen. Der Käfig, eigentlich für Menschenaffen gedacht, war kaum so groß wie eine Telefonzelle.

Es war mehr als ein Gefühl, das mir sagte, dass Jayakar nicht der Mörder sein konnte. Mir war, als gäbe es einen handfesten Beweis dafür. Er wollte mir nur nicht einfallen.

Es war gespenstisch, in das Wohnmodul zurückzukehren und schon genau zu wissen, was einen erwartete.

Wir sprachen nicht viel. Ich fotografierte alles, was mir einfiel – den Anblick des Toten durch die geöffnete Tür, den Gang davor, jeden Winkel der Kabine, den Leichnam, die Einschusslöcher im Körper und die Durchschusslöcher im Schlafsack. Dann klebte ich das erste Siegel auf den Verschluss der Kamera und deponierte sie in der Kabine.

Die Leiche herauszuholen war die unangenehmste Aufgabe. Wir streiften die Handschuhe über, schlossen dem Toten die Augenlider und zogen ihn dann behutsam aus dem Schlafsack, bemüht, nirgends anzustoßen und nichts zu berühren. Als wir ihn aus der Kabine hatten, bugsierten wir ihn den Gang entlang in den Gemeinschaftsraum, wo Platz genug war, ihn auszustrecken. Während Oba ihren Arztkoffer öffnete, kehrte ich zurück zur Kabine, schloss die Tür und brachte insgesamt fünf Siegel auf dem Türspalt an.

»Das habe ich nie leiden können«, murmelte Oba, als ich wieder neben ihr war. Sie hatte den Leichnam herumgedreht, sodass er mit dem Rücken nach oben schwebte, zog die Schlafanzugshose herunter und führte ein Thermometer rektal ein. Während sie auf die Temperatur wartete, betastete sie die Haut des Toten und schüttelte dabei nachdenklich den Kopf.

Das Thermometer piepste. Sie zog es heraus und vermerkte den angezeigten Wert auf einem Notizblock, zusammen mit der Uhrzeit. »Die Polizei hat Tabellen, um daraus den Todeszeitpunkt abzulesen«, erklärte sie mir. »Ich denke, es war irgendwann zwischen drei und sechs Uhr.«

Sie streifte die Hose wieder hoch, drehte den Körper auf die andere Seite und leuchtete mit einer Taschenlampe in die Augen und in die Mundhöhle. Dann nickte sie mir zu, dass sie fertig sei. Während sie ihre Notizen machte, hüllte ich den Toten in den großen blauen Plastiksack. Es sah nicht sehr würdevoll aus. Als ich den Verschluss zuzurrte und meine Siegel darauf anbrachte, ähnelte das Ganze einer schrecklich missglückten Mumie.

Das Reglement der Raumfahrtbehörde, das wir alle hatten lernen müssen, enthielt natürlich ausführliche Vorschriften für Todesfälle an Bord – schließlich galt die Arbeit im Weltraum bei Lebensversicherungen als ›hochgradig gefahrgeneigte Tätigkeit‹, und die Prämien fielen entsprechend deftig aus. Diese Vorschriften besagten im Kern, dass ein Toter in einem verschlossenen Plastiksack tiefgekühlt aufbewahrt werden muss, bis er zur Erde gebracht werden kann. Nur wenn dies nicht möglich oder nicht zumutbar war, erlaubten die Vorschriften eine Raumbestattung.

Als ich die Tür zu einem der beiden großen Tiefkühlschränke öffnete, die sich an der Wand gegenüber der Küche befanden, fragte Oba entsetzt: »Sie wollen ihn doch nicht etwa dort ...?«

»Kennen Sie einen anderen Tiefkühlschrank an Bord, der groß genug wäre?«, fragte ich.

»Nein.«

»Ich auch nicht.« Da der nächste Versorgungsflug eines Shuttle fällig war, neigten sich die Vorräte ohnehin dem Ende zu. Wir räumten also einen der beiden Schränke frei und verstauten den Leichnam darin. Die letzten Siegel brachte ich auf dem Türverschluss an, dann kehrten wir zurück auf die Brücke. Die Steuerzentrale lag still und verlassen. Yoshiko war da, die gedankenverloren auf die Kontrollen des Kommunikationspultes starrte und unablässig ihr langes schwarzes Haar zwischen ihren Fingern hindurchzog, und Moriyama, der in einem dicken Buch las und auf dessen Stirn sorgenvolle Falten standen. Auf meine diesbezügliche Frage erklärte er mir, er habe Tanaka, Sakai und Kim in die Labors geschickt, um nach Bauteilen zu suchen, aus denen man einen behelfsmäßigen Sender herstellen könnte.

»Das kann schließlich nicht so schwer sein«, brummte er. »Iwabuchi hätte wahrscheinlich längst einen zusammengebastelt, aus zwei Gabeln und einem Stück Draht. Aber wir haben in die Computer-Datenbank geschaut; dort findet sich die komplette Geschichte der Telekommunikation, mit vollständigen Biographien aller wichtigen Erfinder und mit ausführlichen Schaltplänen, was natürlich im Moment viel interessanter ist.«

Dann fixierte er mich angriffslustig. »Und jetzt, Mister Carr, erklären Sie mir, warum Sie Jayakar für unschuldig halten.«

Ich zuckte die Schultern. »Er hatte keinen Grund, Iwabuchi zu töten.«

»Auch nicht, wenn Iwabuchi ihm auf der Spur war?«

»Ich glaube nicht, dass er das war. Iwabuchi suchte einfach nur den Fehler. Aber angenommen, Jay hätte die Software sabotiert: Software, das sind nur Programme, und Programme kann man ändern, ohne dass Spuren zurückbleiben. Jay hätte die Manipulationen entfernen können, die gesäuberten Programme mit Iwabuchi durchsehen und genau die gleichen Manipulationen wieder einbauen können, ohne dass irgendjemand Verdacht geschöpft hätte. Im Gegenteil – *nach* einer solchen Untersuchung hätte niemand mehr die Software verdächtigt.«

»Aber niemand sonst hatte einen Grund, Iwabuchi umzubringen.«

»Von niemand sonst wissen wir genug, um ihm einen Grund *unterstellen zu* können, Iwabuchi umzubringen.«

In diesem Moment erklang das leise, glockenartige Signal eines gezielten Anrufs an die Raumstation. Wir horchten beide auf und sahen zu Yoshiko hinüber, die eine Muschel des Kopfhörers ans Ohr führte.

»Es ist die Esa«, sagte sie.

»Die Europäer?«, wunderte sich Moriyama. »Was wollen die denn?«

»Uns sprechen.«

»Da haben sie wohl Pech gehabt.«

Mein Blick wanderte in der Schaltzentrale umher, über die Bildschirme und Tastaturen und Anzeigeinstrumente, und ein Gedanke, der sich seit einiger Zeit unterhalb der Schwelle meiner bewussten Wahrnehmung bildete, nahm plötzlich klare Gestalt an.

»Das Überwachungssystem«, entfuhr es mir, und als mich der Kommandant verständnislos ansah, erklärte ich: »Jemand, der Nachtwache hat, wird doch von den Bewegungsmeldern hier auf der Brücke überwacht. Wenn er sich eine Zeitlang nicht bewegt, zum Beispiel weil er eingeschlafen ist oder einen Herzinfarkt hat oder warum auch immer, leuchtet zunächst an jedem Arbeitsplatz eine gelbe Leuchtfläche auf. Wenn der Wachhabende sie nicht innerhalb von fünfzehn Sekunden berührt, ertönt ein Signalton, und eine rote Leuchtfläche leuchtet auf. Er hat nun dreißig Sekunden Zeit, dieses Signal abzustellen, andernfalls wird in der ganzen Station Alarm ausgelöst.«

Moriyama nickte. »Ja.«

»Jeder von uns weiß, dass er sich deshalb beim System abmelden muss, wenn er oder sie die letzte Person ist, die die Brücke verlassen will«, fuhr ich fort, und allmählich dämmerte Moriyama, worauf ich hinauswollte.

»Und diese Abmeldungen bleiben im Computer gespeichert. Ich verstehe.« Er saß schon an der nächsten Tastatur und ging mit seiner Kommandanten-Berechtigung ins System. Gleich darauf sahen wir das Brückenprotokoll der letzten Tage. Rechts unten wurde angezeigt, wann sich das letzte Mal jemand für dieses Protokoll interessiert hatte: Das war schon über anderthalb Jahre her.

»Keine einzige Abmeldung«, stellte Moriyama verblüfft fest. »Er ist nicht einmal aufs Klo gegangen.«

»Einmal, aber da war ich noch auf der Brücke«, mischte sich Yoshiko ein. Sie streifte mich dabei mit einem Blick aus ihren mandelförmigen Augen, als nähme sie mich zum ersten Mal seit unserem letzten Rendezvous wieder bewusst wahr. Vielleicht würde es nicht mehr lange dauern, bis sie wieder anfing, über ein nächstes Stelldichein nachzudenken.

»Wann haben Sie die Brücke verlassen?«, fragte Moriyama.

»Etwa um halb eins. Jayakar kam kurz nach elf und arbeitete am Computer«, berichtete Yoshiko mit ihrer samtenen Altstimme. »Er war an dem Terminal, an dem Sie jetzt sitzen, Moriyama-*san*.«

Moriyama sah für einen Moment wie angeekelt auf die Tastatur unter seinen Fingern hinunter. »Sie sagten, er verließ die Brücke einmal?«

»Kurz nach Mitternacht. Er war höchstens fünf Minuten weg. Ich hatte den Eindruck, dass das Problem, an dem er arbeitete, ihn ziemlich stark beschäftigte.« Wieder erklang der Rufton, und Yoshiko lauschte dem Funkspruch mit einer gelassenen Geste, die ich hingerissen beobachtete. »Es sind wieder die Europäer, Kommandant, das Raumkontrollzentrum von Kourou. Sie wollen uns dringend sprechen.«

»Wir haben jetzt wirklich andere Sorgen«, meinte Moriyama unwirsch. »Noch nie im Leben habe ich mit denen zu tun gehabt, und ausgerechnet heute fällt es ihnen ein ...« Er sah wieder auf den Bildschirm, auf dem immer noch dasselbe Protokoll stand, und dann mich an. »Kann Jayakar dieses Protokoll verändert haben? Er ist ein Computerprofi, kennt alle Tricks ...«

Ich schüttelte den Kopf. »Ihm ist vorhin auch nicht eingefallen, dass es dieses Protokoll überhaupt gibt. Dabei entlastet es ihn völlig, denn es beweist, dass er die Brücke die ganze Nacht nicht verlassen hat. Er ist von uns allen der Einzige, der Iwabuchi *nicht* umgebracht haben kann!«

Moriyama schüttelte fassungslos den Kopf. »Das heißt, ich habe den falschen Mann verhaftet.«

»Es sieht so aus.«

»Kommandant, das sollten Sie sich anhören«, unterbrach uns Yoshiko. »Entschuldigung. Es ist wieder Kourou mit einer längeren Durchsage.«

Moriyama nickte unwillig, und Yoshiko betätigte eine Taste, die die Aufzeichnung des Funkspruchs über die Lautsprecher abspielte. Es war eine Stimme, die Englisch mit einem französischen Akzent sprach.

»Hier ist das Centre Spatial Guyanais, Kourou. Wir rufen die Raumstation Nippon. Dies ist ein Notfall. Nippon, wir beobachten, dass Sie Funkstille bewahren, und werden diese Durchsage deshalb mehrmals wiederholen. Vor etwa acht Stunden haben wir eine Rakete des Typs Ariane-5 gestartet, die den Satelliten Transgeo-1 in eine hohe Polarbahn bringen sollte. Die dritte Stufe dieser Rakete hatte außerplanmäßig frühen Brennschluss und befindet sich augenblicklich in Ihrer unmittelbaren Nähe. Möglicherweise bewegt sie sich sogar auf Sie zu. Da wir noch hoffen, eine Neuzündung der Stufe auslösen zu können, und da der Satellit Transgeo-1 einen ungewöhnlich hohen Wert darstellt, werden wir die Selbstzerstörungseinrichtung nur auslösen, falls die Stufe Sie gefährden sollte. Bitte orten Sie die Stufe, und informieren Sie uns, falls sie sich Ihnen auf weniger als zwanzig Kilometer nähert. Ich wiederhole: Orten Sie die

Stufe mit Ihrem Bordradar, und informieren Sie uns, falls sie sich Ihnen auf weniger als zwanzig Kilometer nähert. Wir lösen dann die Selbstzerstörung aus, was bis zu einer Entfernung von fünfzehn Kilometern keine Gefahr für Ihre Solarfläche durch Trümmerteile darstellen dürfte.«

Es gibt einfach schlechte Tage. Dies, das hatte ich inzwischen gemerkt, war so ein schlechter Tag.

»Die sind doch verrückt«, ärgerte sich Moriyama »Yoshiko, gehen Sie bitte ans Radar, und schauen Sie nach, ob uns das betrifft.«

»*Hai*«, nickte Yoshiko, schnallte sich los und glitt an die Schalttafel neben ihrer gewohnten Erdbeobachtungseinheit. Wir ließen sie nicht aus den Augen, wenngleich sich die Motive gerade änderten. Und so sahen wir, wie sie blass wurde und wie sich ihre schlanken Finger um die Kontrollen des Radarschirmes krampften.

»Ich orte die Raketenstufe, Kommandant. Sie kommt genau auf uns zu.«

»Das darf nicht wahr sein. Abstand?«

»Einundzwanzig Kilometer.«

»Sagen Sie diesen Idioten, sie sollen sofort ...« Er unterbrach sich, als ihm wieder einfiel, dass wir ja nicht senden konnten, und zerquetschte einen derben japanischen Fluch zwischen den Zähnen. »Mit welcher Geschwindigkeit nähert sich die Stufe?«

»Relativgeschwindigkeit etwa sechzig Stundenkilometer.«

Ich war schon neben Yoshiko am Radar und schaute ihr über die Schulter. Da war die Stufe, ein heller Fleck, ein verdammt heller Fleck sogar. Der Computer hatte mit leidenschaftsloser Hilfsbereitschaft bereits die Bewegungsrichtung analysiert und die voraussichtliche Flugbahn eingezeichnet, und diese Flugbahn endete genau im Zentrum des Schirms. Ich überschlug die Wucht des Projektils. Die dritte Stufe einer Ariane-Rakete hatte eine Masse, die zwischen zehn und fünfzehn Tonnen lag, und diese Masse kam genau auf uns zu, genau auf die Station. Diese Masse würde uns treffen, und sie würde mit der Wucht eines aufprallenden Panzers bei uns einschlagen.

Moriyama hieb auf eine Taste des Bordsprechgeräts. »Moriyama hier. Tanaka, wie kommen Sie voran?«

Einen Moment war Stille, dann drang Tanakas Stimme aus dem Lautsprecher. »Es ist nicht so einfach, wie wir dachten. Im Augenblick sind wir dabei . . .«

»Wann können wir senden?«

»Oh . . . Nicht vor heute Abend.«

»Das ist zu spät. Brechen Sie ab, und kommen Sie sofort auf die Brücke. Ein Riesenbrocken rast auf uns zu, und wie es gerade aussieht, wird er in etwa zwanzig Minuten Schrott aus uns machen.«

KAPITEL 15

»Die denken nicht daran, die Selbstzerstörung auszulösen«, grollte Moriyama erbittert, als der Radarreflex den Achtzehn-Kilometer-Radius passierte, und der Tonfall, in dem er das sagte, ließ keinen Zweifel an dem Maß der Verachtung, das er für die stümperhaften Kontrolleure des näher kommenden Flugkörpers empfand.

Wir hatten uns alle um den Radarschirm geschart und starrten den hellen weißen Fleck darauf mit einer Intensität an, als könnten wir seine Flugbahn allein durch die geballte Kraft unserer Gedanken beeinflussen.

»Wir sollten Raumanzüge anziehen und alle Schotten bereitmachen«, schlug Tanaka nervös vor.

»Und dann?«, fragte Moriyama grimmig. »Wenn uns dieser Koloss trifft und die Station zerlegt, was machen wir dann? Ohne Funkverbindung?«

Kim stieß plötzlich einen kieksenden Schrei aus, der unter anderen Umständen komisch gewirkt hätte. »Die Montageplattform!«, rief er aufgeregt. »Warum nicht ihm entgegenfliegen mit der Montageplattform, ihn anpacken und aus der Bahn drängen? Schon geringe Abweichung wird ihn nur Solarfläche durchschlagen lassen, und das ist reparierbar...«

»*Ikimasho!* Worauf warten Sie?«, unterbrach ihn Moriyama ungeduldig. »Rasch, stellen Sie fest, ob die Fernsteuerung funktioniert.«

Kim paddelte mit hektischen Bewegungen zu dem entsprechenden Schaltpult mit der Fernsteuerung, schnallte sich an und drückte in rascher Folge eine Reihe von Tasten. Auf dem

Bildschirm vor ihm erschien eine Kopie des Radarbildes. »Ja!«, rief er. »Fernsteuerung funktioniert.«

»Dann fliegen Sie los!«

Die Montageplattform war eine Art Weltraum-Lastwagen. Sie bestand aus einer Trägerplattform, auf deren Oberseite alle möglichen Befestigungsvorrichtungen für Bauteile jedweder Gestalt angebracht waren, ferner eine rundum bewegliche Beobachtungskamera, die ihr Bild an die Fernsteuerung übertrug, und zwei fernlenkbare Manipulatorarme. Die Plattform verfügte über eine Reihe verschiedener Steuertriebwerke; extrem schubschwache, simple Gasventile für feinste Bewegungen, aber auch stärkere Verbrennungstriebwerke für rasches Fortkommen mit größeren Lasten. Genau diese Triebwerke schaltete Kim jetzt ein. Genau betrachtet, war die Plattform das ideale Instrument für diesen Job.

Vorausgesetzt, sie erreichte die Raketenstufe rechtzeitig.

Auf dem Radarschirm war jetzt ein zweiter Punkt in Bewegung. Auch hierfür berechnete der Computer die voraussichtliche Flugbahn, und diese Linie erlaubte es Kim, die Plattform zielstrebig auf Kurs zu bringen.

»Abstand sechzehn Kilometer.«

»Schneller, Kim«, mahnte Moriyama nervös.

Kims Finger flogen über die Tastatur, um den Computer dazu zu bewegen, eine geschwindigkeitsoptimale Annäherung an die Raketenstufe zu berechnen. Auf dem Schirm erschien in dunkelblauer Farbe eine andere, gebogene Flugbahn für die Plattform: Sie beschleunigte, würde bald wieder abbremsen und mit computergenau berechnetem Vorhalt auf die ARIANE treffen. Der Treffpunkt würde in neun Kilometern Entfernung liegen. Kim bestätigte den Vorschlag, und die Farbe der geplanten Flugbahn wechselte von dunkelblau zu hellgrün. »Okay«, meinte er. »Wir schaffen es.«

Hier und da war ein verstohlenes Aufatmen zu hören, aber

niemand wagte es, wirklich erleichtert zu sein. Wir starrten weiterhin gebannt auf die Radarschirme und verfolgten die Bewegungen der beiden hellen Punkte, als hinge unser Leben davon ab. Höchstwahrscheinlich hing unser Leben ja tatsächlich davon ab.

Moriyama sah sich um und fragte dann, an Tanaka gerichtet: »Wo ist Sakai?«

»Noch im Labor, etwas ausprobieren.«

Moriyama beugte sich zur Bordsprechanlage. »Sakai, sollten Sie in den nächsten fünf Minuten imstande sein zu senden, dann rufen Sie bitte zuallererst Kourou und sagen ihnen, sie sollen ihren verdammten Satelliten sprengen.«

»*Hai*«, kam Sakais Antwort. »Aber rechnen Sie lieber nicht damit.«

Kim starrte mit bebenden Lippen auf seinen Bildschirm, auf dem der Leuchtpunkt, der die Plattform kennzeichnete, gerade in die Bremsphase überging. »Es klappt.«

Yoshiko verkündete weiterhin die Annäherung der Raketenstufe, mit einer Stimme, die plötzlich staubig und kehlig klang. »Abstand zwölf Kilometer.«

Die Plattform folgte immer noch unbeirrbar ihrem vorausberechneten Kurs. Die Bewegung fester Körper in der Schwerelosigkeit und im Vakuum, also ohne Reibung, ohne Luftwiderstand und ohne sonstige schwer kalkulierbare Einflüsse lässt sich mit einer Genauigkeit vorherbestimmen, die immer wieder erstaunlich ist.

»Wir sollten trotzdem Raumanzüge anlegen«, meinte Moriyama halblaut zu seinem Stellvertreter Tanaka. »Und wir müssen Jayakar freilassen; wir haben festgestellt, dass er unschuldig sein muss.«

»Tatsächlich?«, wunderte sich Tanaka und riss die Augen auf. »Wie das?«

»Erkläre ich Ihnen nachher.«

»Abstand zehn Kilometer«, verkündete Yoshiko.

Die beiden hellen Punkte waren einander jetzt schon sehr nahe. Auf einem anderen Bildschirm war ein vergrößerter Bildausschnitt zu sehen, und man konnte gut verfolgen, wie die Plattform ihre Geschwindigkeit an die der ARIANE-Stufe anglich und behutsam näher glitt. Kim legte die Hand lauernd auf eine breite Taste. Auf seinem Bildschirm erschien jetzt ein Countdown, der den restlichen Abstand herunter zählte. Noch zwanzig Meter ... noch zehn Meter ... noch fünf Meter ... noch einen Meter ... Die Automatik der Plattform griff in diesem Augenblick mit den Greifarmen nach dem einzufangenden Objekt.

»Kontakt!«, rief Kim triumphierend in dem Augenblick, in dem er seine Taste drückte.

»Abstand neun Kilometer«, erklärte Yoshiko.

»Kim, Sie sind ein Genie«, stieß Moriyama hervor. »Und jetzt – werfen Sie den verdammten Burschen aus seiner Bahn.«

»Aye, Kommandant«, lächelte Kim und griff nach den Hebeln der Handsteuerung. Eine Reihe von Leuchtbalken, die den wirksamen Schub anzeigten, kletterten rasch in die Höhe und erreichten den roten Bereich. Einige Warnlampen blinkten aufgeregt, aber Kim ignorierte sie.

Eine Weile geschah nichts.

Dann fing die Linie auf dem Radarschirm, die die voraussichtliche Flugbahn der Raketenstufe zeigte, an zu zittern – und verschob sich um eine Winzigkeit zur Seite, sodass sie den Mittelpunkt des Schirms nicht mehr berührte.

Wir stießen unwillkürlich ein Freudengeheul aus. Der europäische Satellit würde mitsamt seiner Trägerstufe zwar immer noch unsere Solarfläche zerfetzen, aber die Station selbst verfehlen. Eine winzige Änderung der Flugbahn, wenige Grad nur, vielleicht nur Bruchteile eines Grades, die über Leben und Tod entschied.

»Abstand acht Kilometer«, verkündete Yoshiko mit einem Seufzer. Einem hinreißenden Seufzer.

»Was meinen Sie, Kim«, fragte Moriyama, »können Sie den Satelliten so weit aus der Bahn drängen, dass er auch unsere Solarfläche verschont?«

Kim verzog das Gesicht. »Schwierig zu sagen. Ich gebe maximalen Schub; das ist alles, was ich tun kann. Lust hätte ich, ihn den Esa-Leuten auf den Kopf zu schmeißen.«

Tanaka verfolgte die Bewegung des Radarreflexes mit skeptischem Gesichtsausdruck. »Hoffentlich kommen sie nicht auf die Idee, ihn zu sprengen, wenn er gerade an uns vorbeifliegt«, murmelte er unbehaglich. Die vorausberechnete Bahn des Flugkörpers begann ein zweites Mal zu zittern.

»Gut so«, nickte Moriyama. »Je weiter weg, desto besser.«

Das Zittern wurde stärker, dann erlosch die Linie auf dem Schirm und wurde wieder neu gezeichnet. Und diesmal führte sie wieder genau durch den Mittelpunkt des Radarschirms.

»Kim«, fragte Moriyama beunruhigt, »was ist das? Wieso zielt die Flugbahn jetzt wieder auf uns?«

»Ich weiß es nicht, Kommandant«, rief Kim entgeistert. Er ließ eine Reihe schematischer Darstellungen, Übersichten und Kontrollkurven auf dem Bildschirm erscheinen und studierte sie mit fassungslosem Kopfschütteln. »Es sieht so aus, als ob es Gegenschub gibt von der europäischen Rakete.«

»Gegenschub?«

»Ja. Sie korrigiert die Abweichung.«

Kim veränderte die Stellung der Regler, sodass die Schubkraft der Plattform den Satelliten in die entgegengesetzte Richtung zog. Wieder flackerte die Linie, die den vorausberechneten Kurs anzeigte, sprang ein Stück zur Seite, um gleich darauf wieder in die alte Position zurückzukehren.

»Das ist nicht zu fassen«, flüsterte Moriyama ungläubig. »Der Satellit *will* uns treffen!«

»Abstand . . ., nur noch fünf Kilometer!«

Kim stieß einen Fluch aus. Einen koreanischen Fluch. Niemand von uns sprach Koreanisch, aber jedem war klar, dass es nur ein grober Fluch sein konnte. »In wenigen Augenblicken ist der Treibstoff der Plattform erschöpft«, rief er verzweifelt. »Ich muss die Plattform lösen von der Raketenstufe und sie abbremsen mit den letzten Tropfen, damit sie uns nicht auch noch trifft!«

Seine Hände huschten über Tasten, Hebel und Regler. Auf dem Radarschirm konnten wir verfolgen, wie sich die beiden Leuchtpunkte voneinander lösten und der eine der beiden zurückblieb.

»Kommandant«, mahnte Tanaka, »wir sollten jetzt Raumanzüge anlegen.«

»Ja«, nickte Moriyama verdrossen.

»Abstand – drei Kilometer«, meldete Yoshiko und fügte unsicher hinzu: »Wird langsamer!«

Unsere Köpfe nickten herum wie von einem unsichtbaren Puppenspieler an unsichtbaren Fäden gezogen.

»Langsamer?«, vergewisserte sich Moriyama.

»Ja. Die Raketenstufe verzögert mit einem zwanzigstel Meter je Sekundenquadrat«, las Yoshiko aus der Computeranzeige ab. »Etwas weniger – 0,048.«

»Reicht das?«

Der Computer nahm die Antwort vorweg. Die vorausberechnete Flugbahn zielte zwar immer noch auf das Zentrum des Radarschirms, aber sie endete kurz davor.

»Ja. Wenn sie konstant weiter verzögert, wird sie zum Stillstand kommen, ehe sie uns erreicht.«

Es waren qualvolle Minuten, während deren wir auf den Radarschirm und auf die Anzeigen des Raumüberwachungscomputers starrten, auf unerträglich langsam fallende Zahlen, auf unsagbar zäh absinkende Kurven, auf einen blass schimmernden Fleck, der langsamer und langsamer wurde und doch nicht zum Stillstand kommen wollte.

»Abstand zweitausend Meter. Geschwindigkeit noch achtundvierzig Stundenkilometer.«

Tanaka zischelte nervös durch die geschlossenen Zähne. »Sie scheinen es doch noch gemerkt zu haben.«

»Das glaube ich nicht«, meinte Moriyama und warf einen prüfenden Blick hinüber zum Kommunikationspult. Der Zähler der eingegangenen und aufgezeichneten Funksprüche stand seit der letzten Esa-Durchsage unverändert. »Womöglich sind das nur Versuche, den Satelliten doch noch auf seine vorgesehene Bahn zu bringen.«

»Abstand eintausendfünfhundert Meter. Geschwindigkeit noch zweiundvierzig Stundenkilometer.«

Kim schüttelte langsam den Kopf. Sein Lächeln war verschwunden; in seinem Gesicht stand nur noch das nackte Entsetzen. »Das reicht nicht . . .«, flüsterte er.

Je langsamer die Ariane-Stufe wurde, desto zäher verlief das Abbremsmanöver.

»Sollte die Stufe aufhören abzubremsen, verlässt jeder sofort die Brücke und legt einen Raumanzug an«, verfügte Moriyama. »Abstand tausend Meter. Geschwindigkeit noch dreiunddreißig Stundenkilometer.«

»Mittlerweile ist das Ding so langsam, dass es uns kaum noch Schaden zufügen kann«, überlegte Tanaka.

»Vorausgesetzt«, überlegte Moriyama halblaut, »dass es denen nicht plötzlich einfällt, Vollschub zu geben.«

Jemand schaltete die Außenkameras ein und gab ihr Bild auf den großen Schirm, den normalerweise die Weltkarte zierte. Mit viel Phantasie erkannte man bereits ein ungefähr zylinderförmiges Gebilde, an dem die Flammenstrahlen kleiner Triebwerke arbeiteten.

»Diese Esa-Leute werden was von mir zu hören kriegen«,

grollte Moriyama. »Sobald ich wieder ein Funkgerät habe, mach ich sie rund. Keiner von denen, die jetzt gerade in Kourou sitzen, wird jemals wieder eine Rakete aus der Nähe zu sehen bekommen.«

Je näher die ARIANE-Stufe kam, desto deutlicher wurde das Bild. Ich glaubte eine dritte Stufe des Typs Hio zu erkennen, die stärkste und schwerste Oberstufe, die die Europäer besaßen: mit Flüssigwasserstoff und Flüssigsauerstoff angetrieben, war sie in der Lage, bis zu acht Tonnen Nutzlast in einen geostationären Orbit zu bringen, das heißt in eine Umlaufbahn von 36000 Kilometern Höhe. Allmählich erkannte man das Emblem der Europäischen Raumfahrtbehörde ESA und verschiedene Aufschriften. Die Stufe trug eine ungewöhnlich lang gezogene Nutzlastspitze, ein kegelförmiges Schutzblech, unter dem der eigentliche Satellit sitzen musste.

Und dann endlich, nach einer schier endlosen Zeit, die erlösende Meldung »Stillstand. Distanz – achtundneunzig Meter.«

Diesmal gab es kein Freudengeheul, nur stille Erleichterung. Ich schloss die Augen und wünschte mir die Ruhe der Wochen zurück, in denen ich geglaubt hatte, unter Langeweile zu leiden. Irgendjemand murmelte leise japanische Worte, die wie ein Dankgebet an die Ahnen klangen.

Ich öffnete die Augen gerade noch rechtzeitig, um zu sehen, wie die Nutzlastverkleidung abgesprengt wurde. Es gab ein kleines Aufblitzen und ein wenig weißen Rauch, dann trieben drei schalenförmige Teile davon wie die Blätter einer verblühten Blume, die jemand geschüttelt hatte. Ein dunkler, hässlicher Zylinder kam darunter zum Vorschein.

Yoshikos Aufschrei zerriss die Ruhe, die gerade einkehren wollte. »Der Satellit setzt sich wieder in Bewegung!«

Moriyama schoss heran, sah ihr über die Schulter auf den Hauptradarschirm und krallte seine Hand in ihre Schulter, ohne sich dessen bewusst zu werden.

»Ja, sind die denn jetzt vollkommen verrückt geworden...?«
Der Satellit kam langsam, aber stetig auf uns zu. Ich starrte auf
den großen Bildschirm und konnte kaum glauben, was ich sah.
Ich beugte mich vor und schaute genauer hin. Kein Zweifel, an
der Spitze des Satelliten – oder was immer es sein mochte –
erkannte man die dreiflügligen, unverkennbaren Umrisse einer international genormten Kopplungsvorrichtung. Und das
Ding hielt genau auf unsere Hauptandockschleuse zu.

»Die wollen andocken!«, entfuhr es mir. »Das ist ein Ren-
dezvous-Manöver!«

»Was reden Sie da, Carr?«, fauchte Moriyama.

»Das ist kein Satellit, Sir«, beharrte ich. »Ich wette zehn zu
eins, dass das ein bemanntes Raumfahrzeug ist.«

»Ein bemanntes Raumfahrzeug der Europäer? Aber die Europäer haben keine bemannten Raumfahrzeuge.«

»Jetzt haben sie eins.«

»Und warum versuchen sie einfach hier anzudocken, ohne
uns etwas davon zu sagen?«

Zwei geschichtsträchtige Ereignisse an einem Tag. Es war
kaum auszuhalten.

»Weil das«, sagte ich dumpf, »ein Überfall ist.«

KAPITEL 16

Vierhundert Kilometer über der Erdoberfläche, hoch über irgendeinem Punkt des Globus, der gerade den Sonnenaufgang erlebte, schwebte eine riesige, mattsilbern glänzende Scheibe, deren Mittelpunkt eine vergleichsweise kleine Konstruktion aus einem Dutzend weißlackierter und mit Aufschriften in Japanisch und Englisch versehener Zylinder bildete. An einem dünnen Auslegerarm, der für Augen, die nur irdische Verhältnisse gewöhnt waren, geradezu lächerlich zerbrechlich wirken musste, hing eine mannshohe japanische Flagge, die ja passenderweise den roten Ball der aufgehenden Sonne auf weißem Grund zeigt. Sie wurde von einem dünnen Glasfiberstab in Form gehalten, denn hier oben in der Erdumlaufbahn gab es keinen Wind, in dem sie hätte flattern können. Vor der Spitze des senkrecht zu der großen Scheibe stehenden Zylinders schwebte ein dunkler, seltsam roh und unfertig wirkender Zylinder, der unmerklich näher und näher glitt und dabei mit seinem dreiflügligen, wie ein obszöner Saugmund aussehenden Kopplungsmechanismus auf das entsprechende Gegenstück an der Station zielte. Ein außen stehender Beobachter hätte den Eindruck gehabt, eine schwarze Qualle zu sehen, die über einen weißen Seestern herfiel, um ihn auszusaugen.

Aber es gab keinen außen stehenden Beobachter dieser Szene. Niemand auf dem sich in unglaublicher blauweißer Pracht unter uns wölbenden Erdball ahnte etwas von dem, was hier vorging.

»Das ist Piraterie«, stellte Moriyama erbittert fest. »Piraterie im Weltraum.«

»In letzter Zeit greift es wirklich um sich«, murmelte ich geistesabwesend vor mich hin. Kurz vor meinem Dienstantritt auf der Raumstation hatte ich eine Statistik gelesen, wonach sich in den ersten fünf Jahren dieses einundzwanzigsten Jahrhunderts bereits mehr Fälle von Piraterie ereignet hatten als in den gesamten vorangegangenen hundert Jahren. Allerdings vorwiegend im Südchinesischen Meer, in der Karibik und entlang der Seerouten durch die pazifische Inselwelt.

Ich starrte unzufrieden auf den Bildschirm. Da war irgendetwas, das ich übersehen hatte. Etwas Wichtiges. Ich spürte einen blinden Fleck in meinem Kopf, den meine Gedanken unaufhörlich umkreisten wie die Zunge ein Loch im Zahn. »Yoshiko, geben die Esa-Leute irgendwelche Erklärungen über Funk durch?«, fragte der Kommandant.

Yoshiko glitt zum Kommunikationspult und streifte den Kopfhörer über. Sie schüttelte den Kopf. »Nein. Nichts.«

Moriyama schnaubte wütend. »Jetzt wünsche ich mir ein Bordgeschütz. Hat jemand eine Idee, wie wir verhindern können, dass die einfach andocken?«

Im Weltraum waren Türschlösser und Hausschlüssel noch völlig unüblich. Vielleicht, schoss es mir für einen Moment durch den Kopf, würde sich das in Zukunft ändern. Einstweilen war es noch so, dass jeder, der sich einem Raumfahrzeug näherte, es auch betreten konnte. Das entsprach internationalen, seit Jahrzehnten gültigen Vereinbarungen über gegenseitige Hilfeleistungen in Fällen von Weltraumhavarie. Jede Schleuse war von außen bedienbar, und jedes Raumfahrzeug, das über die Standard-Kopplung verfügte, konnte an jedes andere andocken, und Raumfahrer konnten in das andere Fahrzeug überwechseln, ohne dass dazu die Erlaubnis oder Mitwirkung der Insassen dieses Fahrzeugs erforderlich war: denn diese Insassen mochten ja tot oder bewusstlos sein und Hilfe nötig haben.

»Die Manipulatorarme!«, fiel mir ein. »Wenn wir die kreuzförmig vor die Schleuse legen, können sie nicht ankoppeln.
Und wenn sie nicht ankoppeln können, können sie auch nicht
an Bord. Vielleicht bequemt sich die EsA dann zu einer erklä-
renden Stellungnahme, was hier gespielt wird.«

Der düstere, ungeschlachte Zylinder kam immer näher. Es
war höchste Zeit, etwas zu unternehmen.

»Erinnern Sie mich daran, dass ich Sie für eine Gehaltser-
höhung vorschlage«, meinte Moriyama grimmig. »Los, worauf
warten wir?«

Wir hangelten uns hastig zum Schott, durchquerten den
Knotentunnel und erreichten die kleine, der Brücke genau
gegenüberliegende Ausbuchtung, von der aus die Greifarme
gesteuert wurden. Ich griff nach den Steuerhebeln und setzte
die langen Roboterarme in Bewegung, die normalerweise dazu benutzt wurden, um das Ladeluk eines angekoppelten Spaceshuttles leerzuräumen. Die Arme waren lang genug, um in den
hintersten Winkel des Nutzlastraums greifen zu können, stark
genug, um schwere Pakete greifen und bewegen zu können,
und beweglich genug, um diese Pakete in der Lastenschleuse
abzusetzen, die sich schräg unterhalb von uns an der Stirnseite
des Mikrogravitationslabors befand. Als wir die Sichtluken öffneten, war das fremde Raumfahrzeug schon bedrohlich groß
und nah über uns.

»Wenn die nicht abbremsen, schlagen sie sie uns kaputt«,
meinte ich, während ich die Arme ausklappen ließ und dann
kreuzförmig über unserem Kopplungsadapter verschränkte.
»Andererseits ruinieren sie damit wahrscheinlich auch ihre eigene Kopplung.«

Sie bremsten. Wir sahen die Steuertriebwerke des Angrei-
fers für ein paar Sekunden aufflammen, dann war die Bewegung gestoppt, und das unförmige Gebilde aus dunklem Stahl
verharrte unschlüssig in etwa zehn Metern Entfernung. Mori-

yama und ich nickten uns triumphierend zu. Da mochten sie jetzt hängen, bis sie verfaulten.

»Ich frage mich, wie sie das wagen können«, wunderte sich Moriyama, während er das Raumfahrzeug beobachtete. »Wenn unsere Sender nicht kaputt wären, würden wir doch schon längst SOS senden, und alle Welt wüsste, was hier geschieht. Die internationalen Verwicklungen, die das zur Folge hätte, wage ich mir nicht vorzustellen . . .«

»Vielleicht wissen sie es.«

»Was?«

»Dass unsere Sender kaputt sind.«

Moriyama sah mich verwundert an. »Woher sollten sie das wissen?«

Die Dominosteine in meinem Hirn fingen gerade an, zu fallen, klick-klick-klick, einer stieß den nächsten um, und immer so weiter. Plötzlich passten Puzzlesteine zusammen. »Mein Gott«, stieß ich hervor, von der grauenvollen Einsicht überwältigt. »Erinnern Sie sich noch, was Sie über Iwabuchi gesagt haben? Dass er längst einen neuen Sender gebaut hätte, aus zwei Gabeln und ein bisschen Draht? Wir dachten die ganze Zeit, der Mörder hätte die Sender zerstört, damit wir den Mord an Iwabuchi nicht melden konnten. Aber es ist genau andersherum. Tatsächlich ging es um die Sender. Es ging ihm darum, unsere Sender zu zerstören, damit dieser Überfall unbemerkt stattfinden konnte. Er ermordete Iwabuchi, weil er – wahrscheinlich zu Recht – befürchten musste, dass dieser die Sender zu schnell reparieren würde.«

Moriyama starrte mich an, und in seinem Gesicht mischten sich Abscheu und blankes Entsetzen. Mein Gesicht sah wahrscheinlich nicht viel anders aus, während die Dominosteine weiter fielen, klick-klick-klick, einer nach dem anderen. Der Geruch auf der Brücke fiel mir ein, der Geruch des Plastikthermits. Der Pflaumenwein. Das Haaröl. »Wo ist eigentlich Sakai?«, fragte ich ahnungsvoll.

Die Stimme kam überraschend. »Hier, Mister Carr.«

Wir zuckten zusammen und fuhren herum. Sakai schwebte an der gegenüberliegenden Wand des Tunnels, neben dem Schott zur Brücke. Mit der einen Hand hielt er sich an einem Griff fest, und das, was er in der anderen Hand hielt, war zweifelsfrei und auf den ersten Blick erkennbar ein Revolver.

Und er hielt ihn auf uns gerichtet.

»Sakai?!«, entfuhr es Moriyama.

Sakai wirkte plötzlich überhaupt nicht mehr so gleichmütig und begriffsstutzig wie sonst. »Ich habe keine Lust und keine Zeit für lange Erklärungen. Carr, nehmen Sie die Manipulatorarme von der Schleuse!«

Ich rührte mich nicht. »Sakai, ist Ihnen klar, dass Sie sich selber gefährden, wenn Sie hier an Bord mit einer Schusswaffe herumfuchteln? Ein einziger Schuss, der danebengeht und die Wandung durchschlägt, kann eine Katastrophe auslösen.«

»Halten Sie mich nicht für naiv, Mister Carr«, erwiderte Sakai kalt. Er hob die Waffe leicht, sodass wir den unterarmlangen Schalldämpfer bewundern konnten, der auf der Mündung aufgeschraubt war. »Wir haben uns gut vorbereitet. Dieser Schalldämpfer verringert die Geschwindigkeit der Kugeln auf ein zwar immer noch tödliches, aber ansonsten ungefährliches Maß. Sollte eine dieser Kugeln die Modulwandung durchschlagen, verursacht das keinen größeren Schaden als ein Mikrometeorit. Sie wissen ja, die zweischalige Bauweise: Ein wenig Luft entweicht, dann verbinden sich die beiden pastösen Kunststoffe in den beiden getrennten Wandschalen zu einem stabilen, luftdichten Pfropf.«

Er richtete die Waffe wieder auf meinen Bauch. »Und jetzt nehmen Sie die Greifarme zurück. Glauben Sie mir, ich habe keine Hemmungen, Sie zu erschießen und es selber zu tun.«

Ich starrte ihn nur an. Wenn Blicke töten könnten, wäre er mausetot umgefallen.

»Oh, ein Held. Soll ich mir überlegen, Ihre hübsche Freundin zu verunstalten?«

»Tun Sie, was er sagt, Leonard«, befahl Moriyama halblaut. Widerstrebend griff ich nach der Steuerung der Manipulatorarme und führte sie zurück in ihre normale Grundstellung. Das fremde Raumfahrzeug setzte sich sofort wieder in Bewegung.

»Was soll das alles, Sakai?«, fragte ich aufgebracht. »Wer ist dort in diesem Raumschiff?«

»Warten Sie's ab, Mister Carr«, empfahl er mir gleichgültig. »In wenigen Augenblicken erfahren Sie es ja sowieso.«

Wir warteten. Augenblicke dehnten sich zu unerträglichen Ewigkeiten. Aus den Augenwinkeln sah ich den schwarz glänzenden Koloss näher und näher kommen, größer und größer werden ...

Dann ging ein donnernder Schlag durch die ganze Raumstation, der jede Wand und jede Verstrebung erzittern ließ.

Für einen Moment dröhnte es in unseren Ohren, als befänden wir uns im Inneren einer riesigen Glocke, die sich im Glockengestühl verirrt und eine andere Glocke gerammt hatte. Dann ließ das Zittern der Wände nach, doch das Zittern in unserem Inneren blieb. Der Geruch der Gefahr hatte nicht getrogen. Die Staubwolke am Horizont bedeckte nun den ganzen Himmel.

Schabende Geräusche von der Stirnschleuse her waren zu hören.

Das Piratenschiff hatte angekoppelt.

KAPITEL 17

Das Schott zur Brücke fuhr auf, und Tanaka streckte den Kopf heraus. Sakai richtete seine Waffe auf ihn. »Keine Dummheiten«, warnte er ihn.

Niemand hat je behauptet, die japanische Raumfahrtbehörde engagiere Leute, die schwer von Begriff wären oder zu unbesonnenem Handeln neigten. Tanaka sah zuerst die Waffe an, dann Moriyama und mich, und dann nickte er langsam und hob die Hände leicht hoch. »Alles, was Sie wollen«, sagte er leise.

»Bleiben Sie, wo Sie sind«, befahl Sakai. »Ich will, dass das Schott offen bleibt.«

Die schabenden Geräusche hatten das Innere unserer Schleusenkammer erreicht, und nun drehte sich das Verschlussrad der inneren Luke mit dem üblichen Rattern, das mich immer an das Geräusch eines Safeschlosses erinnerte. Dann, als die Sicherungsbolzen vollständig eingefahren waren, schwang das Luk auf, und ein Gesicht erschien in der kreisrunden Öffnung. Und was für ein Gesicht!

Ich erschrak, als ich diese Züge sah. Die letzten Stunden waren nicht gerade arm an Ereignissen gewesen, und ich war von einer Angst in die nächste gefallen – aber das war immer nur Angst gewesen. Jetzt aber fühlte ich regelrechte Panik in mir aufsteigen, ein Gefühl der Verzweiflung, das in mir hoch schwappte wie eine überbordende Woge. Seit mir klar geworden war, dass die Raumstation überfallen wurde, war ich auf diesen Moment gefasst gewesen, in dem die NIPPON geentert wurde – aber ich hatte, ohne über diese Vorstellung weiter nachzudenken, damit gerechnet, dass wir von einer Art militärischer Einheit besetzt würden, von olivgrün uniformierten Guerilleros oder dergleichen.

Dieser Mann aber, der da langsam kopfüber aus der Schleuse glitt, sich nach allen Seiten umsehend und einen Revolver mit großem Schalldämpfer schussbereit in der Hand haltend – dieser Mann war ein Psychopath, wenn ich jemals einen gesehen hatte. Sein Kopf glich einem Totenschädel. Die Wangen und Schläfen waren eingefallen, als zehre ihn etwas aus, und die Haut glänzte krankhaft bleich und feucht. Sein Haar war lang und ungepflegt und klebte ihm in wirren, fettigen Strähnen am Schädel. Und in seinen tiefen, unsteten Augen glühte mühsam gebändigter Wahnsinn, lauerte nackte Mordlust. Das, so schoss es mir durch den Kopf, war jemand, dem es Vergnügen bereitete zu töten, der es genoss, wenn Metall matschend in wehrloses Fleisch einschlug. Vielleicht gab es nichts sonst, das ihm Vergnügen bereitete. Er sah sich um, als fiebere er dem ersten Anlass entgegen, von seiner Waffe Gebrauch zu machen. Sogar Sakai schien etwas Angst vor diesem dämonischen Spießgesellen zu haben.

Er glitt vollends aus der Schleuse und streckte die freie Hand ungeschickt nach einem Griff aus, um sich umzudrehen. Ganz offensichtlich hatte er keine Weltraumerfahrung, und die Schwerelosigkeit, vielleicht in Verbindung mit dem Stress, schien ihm zu schaffen zu machen. Mühsam glitt er neben Sakai und nickte ihm zu.

Der nächste Kopf erschien in der Schleuse: ein blonder, kurz geschorener Schädel, aus dem sich zwei himmelblaue, aber ansonsten seltsam stumpfe Augen gleichgültig umsahen. Der Besitzer dieser Augen war ein Hüne, ein Schrank von einem Mann, und er trug keine Waffe, sondern einen metallenen Kasten unter dem Arm, aus dem einige bunte Kabel wie seltsame Schlangen herausragten. Auch ihm bereitete es Schwierigkeiten, sich zu orientieren, und er bewegte sich mit ungeschlachten, hölzernen Bewegungen.

Die Raumanzüge, die die beiden trugen, fielen mir auf. Die Helme hatten sie abgenommen, und sie trugen auch keine Versorgungstornister – aber jeder von ihnen hatte einen Knopf im Ohr und ein Mikrophon an einem dünnen Bügel vor dem Mund, und beides war mit einer klobigen Sprechfunkeinheit verbunden, die ihnen im Nacken saß, gleich hinter der Manschette, auf der der Helm aufgesetzt wurde. Ich glaubte darin russische Modelle zu erkennen und fragte mich, was das wohl über die Herkunft der Piraten verriet.

Der Totenkopf gab Sakai einen Wink. Mit einer unangenehmen, heiseren Fistelstimme befahl er: »Zeig Sven, wo er den Sender anschließen muss.«

Sakai nickte, und ich hatte den Eindruck, dass er erleichtert war, nicht länger in der Nähe seines ungepflegten Kompagnons sein zu müssen. Bereitwillig glitt er vor dem blonden Riesen in die Zentrale.

Dann winkte der Totenkopf Moriyama und mir mit seiner überdimensionalen Waffe zu. »Los, ihr beiden, rein mit euch.«

Er sprach Englisch mit einem deutlichen deutschen Akzent. Ich war ein paar Monate in Deutschland stationiert gewesen, 1989, kurz vor dem Fall der Mauer – lange genug, um diesen Akzent zu erkennen. Und lange genug, gottlob, um auch die Deutschen kennen zu lernen, was mich in diesem Moment vor unzutreffenden Verallgemeinerungen bewahrte. Dieser Mann schien mir eher das Ergebnis eines genetischen Experiments zu sein, dessen Ziel die Vereinigung der schlechtesten Eigenschaften der ganzen menschlichen Rasse in einer einzigen Person gewesen sein musste.

Moriyama und ich folgten dem Wink sofort und ohne Zögern. Keiner von uns hatte den Eindruck gewonnen, dass dieser Mann uns ein zweites Mal auffordern würde.

Als wir durch das Schott, hinter dem immer noch Tanaka verharrte, um es offen zu halten, auf die Brücke schwebten, machten sich Sakai und der Blonde bereits am Kommunikationspult zu schaffen. Der Mann, den Kollege Schrumpfkopf Sven genannt hatte, schabte mit einem Schraubenzieher die Reste eines unserer eigenen Sender aus einem der offen stehenden Schächte – das, was das Plastikthermit von ihm übrig gelassen hatte –, wohl um Platz zu schaffen für das Gerät, das er mitgebracht hatte. Sakai gab ihm halblaut einige Anweisungen, war aber in der Hauptsache damit beschäftigt, die übrigen Crewmitglieder in einer Ecke der Brücke zusammenzutreiben.

»Ralf, passt du auf die Leute auf?«, fragte er, als wir hereinkamen.

Ralf. Was für ein Name für diesen Mann, der sich jederzeit seinen Lebensunterhalt auf ehrliche Weise in einer Geisterbahn hätte verdienen können. Ralf knurrte sein Einverständnis und stieß mir dann den Schalldämpfer seiner Waffe aufmunternd von hinten in die Rippen.

Etwas fehlte noch, als wir dann mit den anderen um den Radarschirm versammelt waren und Ralf uns mit hungrigen Augen beobachtete. Der Boss. Der Chef. Die beiden Neuankömmlinge waren zwar beeindruckende und Furcht einflößende Gestalten, aber ob ihr geistiges Niveau an das von zwei trotteligen Vorstadtbankräubern heranreichte, stand für mich noch sehr in Zweifel. Ganz sicher hatten sie jedoch nicht das Format für ein Unternehmen wie dieses.

Der Mann, der dieses Format hatte, betrat gleich darauf die Brücke. Und was seinen Komplizen an Format abging, das besaß er im Übermaß.

Er war etwas kleiner als die anderen beiden. Auch er trug einen Raumanzug, aber an ihm wirkte das klobige Kleidungsstück wie ein teurer Smoking. Die Schwerelosigkeit schien ihm keine Schwierigkeiten zu bereiten, oder wenn doch, gelang es ihm jedenfalls ausgezeichnet, sie zu kaschieren. Er hatte ein glattes, intelligentes Gesicht von leicht dunkler Hautfarbe, das mich in ihm einen Kolumbianer oder Algerier vermuten ließ. Wachsame Augen musterten jedes einzelne Mitglied der Crew, während er näher kam, und als er mich ansah, bekam ich den Eindruck, dass hinter diesen Augen ein rasiermesserscharfer Verstand arbeitete. Ein gefährlicher Verstand. Der Verstand eines entschlossenen Mannes, der genau weiß, was er will, der weiß, wie er es bekommt, der jedes Detail berücksichtigt und nichts übersieht.

Sein Blick blieb schließlich auf Moriyama haften. »Kommandant Moriyama, vermute ich?«, fragte er mit einer weichen wohlüberlegt akzentuierten Stimme. Ein leichter französischer Akzent klang mit. Vielleicht doch Algerier. »Es tut mir leid, dass ich Ihre Raumstation vorübergehend für meine eigenen Zwecke beanspruchen muss ...«

»Sparen Sie sich Ihre Höflichkeiten«, unterbrach ihn Moriyama barsch. »Wer sind Sie, und was wollen Sie?«

»Mein Name ist Khalid«, erklärte er unbeeindruckt. »Und was ich will? Nun, was kann jemand wollen, der ein Objekt wie diese Raumstation besetzt? Im Handstreich, wie ich hinzufügen darf.« Er schien nicht wenig stolz auf seinen gelungenen Überfall zu sein.

»Keine Ahnung«, knurrte der Kommandant.

Khalid lächelte. Es war das Lächeln eines Haifischs. »Auch keine Vermutung?«

»Nein.«

Der Anführer der Piraten sah sich gelassen um, bedächtig, ein Mann, der die Situation völlig im Griff hatte. Er tauschte ein paar Blicke mit seinen Komplizen, musterte uns der Reihe nach aufmerksam und wandte sich dann wieder Moriyama zu.

»Darf ich Ihrer Phantasie ein wenig nachhelfen? Wie wäre es mit ... Geld?«

»Geld?!«

Ein kurzes, dröhnendes Lachen wie über einen gelungenen Scherz auf einer Party. »Aber, Kommandant – sprechen Sie dieses Wort nicht so aus, als ob es etwas Schmutziges wäre! Geld ist wichtig. Für die weitaus meisten Menschen ist Geld das, worum sich ihr ganzes Leben dreht. Sie arbeiten und arbeiten und rackern sich ab und verdienen gerade genug, um den nächsten Tag zu erleben, an dem sie wieder nichts als Plackerei erwartet.«

Er hatte das in gutgelauntem Plauderton von sich gegeben, wie ein Salonlöwe, der sich in feiner Gesellschaft in der Kunst des gehobenen Small talks übt. Doch so plötzlich und so übergangslos, als habe jemand in seinem Inneren einen Schalter umgelegt, fiel das falsche Lächeln von ihm ab, und seine Augen verengten sich zu schmalen Schlitzen. Als er weitersprach, klang seine Stimme leiser, präziser, gefährlich wie ein geschliffener Dolch.

»Für Sie freilich, Kommandant, trifft diese Beschreibung nicht zu. Sie sitzen ja in einem der Honigtöpfe dieser Welt. In Ihrer Welt spielt Geld keine Rolle. Was hat dieses Spielzeug hier, diese Raumstation, in der Sie alle so mühsam campieren, gekostet? Zwanzig Milliarden Dollar? Oder waren es vierundzwanzig? Sie entschuldigen sicher, dass ich diese Zahlen nicht in Yen umrechne, aber ich bin altmodisch; ich habe mich noch nicht an diese neue Weltwährung gewöhnt: Ich finde sie unpraktisch, eine Mickymauswährung, so krankhaft wie italienische Lire. Wenn alle Zahlen riesengroß sind, dann beeindrucken die wirklich großen Zahlen nicht mehr. Ich bleibe also einstweilen bei den guten alten Dollars. Was lässt es sich Ihre Regierung jedes Jahr kosten, hier oben neun Leute spazierenzufliegen? Drei Milliarden Dollar? Vier? Das sind fünfzigtausend Dollar für eine Stunde Anwesenheit einer einzigen Person. Ein gesunder Nachtschlaf kostet fast eine halbe Million. Was für ein Wahnsinn, das Ganze. Aber« – er lächelte diabolisch – »für unsere Zwecke haben diese finanziellen Dimensionen einen großen Vorteil: Unsere beträchtliche Lösegeldforderung wird sich dagegen richtiggehend bescheiden ausnehmen.«

»Das wird Ihnen nicht gelingen«, erklärte Moriyama, und es klang, als glaube der Kommandant das tatsächlich.

Khalid lächelte wieder, diesmal aber sanft und nachsichtig. »Was sollen sie machen? Ein Shuttle mit Soldaten schicken? Das werden sie nicht tun. Nicht so sehr, weil ich Sie als Geiseln habe – Sie sind, in aller Höflichkeit, für Ihre Regierung recht leicht entbehrlich, und Sie wissen selbst, dass die Warteliste der hoffnungsvollen Aspiranten auf Ihre Jobs so lang ist, dass sie wahrscheinlich mit Leichtigkeit von hier bis zur Erdoberfläche hinabreichen würde. Nein, ich nehme die Station selbst als Pfand. Ich bräuchte bloß zwei Module abzutrennen und zu sprengen; sie zu ersetzen käme bereits teurer als meine Lösegeldforderungen.«

Moriyama blickte den Piraten verächtlich an. »Meine Regierung wird *überhaupt kein* Shuttle schicken. Sie werden Sie schlicht und einfach aushungern.«

»Sie werden eines schicken, verlassen Sie sich darauf«, versicherte Khalid leichthin, als sei das das Geringste seiner Probleme. »Eines mit einer sehr ungewöhnlichen Nutzlast: lauter Gold. Dreißig Tonnen Gold in Barren. Was ist das wohl wert? Ich denke immer noch in Dollars, und da wirkt die Zahl geradezu magisch. Eine Milliarde Dollar. Eine Milliarde Dollar und ein sicherer Platz in den Geschichtsbüchern – was will man mehr?«

»Und was wollen Sie hier oben anfangen mit Ihrer Milliarde?«

»Ich nehme sie natürlich wieder mit zur Erde. Sie wissen doch, Kommandant, so ein Spaceshuttle kann an fast jedem Ort der Erde landen, wenn man einen tüchtigen Piloten hat.

Und ein tüchtiger Pilot wird natürlich an Bord sein. Wir werden Ihnen allen zum Abschied die Hände drücken, an Bord des Shuttles steigen und damit zurück zur Erde fliegen, wo uns an einem Ort, der aus verständlichen Gründen einstweilen mein Geheimnis bleiben muss, eine geeignete Landepiste erwartet. Sie können sich sicher vorstellen, dass viele Staaten bereit sein werden, uns aufzunehmen. Es gibt ja so erfreulich viele Staaten heutzutage, und fast alle sind sie arm. Sie werden kaum jemanden zurückweisen, der eine so fürstliche Landegebühr zahlen kann wie wir.« Ein spöttisches Lächeln umspielte Khalids Lippen. »Wobei man nicht übersehen darf, dass auch ein Spaceshuttle einen nicht unbeträchtlichen Wert darstellt ...«

Moriyama starrte ihn nur noch fassungslos an. Wir alle starrten ihn fassungslos an. Die Kühnheit, um nicht zu sagen Vermessenheit dieses Plans war schlichtweg atemberaubend. Aber Khalid schien vom Gelingen seines Vorhabens felsenfest überzeugt zu sein.

Jetzt allerdings entschied er, dass der gemütliche Teil vorerst beendet war. Das höfliche Lächeln verschwand aus seinem Gesicht, als sei es dort ohnehin nur geduldet, die Wärme aus seinen Augen, als gehöre sie dort sowieso nicht hin, und seine Stimme klang scharf und herrisch, als er sich an seine Helfershelfer wandte: »Schafft sie fort. Die beiden Frauen und den Koreaner in eines der Wohnabteile, die übrigen in das andere. Wir haben zu tun.«

KAPITEL 18

Der Widerhall des zischenden Lautes, mit dem sich das Schott hinter uns geschlossen hatte, schien noch in der Luft zu schwingen oder zumindest in unseren Ohren und überhaupt nicht mehr vergehen zu wollen. Wir verharrten in stummer Fassungslosigkeit und lauschten kratzenden Geräuschen, die von einem Punkt unterhalb – innerhalb – der Türschwelle zu kommen schienen.

»Was zum Teufel machen die da?«, brach Tanaka schließlich das düstere Schweigen. Es klang wütend, als habe er erst jetzt einen klar definierbaren Punkt ausgemacht, auf den er seine Entrüstung richten konnte.

»Sie sperren uns ein«, sagte ich.

»Uns einsperren? Wie wollen sie uns einsperren? Das geht doch überhaupt nicht.« Tanaka näherte sich dem Schott, bis der Sensor oberhalb der wulstigen Türöffnung mit einem kaum vernehmbaren Klicken seine Annäherung registrierte. Nichts geschah. Der stellvertretende Kommandant hieb zornig mit der flachen Hand gegen die unbotmäßigen Schotthälften, was wie ein dumpfer Gongschlag durch das ganze Wohnmodul dröhnte.

»Lassen Sie das, Tanaka«, meinte Moriyama müde. Er hatte sich zu den Trainingsgeräten zurückgezogen und sich auf den Sitz der Butterfly-Maschine geschnallt. »Es hat keinen Sinn.«

»Ich verstehe das nicht«, stieß Tanaka hervor. »Wie machen die das? Dass das Schott nicht mehr aufgeht?«

»Es gibt unterhalb jedes Schotts eine Wartungsklappe, die man mit einem Schraubenzieher öffnen kann«, erklärte ich dumpf. »Sie gewährt Zugang zu allen Versorgungsleitungen in das Modul. Unter anderem kann man auch das Schott blockieren.«

Tanaka sah mich an, als wüsste er nicht so recht, was er von mir halten und ob er mir glauben solle. »Wieso weiß ich nichts davon?«

»Das hat nur mit dem Zusammenbau der Station zu tun. Sobald ein Stationsmodul angeflanscht ist und die Versorgung funktioniert, schraubt man die Klappe zu und nie wieder auf.« Ich zuckte die Schultern. »Die wenigsten Leute wissen davon.«

»Und diese Wartungsklappen sind draußen im Knotentunnel?«

»Ja.«

»Und hier drinnen?«

Ich schüttelte den Kopf. Tanaka zog zischelnd die Luft zwischen den Zähnen ein und stieß sie wieder aus, während er unschlüssig zuerst das graumelierte Metall anstarrte, dann mich und dann den Kommandanten. Jetzt hörten wir nichts mehr von draußen. Wir hörten nur noch unseren Atem, das Rascheln unserer Kleidung und das Knarren des Sitzes, an dem sich Moriyama festgebunden hatte. Ich versuchte mir vorzustellen, was die Piraten in diesem Moment taten. Sicher hatten sie ihren eigenen Sender inzwischen installiert, und Khalid übermittelte vielleicht gerade sein bestimmt höchst geistreich formuliertes Ultimatum an das Raumfahrtzentrum in Tanegashima.

»Sie haben sich gut vorbereitet«, stellte Moriyama bitter fest. »Sie kennen die Raumstation besser als wir selber.«

Tanaka starrte das Schott an, als verdächtige er es, sich aus purer Bosheit nicht mehr zu öffnen. Dann, in einem abrupten Ausbruch verzweifelter Wut, wie ich sie bei dem schmächtigen, ehrgeizigen Mann noch nie zuvor erlebt hatte, verkrampfte er sich und stieß einen gepressten, gurgelnden Laut aus, als wolle er schreien, könne es aber nicht. Gleich darauf zerbrach die

Spannung in seinem Körper wieder, und er sackte elend in sich zusammen.

»Was tun wir denn jetzt?«, flüsterte er mit bebender Stimme.

»Vor allem verlieren wir jetzt nicht die Fassung«, ließ sich Moriyama vernehmen, und der Tadel in seiner Stimme war nicht zu überhören. »Und ansonsten tun wir vorerst überhaupt nichts. Das sind bewaffnete Verbrecher, und wir sind unbewaffnete Wissenschaftler. Es gehört nicht zu unseren Aufgaben, gegen solche Elemente vorzugehen.«

»Sakai«, murmelte Tanaka, als habe er den Kommandanten überhaupt nicht gehört. »Er kam mir schon immer verdächtig vor. Keine Freunde, keine Frau ... Bestimmt gehört er zur *Yakuza*. Ein Mörder.« Er warf mir einen unsicheren Blick zu. »Ich hätte auf Sie hören sollen, gestern, als Sie die Abdeckplatte abschrauben wollten.«

Ich musterte ihn nachdenklich. Ich hatte eigentlich nichts gegen ihn; niemals gehabt. Unsere ganzen Spannungen hatten daher gerührt, dass er mich nicht leiden konnte, und ich hatte nie etwas dagegen tun können. »Ich weiß nicht, ob das etwas geändert hätte«, bekannte ich. »Vielleicht hätte es sogar noch mehr Tote gegeben. Ich entsinne mich, dass Sakai ziemlich nervös war; sicher hatte er nicht damit gerechnet, dass das abschmelzende Plastikthermit außerhalb des Schranks zu riechen sein würde. Aber ich glaube, er hätte nicht gezögert, uns alle zu erschießen, um den Überfall heute Morgen zu ermöglichen.«

Tanakas Augenbrauen zuckten überrascht nach oben. »Glauben Sie?«

Ich nickte. Ich hielt es nicht für angebracht, ihm von den anderen Gedanken zu erzählen, die mir durch den Kopf schossen. Es hätte auch anders kommen können. Vielleicht wäre Sakai nicht zum Zuge gekommen. Wenn wir die zerstörten Reservesender entdeckt hätten, hätte Iwabuchi sie sicher umgehend repariert. Und würde noch leben. Wir hätten den Vorfall an die Bodenstation gemeldet, und vielleicht hätten wir rechtzeitig verstanden, was gespielt wurde.

Hätten wir? Ich war mir nicht sicher. Und das war es, was mich in Wahrheit schmerzte – dass ich mir nicht sicher war. Die stille Wut, die schwarz und klebrig in mir brodelte, die Wut auf Khalid und seine Kumpane, war in Wirklichkeit Wut auf mich selber. Ich hatte versagt. Ich hätte es wissen können, rechtzeitig, aber ich hatte es nicht gewusst. Ich war einmal ein Kämpfer gewesen, ein strahlender Sieger, scharfsinnig, geschickt und mutig ... Mut? Wo war mir mein Mut nur abhanden gekommen? War überhaupt noch etwas übrig von meinem Scharfsinn? Ich hatte wesentliche Dinge übersehen, die ich nicht hätte übersehen dürfen, so wie ich auch in meinem Leben irgendwelche wesentlichen Dinge übersehen hatte ... Einst war ich ein Krieger gewesen, doch heute war ich nur noch ein ängstlicher, verzagter Mann, ein Schatten meiner selbst. Ein Mann, der sich etwas darauf einbildete, in der Hitparade der diensteifrigsten Hausmeister den ersten Platz einzunehmen.

Dem Leonard Carr vor zehn Jahren wäre das nicht passiert. An diesem Gedanken hielt ich mich fest, obwohl ich merkte, wie sinnlos schmerzhaft das war, ja, ich suhlte mich geradezu darin. Der Leonard Carr, der ich vor zehn Jahren gewesen war – der hätte das Spiel durchschaut, Sakai überwältigt und ihn ...

»Jayakar!«, fiel mir plötzlich ein. »Wir haben Jayakar ganz vergessen!«

Moriyama sah auf. »Richtig. Er ist immer noch im Käfig.« Er sah Tanaka an. »Kann er sich befreien, wenn er merkt, was los ist?«

»Nein.«

»Was ist, wenn er auf die Toilette muss?«

»Wir haben ihm eine Packung Assanierungsbeutel gegeben.«

Damit meinte er die Plastikbeutel, die in Raumanzügen zur Aufnahme von Körperausscheidungen dienten. Ohne den Absaugeffekt des in einem Raumanzug eingebauten Assanierungssystems war die Benutzung dieser Beutel eine ziemliche Quälerei; es war keine sehr freundliche Geste gewesen, Jayakar so abzufertigen. »Aber Sakai war doch dabei; er weiß, wo Jayakar ist.«

»Vielleicht hat er es vergessen«, erwiderte Moriyama. »Oder es ist ihm egal. Ich werde ihn auf jeden Fall daran erinnern.« Er schnallte sich los, stieß sich ab und glitt zur Bordsprechanlage an der Wand gegenüber der Dampfdusche. Aber als er die Nummer der Brücke tastete, blieb die Leuchtanzeige dunkel. »Abgeschaltet«, stellte er fest. Im fahlen Licht der Beleuchtungskörper hier im Fitnessraum wirkte er plötzlich sehr alt. »Khalids Vorhaben ist verrückt«, sagte er dann, mehr zu sich selbst. »Undurchführbar. Alles, was er erreichen wird, ist, die Raumfahrt in eine tiefe Krise zu stürzen. Das, was hier passiert, kann ein Schlag sein, von dem wir uns nie wieder erholen werden.«

»Glauben Sie, die Regierung wird auf seine Forderungen eingehen?«, fragte Tanaka mit belegter Stimme. Ich konnte seine Angst beinahe riechen.

Moriyama warf ihm einen funkelnden Blick zu. »Das ist mir egal. Eine Milliarde Dollar, das ist kein Preis. Nicht einmal unser aller Leben wäre ein zu hoher Preis. Aber die Solarstation ...«

»Ist das alles, was Sie interessiert?«, unterbrach ihn Tanaka mit flatternder Panik in der Stimme. »Die Solarstation? Ist Ihnen die Solarstation wichtiger als unser aller Leben, als ...«

»Selbstverständlich!« Der Kommandant holte tief Luft. »*Sh'kata gai na sa!* Ist Ihnen nicht klar, dass die Solarstation unser Weg ins All ist? Unser einziger? Und dass wir ihn jetzt gehen müssen? Die fossilen Brennstoffe gehen zu Ende. Bald stehen uns auf der Erde keine intensiven Energiequellen mehr zur Verfügung außer der Atomenergie, und dann? Welche Zukunft können unsere Kinder dann noch wählen? Eine Zukunft, in der atomarer Abfall für Hunderttausende von Jahren aufbewahrt werden muss, in der es Reaktorunfälle gibt und in der riesige Landstriche verstrahlt sein werden, auf immer unbewohnbar, wie es das Gebiet um Tschernobyl heute ist – eine Fläche, größer als alle japanischen Inseln zusammengenommen? Oder eine Zukunft, in der es nur noch die Energie von Wind, Wasser und Feuerholz gibt, eine Zivilisation der Ochsengespanne und Dampfmaschinen, der Spinnräder und erbärmlichen Ernten? Was immer sie wählen, ihre Zukunft wird nichts sein können als ein trostloses Dahinvegetieren, ein Abwarten, während die menschliche Art langsam verlischt. Wenn wir nicht aufbrechen in den Weltraum, haben wir keine Zukunft, und wenn wir es nicht heute tun, dann wird es zu spät sein. Mit der Solarstation haben wir gezeigt, dass es möglich ist, große Kraftwerke im Weltraum zu bauen, viel größere als dieses, und dass es möglich ist, die Energie zur Erde zu übertragen. Wir könnten noch mehr Solarstationen bauen; wir könnten die stärkste und unerschöpflichste Energiequelle des ganzen Sonnensystems anzapfen und alle Energieprobleme ein für alle Mal beseitigen; wir könnten den Weg freimachen in eine grenzenlose Zukunft – und da kommen diese … diese …« Die Stimme versagte ihm, und er brach kopfschüttelnd ab, Tränen in den Augen. Wir schwiegen betreten. Tanaka hatte angefangen, auf seiner Unterlippe herumzukauen, und nun blinzelte er nervös, ohne sich dessen bewusst zu werden. Ich sah blicklos vor mich hin und versuchte, das starke Gefühl zu identifizieren, das bei Moriyamas Worten in mir aufgewallt war, bis ich begriff, dass es einfach Zuneigung war, Zuneigung zu diesem gramgebeugten grauhaarigen Mann, der mir so fremd war und doch eine verwandte Seele. Wir hatten immer nur über die Details des Alltags gesprochen, über Reinigungspläne, Küchenzettel, notwendige Reparaturen und Verladelisten, nie über derartige grundlegende Themen. Die Kraft, mit der er das tat, überraschte und berührte mich.

Rumpelnde Geräusche vom Schott her rissen uns aus unseren Gedanken. Jemand machte sich daran zu schaffen, Schaben und Kratzen war zu hören und ein pfeifendes Geräusch wie von Luft, die unter hohem Druck aus einer engen Öffnung strömt, dann fuhr das Schott langsam auf.

Ralf schwebte draußen, den Revolver auf einen nervös zappelnden Jayakar gerichtet.

Ohne auf einen entsprechenden Befehl des Gangsters zu warten, hangelte sich der Kybernetiker zu uns herein, und das Schott schloss sich ebenso zäh wieder, wie es sich geöffnet hatte. Offenbar bekam die Blockade dem Öffnungsmechanismus nicht.

Jay würdigte uns kaum eines Blickes. »Bitte entschuldigen Sie mich ...«, murmelte er, griff nach der nächsten Haltestange und hangelte sich zwischen uns hindurch, um eilig in der Toilette zu verschwinden.

Als er wieder zum Vorschein kam, wirkte er wesentlich gelöster. Er sah uns der Reihe nach an. »Ich hoffe, Sie können mir ein paar Fragen beantworten. Zum Beispiel, wo diese Typen da draußen herkommen. Was habe ich verpasst? Den ersten Kontakt mit außerirdischen Monstern?«

Moriyama erklärte ihm kurz, was sich ereignet hatte, und wollte wegen Jayakars voreiliger Verhaftung zu einer wortreichen Entschuldigung ansetzen – und dank der zahllosen Varianten der Zerknirschung, die die japanischen Umgangsformen kennen, können Entschuldigungen von Japanern *wirklich* sehr wortreich ausfallen –, aber der winkte nur ab. »Ist schon in Ordnung«, meinte er kurz angebunden und fügte grollend hinzu: »Sakai also, dieser hinterhältige Hund. Als es darum ging, mich in den Käfig zu sperren, da mimte er noch die Rechtschaffenheit in Person.«

Dann klatschte er aufmunternd in die Hände. »Tja, sieht so aus, als müssten wir uns etwas einfallen lassen, um diesen Burschen das Handwerk zu legen. Funktionieren die Computeranschlüsse in den Kabinen noch?«

»*Mimasen deshu'ta*«, sagte Moriyama, »aber nicht einmal die Bordsprechverbindung funktioniert mehr.«

»Das ist ein anderer Leitungskreis«, versetzte Jay unternehmungslustig, »das hat nichts zu sagen. Schauen wir einfach nach ...«

Er glitt nach hinten, und wir folgten ihm neugierig. Sein ungedämpfter Optimismus wirkte jedenfalls ansteckend. Als wir an der Tür zu seiner Kabine ankamen, hatte er das Terminal schon eingeschaltet, und der Bildschirm zeigte das normale Einstiegsbild, als wäre nichts geschehen – eine Skizze der Raumstation und daneben die Inschrift »Lokales Computer-Netzwerk NIPPON, Rev. 7.104 – bitte geben Sie Ihr Passwort ein«.

Jay stieß ein kurzes, triumphierendes Gelächter aus.

»Sie haben es übersehen!«, rief er. »An das wichtigste System der ganzen Raumstation haben sie nicht gedacht!« Er begann, sein Zugangspasswort einzutippen, ohne sich, wie er es sonst getan hätte, dagegen zu verwahren, dass wir ihm dabei auf die Finger sahen. »Da wird der Spuk schnell vorbei sein. Jetzt mache ich sie fertig ...«

Für einen Moment keimte jäh Hoffnung in mir auf, und ich hielt den Atem an. Dann sagte ich mir, dass, falls Khalid die Computerterminals tatsächlich übersehen haben sollte, ich aufhören musste, mir einzubilden, ich verstünde etwas von Menschen oder sei gar imstande, sie auch nur annähernd richtig einzuschätzen.

Jay hieb, noch frohlockend, auf die Eingabetaste. Dann erlebte er, was ihm als Computerfreak vorkommen musste wie die Amputation eines Armes oder eines Beines: Auf dem Bildschirm erschien ein rotes Rechteck und darin die Meldung »Ungültiges Terminal – kein Zugriff«.

Man konnte förmlich dabei zusehen, wie der Kybernetiker in sich zusammensank. Das siegessichere Grinsen auf seinem Gesicht gefror zu einer Grimasse, und seine Finger zuckten noch ein paar Mal ungläubig zur Tastatur hin, ehe er sie geschlagen in den Schoß sinken lassen musste.

»Tja«, machte er kraftlos.

»Kann man das nicht irgendwie umgehen?«, fragte Tanaka überflüssigerweise.

Jay schüttelte nur den Kopf. »Ein ungültiges Passwort, da gäbe es Möglichkeiten. Fehlende Rechte, das wäre einfach. Aber er hat uns einfach ausgesteckt, so ist das. Da helfen keine Computertricks.« Er schaltete das Terminal mit einer so heftigen Bewegung ab, als könne er den Anblick des Bildschirms nicht länger ertragen.

Eine Weile verharrten wir in ratloser Apathie im Gang vor Jayakars Kabine. Moriyama atmete geräuschvoll aus; er wirkte grau und krank.

»Eine Sache ist da noch, die mir zu denken gibt«, meinte Jay plötzlich, während er gedankenverloren auf den dunklen Bildschirm starrte. »Es war dieser gruselig aussehende Typ, der mich aus dem Käfig geholt hat – wie heißt er noch gleich? Ralf, ja. Er brachte mich vor das Schott und rief dann über sein Funkgerät nach Sakai, der es öffnen sollte. Stattdessen kam aber der blonde Muskelberg, der Schwede. Und während das Schott zur Brücke offen stand, hörte ich, wie Sakai mit Hawaii sprach.«

»Mit Hawaii?!« Ich horchte auf.

»Ja. Er erzählte von technischen Problemen und dass die Versuche zur Energieübertragung bis auf weiteres ausfallen müssten. Und er sagte, dass der Kommandant gerade nicht zu sprechen sei, er es aber ausrichten werde.«

Moriyama runzelte die Stirn. »Es ausrichten? Was?«

»Das habe ich nicht verstanden«, meinte Jay mit einer wegwerfenden Handbewegung. »Aber ist das nicht bemerkenswert? Ich meine, nach dem, was Ihnen dieser Piratenhäuptling erzählt hat, hätte man doch annehmen sollen, dass er nichts Eiligeres zu tun haben wird, als seine Forderungen in alle Welt hinauszuposaunen, nicht wahr? Statt dessen versucht er offensichtlich den Eindruck zu erwecken, alles sei normal hier oben.« Jayakar sah uns der Reihe nach an. »Ich frage mich, warum.«

KAPITEL 19

Tanaka fing wieder an, seine geschundene Unterlippe zu bearbeiten.

»Wieso? Denken Sie, das ist wichtig?«

»Darauf können Sie einen lassen, dass das wichtig ist«, erklärte Jayakar. »Das heißt nämlich, die Startverzögerung des Shuttles hat Khalid einen Strich durch die Rechnung gemacht. Und es heißt, dass er Sie angelogen hat.«

»Angelogen?«, echote Tanaka. Er verstand nichts. Er regte mich auf.

»Khalid wartet auf den Spaceshuttle«, erklärte ich mit mühsam gebändigtem Ärger. »Er hatte seinen Überfall so arrangiert, dass er kurz vor dem Shuttle hier eingetroffen wäre, wenn alles nach Plan gelaufen wäre. Er wollte die Station besetzen und kurz danach die Besatzung des ankommenden Shuttles überwältigen. Aber es ging nicht nach Plan, und jetzt muss er sich anstrengen, unten keinen Argwohn zu erregen, bis ihm der Shuttle in die Falle gegangen ist.«

»Aber wozu braucht er den Shuttle?«, wunderte sich Tanaka.

»Um wieder zur Erde zurückkehren zu können!«, rief ich. »Haben Sie einmal einen Blick auf das abenteuerliche Gefährt geworfen, mit dem er hier angekommen ist? Das ist doch nicht mehr als ein einigermaßen druckdichter Behälter mit Steuertriebwerken. Kaum ausreichend, um damit in die Umlaufbahn zu kommen – aber völlig ungeeignet, um damit zur Erde zurückzukehren: keine aerodynamische Form, kein Hitzeschild, kein Bremstriebwerk, keine Fallschirme. Selbst wenn er es fertig brächte, sich damit auf den Rückweg zu begeben, würde er sang- und klanglos verglühen. Nein, Khalid *braucht* den Shuttle, sonst sitzt er hier fest.«

Tanaka sah mich an, dann Jayakar, dann wieder mich. Hinter seiner Stirn arbeitete es. Immerhin war er Raumfahrer genug, um meine Argumente sofort zu kapieren. »Er wollte doch, dass der Shuttle Gold mitbringt«, überlegte er laut. »Wäre es da nicht angebracht gewesen, das Ultimatum so früh wie möglich zu stellen – ehe der Shuttle startet?«

»Das war die Lüge«, meinte ich.

»Welche Lüge?«

»Ich weiß nicht, warum er uns diese Geschichte erzählt hat«, sagte ich. »Aber in Wirklichkeit ist Khalid nicht an einem Shuttle voll Gold interessiert. Überlegen Sie mal, wie lange es allein dauern würde, Goldbarren im Werte von einer Milliarde Dollar heranzuschaffen und im Nutzlastraum des Shuttles zu verstauen. Wochen. Bis dahin wären wir hier oben am Verhungern.«

»Wahrscheinlich will er viel mehr Geld«, mutmaßte Jay. »Und er wird es sich auf irgendwelche dubiosen Konten bei irgendwelchen dubiosen Banken überweisen lassen, von wo es dann in undurchschaubare dunkle Kanäle verschwindet. Und erst wenn ihm seine Geldwäscher ihr Okay geben, macht er sich auf den Rückweg zur Erde.«

»Was Khalid nämlich großzügig unterschlagen hat, als er uns unseren luxuriösen Arbeitsplatz unter die Nase rieb«, gab ich zu bedenken, »ist, dass auch sein kühner Handstreich nicht allein Köpfchen, sondern auch eine Menge Geld gekostet haben muss – enorm viel Geld. Er musste den europäischen Raketenstartplatz in Französisch-Guayana überfallen, um sich dort einer Rakete zu bemächtigen. Er musste seine tollkühne Raumkapsel bauen. Er brauchte Raumanzüge – na gut, die hat er offenbar aus russischen Beständen, die werden so teuer nicht gewesen sein. Aber er muss noch jede Menge Spießgesellen in

Kourou sitzen haben, und die wollen sicher auch ein Stück vom großen Kuchen. Da kommt er mit einer schlichten Milliarde nicht sehr weit.«

Tanaka sah mich an, und in seinen Augen sah ich schon wieder die wohlbekannte Verachtung für die Yankees und überhaupt alle Nicht-Japaner aufglimmen. »Na schön«, meinte er, »und was nützt uns diese Einsicht?«

Jayakar lächelte nur, und somit blieb es mir überlassen, zu antworten.

»Diese Einsicht«, erklärte ich mit einer Ruhe, die mich selber überraschte, »verrät uns, dass Khalid in einer sehr kritischen Situation steckt, solange der Shuttle noch nicht eingetroffen ist. Solange er seine Tarnung aufrechterhalten muss, kann er es sich nicht leisten, uns alle umzubringen – denn es könnte ja sein, dass jemand von der Erde einen von uns sprechen will. Sollte das der Fall sein, wird derjenige die sicher interessante Erfahrung machen, ein lockeres Gespräch führen zu müssen, während ihm die Mündung eines Revolvers in den Nacken gedrückt wird.«

»Also ganz einfach gesagt«, kam mir Jay nun doch noch zu Hilfe, »was immer wir gegen Khalid unternehmen wollen, wir müssen es tun, solange der Shuttle noch nicht da ist.«

Das begriff Tanaka. Besonders der Punkt, dass wir einstweilen relativ sicher waren, hatte ihm gut gefallen. Sein arroganter Gesichtsausdruck wurde ein wenig weniger arrogant, und er nickte.

»Derjenige, der diese Erfahrung machen wird«, mischte sich Moriyama ein, »werde wohl *ich* sein.«

Diesmal war die Reihe an mir, begriffsstutzig zu sein. »Welche Erfahrung?«

Der Kommandant machte eine unbestimmte Handbewegung. »Die, von der Sie gerade sprachen. Das lockere Gespräch. Der Revolver im Nacken.«

»Sie? Wieso?« Lange Leitung.

»Sie erwähnten«, wandte Moriyama sich an Jayakar, »dass Sakai versprach, mir etwas auszurichten. Was kann das gewesen sein? Doch wohl nur, dass jemand in Hawaii mich sprechen möchte. Also werden sie mich demnächst abholen, damit ich mit Hawaii spreche und dabei den Eindruck erwecke, alles sei normal.« Er machte eine bedeutsame Pause. »Und das ist die Chance.«

Während er das sagte, straffte sich sein Körper, als richte sich eine stählerne Feder in seinem Inneren auf. Mit einem Mal wirkte er zehn Jahre jünger, energiegeladen und zuversichtlich. Geradezu kamikazehaft zuversichtlich.

»Was haben Sie vor, Moriyama-*san*?«

»Den Revolver zu ignorieren. Die Erde zu warnen.«

»Sie werden sterben.«

»Dann werde ich eben sterben. Aber Khalid *darf* diesen Shuttle nicht in seine Gewalt bekommen.«

Mut. *Ich* hätte das sagen sollen. Ich, der ich einmal ein Sieger gewesen war. Aber irgendwann hatte ich aufgehört, ein Sieger zu sein und mich darauf beschränkt, nur noch überleben zu wollen. Ich schämte mich.

Einen Augenblick lang war es bedrückend still in dem engen Gang vor den Kabinen, in dem es nach nächtlichem Schweiß roch und nach ungelüfteten Schlafsäcken. Und nach Angst. Erst jetzt fiel mir auf, dass eine der Leuchtstoffröhren elend brummte. Wahrscheinlich würde sie demnächst ihren Geist aufgeben.

Im nächsten Augenblick hallten die inzwischen unverkennbaren kratzenden und zischenden Geräusche durch das Modul, die anzeigten, dass das Schott wieder im Begriff stand, geöffnet zu werden.

»Es ist so weit«, sagte Moriyama fest. »Lasst uns nach vorn gehen.«

Er hangelte sich den Gang entlang, und wir folgten ihm mit dem beklemmenden Gefühl, einen zum Tode Verurteilten auf dem Weg zum Schafott zu begleiten. Und er schien es kaum erwarten zu können, so kraftvoll schoss er davon.

Tanaka neben mir fing wieder an, nervös mit den Zähnen zu zischeln. »Sie werden uns alle töten«, hörte ich ihn murmeln. »Wenn sie erst in der Solarstation eingesperrt sind und kein anderes Druckmittel mehr haben ...«

Wir hatten die Bodybuildinggeräte gerade erreicht, als die beiden Hälften des Schotts sich jammernd öffneten. Wieder einmal war es Ralf, der uns einen seiner Besuche abstattete. Er schwebte in der rechteckigen Öffnung wie ein Monster aus einem besonders widerlichen Videospiel, und seine Hand mit dem Revolver zuckte so bedenklich, als leide er schon unter Entzugserscheinungen, was das Umbringen von Leuten anbelangte.

»Wer von euch ist Tanaka?«, krächzte er.

Wir sahen einander verblüfft an. Tanaka? Wieso Tanaka?

»Du«, fuhr er fort und deutete zielsicher auf den stellvertretenden Kommandanten. »Du bist Tanaka. Mitkommen.«

Tanaka riss entsetzt die Augen auf, und seine Stirn glänzte plötzlich nass vor Schweiß. Aber der Anblick der Waffe in Ralfs Hand und der unverhohlenen Bereitschaft in seinem Gesichtsausdruck, beim geringsten Anlass hemmungslosen Gebrauch von ihr zu machen, wirkten ungemein überzeugend: Er setzte sich ohne Widerspruch in Bewegung.

Das Schott schloss sich ächzend wieder, und wir Übrigen blieben zurück mit einem Gefühl, als hätten wir gerade einer Deportation zugesehen.

KAPITEL 20

Moriyama schien regelrecht enttäuscht zu sein, aber er versuchte, es sich nicht anmerken zu lassen. »Er wird das Richtige tun«, sagte er in die angespannte Stille. »Ich weiß es.«

»Tanaka?« Jay ließ sein meckerndes Lachen hören. »Kommandant, Sie wissen genau, dass er das nicht wird. Jedenfalls nicht so, wie Sie sich das vorstellen.«

In Moriyamas Augen trat ein trüber Schimmer. »Wir müssen die Solarstation retten, und dabei dürfen wir keine Rücksicht auf unser eigenes Leben nehmen.« Er schien es eher zu sich selbst als zu uns zu sagen, wie eine Beschwörungsformel.

Jayakar und ich schwiegen.

»Vielleicht sollten wir einen Ausbruch versuchen, wenn das Schott das nächste Mal geöffnet wird«, überlegte Moriyama halblaut. »Sie sind immer zu zweit draußen, und wir sind zu dritt oder zu viert . . .«

»Und unbewaffnet«, meinte Jay trocken. »Und dieser Ralf macht auf mich den Eindruck, als würde er es nur zu gern mit einer ganzen Armee unbewaffneter Wissenschaftler aufnehmen.«

Moriyama legte seufzend die Hände auf die Augen und massierte seine Augenbrauen. »Sie haben recht. Es wäre Unfug.« Eine Weile war es still; eine niedergedrückte, mutlose Stille. Die chromblitzenden Stangen und Hebel der Kraftgeräte um uns herum schienen sich in die bizarren Gitterstäbe eines bizarren Gefängnisses verwandelt zu haben.

»Ich werde versuchen, ein wenig zu schlafen«, verkündete Moriyama schließlich. »Wecken Sie mich, falls sich etwas ereignet. Und wenn Ihnen etwas Konkretes einfallen sollte, was wir tun können, dann lassen Sie es mich bitte wissen.«

Damit zog er sich in den Gang zu den Kabinen zurück, wo er nach kurzem Zögern in Kims Kabine verschwand.

Jay stierte eine Weile unschlüssig vor sich hin. Dann manövrierte er sich gemächlich hinüber zum Laufband, schnallte sich die elastischen Gurte um, die dazu da waren, den Läufer in der Schwerelosigkeit auf das Band zu drücken, und ließ den Motor mit der niedrigsten Geschwindigkeit laufen, sodass er nur eine Art gemütlichen Spaziergangs machte. Er hatte mir einmal erzählt, dass er in Cambridge immer Spaziergänge unternommen hatte, wenn er gründlich nachdenken wollte.

»Was ist mit Ihnen, Carr? Haben Sie eine Idee?«

Ich musterte die zylindrischen Wände des Moduls, dachte an die endlose Leere dahinter und fand die Vorstellung immer noch tröstlich. »Ideen habe ich schon, aber sie laufen alle mehr oder weniger auf Selbstmord hinaus.«

»Unserem Kommandanten zufolge muss das ja kein Hinderungsgrund sein. Lassen Sie hören.«

»Zum Beispiel befinden sich im Depot des biologischen Labors zwei kleine rosafarbene Gasbehälter, die hochwirksames Betäubungsgas enthalten und von denen bereits einer ausreichen würde, um die gesamte Station zu fluten.«

Der Kybernetiker stieß einen anerkennenden Pfiff aus. »Verlockende Vorstellung. Ich wusste nicht, dass wir so etwas an Bord haben.«

»Als Hausmeister weiß man so manches ... Ab und zu brauchen wir Tiere im Labor, auch größere, Menschenaffen zum Beispiel. Wenn ein Tier ausbrechen sollte, könnte es sehr großen Schaden anrichten und sehr schwer zu finden sein – deshalb das Gas.«

»Und die Mannschaft müsste Raumanzüge tragen bei der Suche?«

»Eine Sauerstoffmaske würde reichen. Vier Stück liegen in der Schublade, in der auch die Gaspatronen aufbewahrt werden.«

»Fragt sich nur, wie einer von uns unbemerkt in die biologische Abteilung kommen könnte.«

»Genau«, nickte ich. »Das ist der schwache Punkt.«

Jayakar schwieg nachdenklich, während er gleichmäßig weiterlief. Irgendwann schaltete er das Laufband ab und schnallte sich wieder los, und danach hingen wir einfach nur herum und sahen der Zeit beim Verstreichen zu.

Später öffnete sich das Schott wieder, und sie brachten Tanaka zurück – bleich, aber wohlbehalten, wie es schien. Er tastete als Erstes nach einem festen Halt. In manchen Situationen geht einem die Schwerelosigkeit, dieses Gefühl ewigen Fallens und Fallens, ziemlich auf die Nerven, und Tanaka sah so aus, als sei er ziemlich durch die Mangel gedreht worden.

»Na«, forderte Jayakar ihn dann auf zu erzählen, »was haben die mit Ihnen gemacht?«

Tanaka zuckte unschlüssig die Schultern. »Sie wollten Nachhilfeunterricht. Sie haben mich über die technischen Einzelheiten der Station ausgequetscht, wollten ganz genau wissen, wie man alles bedient ... die Lebenserhaltungssysteme, das Radar, den Energiesender, die Transformatoren, die Schmelzanlage, die Montageplattform – einfach alles.«

»Kein Gespräch mit der Erde?«

Der stellvertretende Kommandant schüttelte heftig den Kopf, als befürchte er, wir würden ihm nicht glauben. »Nein. Darum ging es überhaupt nicht. Vielleicht haben sie auch gerade irgendwelche Probleme mit ihrem Funkgerät. Jedenfalls bastelte der blonde Mann, den sie Sven nennen, daran herum. Aber sie wollten mich nur ausfragen.«

»Und? Was haben Sie ihnen erzählt?«

»Alles, was ich wusste. Khalid erklärte mir, sie hätten vor mir bereits Kim befragt, und wenn sie mich bei einer Lüge ertappten, würden sie eine der Frauen erschießen.« Dabei warf er mir einen kurzen Blick zu, als wolle er prüfen, ob ich zusammenzuckte. Der blöde Kerl.

Jayakar wiegte nachdenklich den Kopf. »Merkwürdig. Sie haben die technischen Handbücher, sie haben Sakai … Was soll das?«

»Was glauben Sie, was die vorhaben?«, folgte ich Tanaka.

»Keine Ahnung.«

Moriyama war von den Geräuschen aufgewacht, die das Öffnen des Schotts verursacht hatte, und gesellte sich wieder zu uns. Er hörte sich an, was Tanaka berichtete. So ganz wach wirkte er allerdings noch nicht.

»Gab es irgendetwas, was sie speziell interessierte?«, wollte er wissen.

»Nein«, schüttelte der Energieingenieur den Kopf. »Sie wollten einfach alles wissen. So, als wollten sie mich prüfen. Oder als wollten sie die Station nachbauen.«

»Na, darum geht es ihnen bestimmt nicht«, meinte der Kommandant grübelnd.

»Vielleicht sagen sie sich, wenn wir schon einmal hier sind, dann schauen wir uns auch die Sehenswürdigkeiten an?«, versuchte Jay zu scherzen. »Reisen soll ja bekanntlich bilden …«

Moriyama ging nicht darauf ein. »Unsere Chancen werden immer besser, je länger es dauert«, überlegte er laut. »Irgendwann werden sie mich mit Tanegashima sprechen lassen müssen. Wenn ich mich recht entsinne, habe ich morgen einen Besprechungstermin mit Akihiro. Das ist ein schlauer Fuchs, und wir kennen uns gut – möglicherweise kann ich ihm eine versteckte Botschaft zukommen lassen; ihn warnen, ohne dass Khalid etwas davon merkt.« Er starrte konzentriert vor sich hin, während er im Geist die verschiedenen Möglichkeiten durchging. »Aber das ist erst morgen. Das kann zu spät sein. Bis dahin kann der Shuttle schon gestartet sein …«

Er hielt inne, dann warf er mir einen jähen Blick zu. »Leonard – *Sie* werden die Erde warnen.«

Ich zuckte zusammen. »Ich?«

»Mir ist gerade eingefallen, dass der Shuttle auf keinen Fall starten wird, ehe der Versorgungsleiter nicht mit Ihnen die Ladeliste abgestimmt hat. Vor allem, nachdem das letzte Mal alles drunter und drüber gegangen ist.«

Ich starrte ihn an und suchte nach Gegenargumenten, aber er hatte recht. Moriyama hatte recht. Der letzte Versorgungsflug war alles andere als glatt verlaufen. Die Piloten hatten eine komplette Versuchseinrichtung vergessen auszuladen, und statt einer Kiste mit Pflanzenproben, die von Universitäten in aller Welt sehnsüchtig erwartet worden waren, hatten sie die Kiste mitgenommen, in der wir unsere MMUS verstaut hatten, unsere *man manoeuvring units*. Natürlich waren die Pflanzen inzwischen verdorben. Außerdem hatten sie die Hälfte des Abfalls dagelassen. Und eine Reihe von dringend benötigten Dingen – wie Pfeffer, Flüssigseife, Waschpulver, Aktivkohle – überhaupt nicht mitgebracht. Und so weiter. Unter Garantie würde kein Shuttle starten, ohne dass vorher ein geradezu generalstabsmäßiger Ladeplan besprochen wurde. Mit mir. Mir wurde flau im Magen.

»Was schlagen Sie vor, dass ich sage, wenn es so weit ist?«, fragte ich gefasst.

»Ich weiß nicht. Stellen Sie irgendwelche absurden Forderungen. Fangen Sie Streit an. Irgend so etwas. Etwas, das die unten zumindest glauben lässt, wir hätten den Verstand verloren.«

»Sakai wird dabei sein. Die anderen können nicht beurteilen, ob ich Unsinn rede, aber er kann es.«

»*Hai*«, nickte Moriyama schwer. Er sah mich einen unerträglich stillen Moment lang an, als suche er nach Worten, dann sagte er leise und wie unter Schmerzen: »Leonard – ich verlange nichts von Ihnen, was ich nicht selbst zu tun bereit wäre. Nicht einmal *das* verlange ich von Ihnen. Aber es geht um die Solarstation. Es geht um weit mehr als unser Leben.«

Eine halbe Stunde später kamen sie, um Kommandant Moriyama und mich abzuholen.

KAPITEL 21

Ralfs Bewegungen waren fahrig und unkoordiniert; er verfehlte öfter einen Haltegriff und wirkte in seiner desolaten Verfassung nur umso gefährlicher, geradezu unberechenbar. Ich musterte ihn möglichst unauffällig von der Seite. Auf seiner Stirn glänzte Schweiß, und sein Gesicht war, wenn das überhaupt möglich war, noch fahler geworden, als es ohnehin schon war. Raumkrankheit, ganz klar. Mediziner sprachen von Raumadaptationssyndrom oder kurz SAS, ein Krankheitsbild, das große Ähnlichkeit mit der Seekrankheit hatte. Und genau wie bei der Seekrankheit befiel es wahllos den einen, während es den anderen ungeschoren ließ. Es war Veranlagungssache, und Ralfs Veranlagungen, ohnehin offenbar nicht die vorteilhaftesten, hatten ihn auch hier den Kürzeren ziehen lassen. Man vermutete, dass die Raumkrankheit dadurch hervorgerufen wurde, dass dem Gleichgewichtssinn des Innenohrs plötzlich die von der normalen Schwerkraft ausgehenden Impulse fehlten, während die Orientierung über die Drehbewegungen natürlich ganz normal vorhanden war. Es schien, dass das Gehirn mit dieser widersprüchlichen Situation erst umzugehen lernen musste. Normalerweise verschwand das Raumadaptationssyndrom, unter dem auch namhafte Astronauten gelitten hatten, nach drei bis fünf Tagen.

Das behielt ich natürlich alles für mich. Im stillen hatte ich ja die Hoffnung noch nicht aufgegeben, dass in drei bis fünf Tagen Ralf selber verschwunden sein würde.

Das Schott zum Wohnmodul hatte sich gerade hinter uns geschlossen, als er plötzlich herumfuhr wie von der Tarantel gestochen und wild mit dem Revolver nach unten fuchtelte. »Da war jemand«, keuchte er irre. »Ich habe eine Bewegung gesehen. Dort irgendwo.«

»Da ist niemand«, versuchte Sakai beruhigend auf ihn einzureden. Aber ich sah ihm an, dass er selber nervös war; alle Japaner erschraken unwillkürlich, wenn man sich in ihrer Gegenwart heftig und mit ausladenden Bewegungen bewegte, und Ralfs Motorik war inzwischen schon so extrem, dass sie auch jeden Westler hätte zusammenzucken lassen.

Der ausgezehrt und fiebrig wirkende Gangster starrte eine Weile in den Knotentunnel hinab und bewegte dabei den Kopf hin und her, als versuche er um irgendwelche nicht vorhandenen Ecken zu spähen. Sakai, Moriyama und ich verharrten reglos. Dann schien er sich davon überzeugt zu haben, dass niemand da war, und wandte sich wieder uns zu.

»Los«, sagte er und machte eine Bewegung mit seinem Revolver, als sei er eine Rute und ich ein dummes Schaf, das er antreiben musste. »Auf die Brücke, Yankee.«

Auf der Brücke hatten die Gangster aus irgendeinem Grund die Beleuchtung gedämpft, sodass man auf den ersten Blick den Eindruck hatte, sich in einem U-Boot auf Tauchstation zu befinden. Khalid stand neben dem Kommunikationspult, die Füße in den Halteschlaufen am Boden eingehakt, und das Licht der vielen hundert Lämpchen auf den Schalttafeln zauberte bunte Lichtreflexe auf sein Gesicht, die ihm ein geradezu dämonisches Aussehen gaben. Während wir näher kamen, fragte ich mich, ob er das womöglich absichtlich so inszeniert hatte.

Er trug immer noch seinen Raumanzug, lediglich Handschuhe und Helm hatte er abgelegt. Auch der Schwede, der sich vor dem Kommunikationspult verankert hafte, war noch so bekleidet. Dass Ralf noch seinen Raumanzug angehabt hatte, hatte mich nicht weiter irritiert – sein Verhalten war ohnehin nicht mit normalen Maßstäben zu messen –, aber nun fragte ich mich doch, was der Grund dafür sein mochte, dass die Piraten die schweren, unbequemen Geräte nicht ablegten.

Vielleicht kam es ihnen auf die Funkgeräte an, über die sie in ständiger Verbindung sein konnten und die fest in den Anzügen installiert waren. Sehr wahrscheinlich spielte das eine Rolle. Aber mir kam es vor, als gäbe es noch einen anderen, einen uneingestandenen Grund: vielleicht fühlten sie sich sicherer in ihren massigen Anzügen. Die Solarstation, die für uns Arbeitsplatz und zeitweilige Heimat war, musste für sie ein gefährlicher Einsatzort sein, feindliches Territorium. Im Gegensatz zu uns waren sie hier nicht zu Hause, und vielleicht machte ihnen das Angst. Ich *hoffte,* dass es ihnen Angst machte. Khalid wartete ruhig, während wir näher kamen. Sakai und Ralf, kaum dass sie uns abgeliefert hatten, verschwanden wieder von der Brücke, um ihren dunklen Geschäften nachzugehen. An ihrer Stelle richtete der schweigsame Schwede seinen Revolver auf uns.

»Ich nehme an«, begann Khalid wie beiläufig, »Ihnen ist inzwischen bekannt, dass wir unsere Eroberung der Raumstation vorläufig noch geheim halten ...«

»Es freut mich zu hören, dass Ihre Pläne im Begriff sind zu scheitern«, unterbrach ihn Moriyama scharf.

Aber Khalid ließ sich nicht provozieren. »Ich kann Ihnen versichern, dass bis jetzt alles vollkommen nach Plan verläuft«, erklärte er mit nachsichtigem Lächeln. »Nehmen Sie einfach an, wir hätten Gewährsleute auf der Erde, deren Aktionen koordiniert mit den unseren ablaufen müssen.«

»Haben Sie mich holen lassen, damit ich mir Ihre Prahlereien anhöre?«

»Ich habe Sie holen lassen, Mister Moriyama«, entgegnete Khalid mit unerschütterlicher Selbstsicherheit, »weil ich Sie dazu bewegen möchte, in unserer Maskerade mitzuspielen. Sakai macht das natürlich alles sehr gut, und bis jetzt hat mit Sicherheit noch niemand auf der Erde Verdacht geschöpft, etwas hier könne nicht stimmen. Das soll auch noch eine Weile so bleiben. Eine kleine, sagen wir einmal, Unschönheit ist im Augenblick, dass eine gewisse Roberta DeVries aus Hawaii Sie sprechen möchte. Kennen Sie die Dame?«

Moriyama zögerte nur einen Herzschlag lang, ehe er nickte. »Das ist die Leiterin des Forschungsbereichs Energieübertragung.«

»Korrekt.« Khalid deutete wieder ein Lächeln an, und ich verstand, dass er selbstverständlich genau Bescheid gewusst hatte, welche Position Miss DeVries bekleidete. »Ich möchte, dass Sie mit ihr sprechen – natürlich ohne uns zu erwähnen und ohne wilde Warnschreie auszustoßen. Sie sollen einfach nur mit ihr sprechen und den Anschein völliger Normalität erwecken.«

»Sonst töten Sie mich, nehme ich an.«

»Oh?«, machte Khalid amüsiert. »Sie denken mit. Eine sehr schätzenswerte Eigenschaft.«

Er gab dem Schweden einen Wink. Ohne die Haltung seines Revolvers im Mindesten zu verändern, begann dieser mit seiner freien Hand, die Vorbereitungen für die Funkübertragung zu treffen.

Ich glaubte zu spüren, wie Moriyama neben mir plötzlich tiefer atmete, glaubte sein Herz schneller schlagen zu hören. Aber ich vermied es, ihn anzusehen, weil ich Angst hatte, durch einen ungewollt verräterischen Gesichtsausdruck alles zu verderben.

»Wir haben ihr gesagt, dass Sie umfangreiche Außenbordarbeiten leiten«, fuhr Khalid mit seinen Instruktionen fort. »Sagen Sie ihr als Erstes, dass Sie wenig Zeit haben, und versuchen Sie, einen Termin für ein ausführliches Telefonat zu vereinbaren, nicht früher als übermorgen.«

Moriyama nickte grimmig. Übermorgen. Das konnte nur bedeuten, dass der Shuttlestart unmittelbar bevorstand.

Ich starrte den Piraten, während er mit Moriyama sprach, unverwandt an, studierte ihn mit einer mir selbst kaum begreiflichen, bohrenden Intensität. Unter der glatten, kultivierten Erscheinung des Mannes von Welt glaubte ich etwas unsagbar Dunkles und Schweres zu spüren, als trage er eine tonnenschwere Masse in seinem Inneren. Für einen Moment schien es mir, dass es auf der Brücke einzig aus dem Grund dunkel war, weil dieser Mann sich hier aufhielt. Moriyama wirkte neben ihm geradezu wie eine Lichtgestalt.

Was in dem Kommandanten vorging, glaubte ich zu wissen. Er lauerte nur darauf, dem Ansinnen Khalids zum Schein nachzugeben, aber er wollte sich nicht durch allzu große Bereitwilligkeit verdächtig machen. Er würde die Erde warnen.

Khalid mochte ihm danach das Hirn aus dem Schädel blasen, aber dann würde es zu spät sein.

In diesem Augenblick öffnete sich das Brückenschott wieder. Sakai und Ralf kamen zurück, und sie brachten Yoshiko mit. Sie starrte uns nur schreckensbleich an, dann bedeutete Sakai ihr mit widerlichem Grinsen, sich auf einem Sitz in der Nähe des Schotts festzuschnallen. Mir schwante Übles.

»Bevor Sie mit der Erde sprechen«, erklärte Khalid dazu so leichthin, als sei es ihm jetzt gerade erst eingefallen, »muss ich Ihnen ein paar Dinge erklären. Zunächst einmal gedenke ich keineswegs, Sie mit dem Tod zu bedrohen. Ich schätze Sie ein als jemand, der fähig ist, sein Leben für eine höhere Sache zu opfern – jemand, der es fertig brächte, trotz eines auf ihn gerichteten Revolvers eine Warnung hinauszuschreien –, und das zwingt mich, andere Vorkehrungen zu treffen.«

Sakai glitt an mir vorbei, bedachte mich mit einem ekligen, schleimigen Seitenblick und nahm dann seinen gewohnten Platz an den Kommunikationseinrichtungen wieder ein.

»Ich habe eine Rangliste der Unentbehrlichkeit aufgestellt«, fuhr der Pirat fort. »Es wird Sie interessieren, Mister Moriyama, dass Sie darauf den ersten Platz einnehmen. Sie sind der Kommandant – wir würden ein großes Risiko eingehen, wenn wir Sie einfach töten würden. Miss Yoshiko dagegen« – er deutete in ihre Richtung mit einer Handbewegung wie ein Showmaster, der dem Publikum seine Gäste vorstellt – »rangiert auf einem der letzten Plätze. *Sie* wird sterben, wenn Sie sich nicht an meine Anordnungen halten.« Das sagte er nun mit einer Stimme, die kalt war wie Polareis.

Ich sah Moriyama entsetzt an. Dessen Gesicht war immer noch unbewegt, in Stein gemeißelt, und verriet nichts von dem, was in ihm vorging. Aber er vermied es, meinen Blick zu erwidern.

Und er vermied es, Yoshiko anzusehen.

Eine Milliarde Dollar, das ist kein Preis. Nicht einmal unser aller Leben wäre ein zu hoher Preis.

Aus den Lautsprechern war plötzlich das Freizeichen zu hören, das anzeigte, dass nun Verbindung zum Telefonnetz von Hawaii bestand. Sakai las eine Nummer von einem Zettel ab und tippte sie ein. Eine Sekunde lang durchzuckte mich die Vision, ihn zu überwältigen und mich des Telefonanschlusses zu bemächtigen, der ungehinderte Verbindung mit der ganzen Welt bedeutete …

»Nur für den Fall, dass Sie auf die Idee kommen sollten, auch den Tod Ihrer Mitarbeiterin in Kauf zu nehmen für die Chance, unsere Pläne zu durchkreuzen«, meinte Khalid halblaut, fast mit genießerischer Überlegenheit, »möchte ich Ihnen noch von der kleinen Schaltung erzählen, die Sven eigens für derartige Gelegenheiten eingebaut hat. Alles, was Sie sagen, wird mit einer Verzögerung von zwei Sekunden gesendet werden – eine Verzögerung, die bei einem Gespräch mit der Raumstation niemandem ungewöhnlich vorkommen wird. Und Sakai wird den

Finger auf dem Knopf haben, während Sie sprechen. Wir haben diesen kleinen Kniff amerikanischen Radiostationen abgeguckt, die eine ganz ähnliche Vorrichtung verwenden, um in Sendungen, bei denen Zuhörer im Studio anrufen, zu verhindern, dass obszöne Worte oder politische Parolen über den Sender gehen. Man kann derartige Geräte fix und fertig kaufen, und sie funktionieren tadellos. Ein falsches Wort, und auf Knopfdruck verschwinden die letzten zwei Sekunden im Nichts.«

Es war gespenstisch, mit anzusehen, wie Moriyama während dieser Worte um Jahre zu altern schien. Khalid vernichtete ihn mit diesen Sätzen. Er brachte ihn um.

Eben noch ein zu allen Opfern entschlossener Mann, war der Kommandant nur noch ein Schatten seiner selbst, als das Rufzeichen ertönte; ein gebrochener, apathischer Mann, aus dem alle Energie und alle Zuversicht spurlos verschwunden waren.

Über die Lautsprecher hörten wir alle mit, wie jemand den Hörer abnahm. »Forschungszentrum, Büro Dr. DeVries«, meldete sich eine junge Männerstimme.

»Raumstation Nippon, Kommunikationsoperator Sakai«, meldete sich Sakai in geradezu unglaublich gelassenem, geschäftsmäßigem Tonfall. »Miss DeVries bat um einen Rückruf von Kommandant Moriyama.«

»Einen Moment, ich verbinde.«

Eine schlichte, klassische Melodie erklang als Pausenzeichen. Khalid bedeutete Moriyama, zum Kommunikationspult zu kommen. Der Kommandant gehorchte mit stumpfen, kraftlosen Bewegungen.

»Hallo, Nippon, hören Sie?«, meldete sich der junge Mann wieder. »Ich erfahre gerade, dass Dr. DeVries vor zehn Minuten das Haus verlassen hat.«

»Ist sie unterwegs erreichbar?«

»Leider nicht.«

»Wann ist sie wieder zu sprechen?«

Eine Pause. Der Sekretär konsultierte offenbar einige Terminkalender. »Heute nicht mehr. Morgen ist sie den ganzen Tag außer Haus ... Ich fürchte, erst übermorgen wieder. Kann ich ihr etwas ausrichten, wenn sie sich im Büro meldet?«

Khalid nickte Sakai bedeutungsvoll zu, und der sagte: »Richten Sie ihr einen schönen Gruß von Kommandant Moriyama aus; er wird es übermorgen noch einmal versuchen.«

»Ich habe es notiert und werde es ausrichten.«

»Vielen Dank, auf Wiederhören«, schloss Sakai und trennte die Verbindung.

Khalid kräuselte seine Lippen zu einem bösen, zufriedenen Lächeln. »Wunderbar«, meinte er. »Noch besser, als ich gehofft hatte.« Er sah Moriyama an. »Sehen Sie? Das Schicksal ist auf unserer Seite.«

Moriyama starrte nur dampf vor sich hin und sagte nichts. Khalid gab Ralf und Sven einen Wink. »Bringt ihn weg. Und die Frau auch.«

Als das Schott zischend hinter ihnen zufuhr, sah der Anführer der Piraten mich an, als sehe er mich zum ersten Mal. Dann nahm er ein Blatt Papier aus einer Halteklammer an der Wand. »Sie haben einen Brief bekommen«, erklärte er und überflog den Text auf dem Blatt. Ich hatte nicht wirklich erwartet, dass ihn solche Kleinigkeiten wie das Postgeheimnis oder die Wahrung der Privatsphäre interessierten, aber ich ärgerte mich trotzdem.

»Leonard Carr«, las er laut vor und sah mich an. »Sind Sie Jude?«

»Wie bitte?« Was für eine dämliche Frage.

»Leonard. Das ist ein jüdischer Vorname.«

Ich schüttelte nur den Kopf. »Meine Mutter war ein Fan von Leonard Cohen, das ist alles.«

Das schien ihm nichts zu sagen. Er warf mir nur einen irritierten Blick zu und las meinen Brief noch einmal durch. »Wer ist Neil?«, wollte er dann wissen.

Mein Herz machte einen Sprung. Neil! Er hatte es endlich wieder einmal geschafft, durchzukommen! Neil, mein kleiner Neil.

»Neil ist mein Sohn«, sagte ich. Mein Sohn. Meine eigenen Worte hallten in mir nach, in meiner Erinnerung, in dem weiten, leeren Raum in meinem Herzen. Mein Sohn. Mein Sohn mit den wilden schwarzen Locken. Mein Sohn mit den großen, dunklen Augen, so tief und unergründlich wie zwei Brunnenschächte, die bis hinüber gebohrt waren in eine andere Welt. Erinnerungen und Bilder aus einer lange, lange zurückliegenden Zeit überfluteten mich, und für einen Augenblick war ich nicht mehr hier in der Schwerelosigkeit der Erdumlaufbahn, sondern wieder bei ihm, hielt seine Hand, während er seine ersten Schritte versuchte und tapfer ankämpfte gegen die lebenslange Last der Erdanziehung.

»Ihr Sohn«, nickte Khalid. »Und wieso kommt der Brief aus Mekka?«

»Er lebt bei meiner geschiedenen Frau.«

»Und was macht Ihre geschiedene Frau in Mekka?«

Für einen Moment fand ich Khalids inquisitorische Fragen reichlich merkwürdig und unverschämt, aber im nächsten Augenblick war es mir wieder völlig gleichgültig. Von mir aus konnte er sich die ganze verdammte Geschichte meines verkorksten Lebens anhören, wenn er auf so etwas stand.

»Sie ist Araberin. Sie lebt seit unserer Scheidung bei ihren Eltern, die in der Nähe von Mekka eine Druckerei besitzen. Aber sie mussten vor dem Krieg flüchten, nach Mekka eben ...«

Khalid musterte mich argwöhnisch, als glaube er mir kein Wort. »Mekka wird seit einem Jahr belagert. Trotzdem kann Ihr Sohn Ihnen ein Fax schicken?«

»Er hat ein Faxgerät. Ich habe es ihm vor ein paar Jahren geschenkt. Ein japanisches, wenn Sie es genau wissen wollen. Von Panasonic.« Sein Misstrauen ärgerte mich. Ich wollte endlich meinen Brief haben. Ich hatte das Gefühl, dass er beschmutzt wurde dadurch, dass Khalid ihn in der Hand hielt und immer wieder durchlas; diesen Brief eines Sohnes an seinen fernen Vater, der ihn absolut nichts anging und der ihm eigentlich absolut gleichgültig hätte sein können.

»Man braucht nicht nur ein Faxgerät, Mister Carr. Man braucht auch eine Telefonleitung. Und alle Telefonleitungen um die belagerte Stadt sind gekappt worden.«

Ich starrte ihn nur ungläubig an. »Sagen Sie, sehen Sie niemals fern? Die ganzen Reporter, die sich in Mekka aufhalten und ihre Reportagen liefern, was glauben Sie, wie die mit ihren Redaktionen sprechen? Es gibt eine ganze Anzahl von Telefonverbindungen, die über Satelliten laufen.«

Er erwiderte meinen Blick, und einen Lidschlag lang lag etwas Wildes, Aufgebrachtes in seinen Augen – als erwäge er, mich augenblicklich an der höchsten Rahe aufknüpfen zu lassen wegen meines unbotmäßigen Benehmens. Khalid war sicher nicht der Mann, der solche Antworten gewohnt war.

Aber er war auch nicht der Mann, sich allzu leicht provozieren zu lassen. Ich hatte mich für einen Moment nicht mehr in der Gewalt gehabt – er schon. Er schien noch kurz zu überlegen, als wolle er etwas darauf sagen, aber dann reichte er mir einfach den Brief.

Ich las ihn sofort in dem diffusen Licht der Instrumente und Bildschirme.

»*Hallo Dad, ich hoffe, diesmal klappt es mit dem Brief. Geht es Dir gut? Ich halte abends und morgens immer Ausschau nach Deiner Raumstation, und wenn ich sie sehe, wünsche ich mir, Du könntest uns etwas zu essen herunterbeamen. So wie in Star Trek, weißt Du noch? Ich liebe Dich, Dad. Neil.*«

Meine Augen brannten plötzlich, und ein namenloser Schmerz umkrampfte mein Herz. Immer, wenn ich einen Brief von ihm bekam, wünschte ich mir, weinen zu können, aber meistens konnte ich es nicht. All die Momente fielen mir wieder ein, in denen er noch Bestandteil meines Lebens gewesen war und ich es nicht zu schätzen gewusst hatte, alle diese versäumten Gelegenheiten zu lieben marschierten vor meinem inneren Auge auf, und ich konnte nur dasitzen auf meiner Anklagebank und meinen Schuldspruch erwarten. Ein verfehltes Leben.

Khalids Stimme durchdrang den schmerzvollen Vorhang meiner Erinnerungen.

»Und jetzt erzählen Sie mir bitte, was Sie vorhaben.«

»Was?«, schnappte ich verblüfft. »Was soll ich vorhaben?«

»Sie haben etwas vor«, beharrte Khalid. »Sie und Ihre Kollegen. Eine Stimme sagt mir, dass Sie etwas gegen uns planen.«

Mein Gott, er ging mir einfach auf den Geist. Ich hatte nicht einmal mehr Angst; dieser Gangster ging mir einfach nur auf die Nerven mit seinem großspurigen, machohaften Getue. Er führte sich auf wie King Kong, nur weil er zufällig ein paar verrückte Revolvermänner bei sich hatte. Was für ein Scheiß-Universum, in dem solche Idioten das Sagen hatten. Immer waren es die Idioten, die das Sagen bekamen. Kein Wunder, dass die Welt vor die Hunde ging.

Ich faltete den Brief langsam und bedächtig zusammen. »Wir haben vor, am Leben zu bleiben«, sagte ich. »Wir haben vor, mit kühlem Dosenbier gemeinsam vor dem Fernseher zu sitzen, wenn Ihnen der Prozess gemacht wird. Wir haben vor, auf Ihre Gräber zu spucken.«

Khalid musterte mich abschätzig, mit einem aalglatten, ausdruckslosen Gesicht, hinter dem eine kalte, bösartige Grausamkeit zu ahnen war.

»Ich will, dass Sie wissen, dass Sie uns nicht besiegen können«, sagte er dann eindringlich. »Es ist kein Zufall, sondern höhere Notwendigkeit, dass wir hier sind, und das Schicksal ist auf unserer Seite. Egal, was Sie planen, Sie können nur scheitern.«

»Dann brauchen Sie sich ja keine Sorgen zu machen.«

Er starrte mich eine ganze Weile an, ehe er langsam und nachdenklich nickte. Er sagte nichts mehr, sondern bedeutete Ralf und Sven, die eben zurückkehrten, mich fortzuschaffen.

Als wir in den Knotentunnel kamen, dröhnten plötzlich wilde Schläge durch die Solarstation. Ralf zog natürlich sofort seine Waffe und fuchtelte nervös damit herum. Die Schläge kamen vom Schott unseres Wohnmoduls.

Sven glitt zur Wartungsklappe und ließ es auffahren, während Ralf mit dem Revolver im Anschlag davor wartete.

Ein aufgelöster Jayakar schwebte hinter der Öffnung. »Schnell, die Ärztin!«, rief er aufgeregt. »Moriyama hat einen Herzanfall!«

KAPITEL 22

Ralf starrte den Kybernetiker einen Moment nur blöde an. Dann drückte er eine Taste an dem Kontrollinstrument, das er am Handgelenk trug, und murmelte etwas in sein Mikrophon. Gleich darauf öffnete sich das Brückenschott, und Khalid stieß zu uns.

»Was ist mit dem Kommandanten?«, wollte er wissen.

»Er ist krank«, sagte Jay.

»Was heißt krank? Hat er die Grippe? Was hat er?«

»Es ist offenbar eine Herzerkrankung.«

»Wollen Sie mich zum Narren halten? Eine Herzerkrankung bei einem Astronauten?«

»Moriyama hat es verschwiegen. Er ist nicht mehr der Jüngste, und er wollte diese Dienstperiode noch mitmachen. Ich habe vor ein paar Wochen zufällig eine Art Krankentagebuch des Kommandanten im Computer entdeckt. Es war natürlich gesperrt, aber da ich der EDV-Administrator bin und alle Zugriffsrechte besitze, konnte ich es lesen.«

»Ich will dieses Tagebuch sehen.«

»Moriyama hat es wieder gelöscht.«

»Ich glaube Ihnen kein Wort.«

Jayakar verdrehte die Augen. »Dann schlage ich vor, dass Sie ihn sich einfach ansehen. Er liegt in einer Kabine, blass und bleich und zitternd, mit einem Puls, den Sie kaum noch spüren, und hechelt wie ein Fisch auf dem Trockenen. Vielleicht ist er tot, wenn ich zurückkomme.«

Khalid musterte ihn abschätzig. »Ich glaube Ihnen nicht«, beharrte er. »Das ist ein Trick.«

Jayakar atmete tief ein und wieder aus.

Man merkte ihm an, dass er sich nur mühsam beherrschte. »Was für ein Trick könnte das wohl sein, wenn Sie der Ärztin gestatten, ihn kurz zu untersuchen? Wenn sie bei uns in der Gruppe wäre, hätte sie das schon längst getan, ohne dass wir Sie überhaupt gefragt hätten.«

»Sie ist aber nicht bei Ihnen in der Gruppe.«

»Sie müssen mächtig Angst vor uns haben, Khalid«, höhnte der Kybernetiker. »Wir sind geteilt und eingesperrt und von aller Welt abgeschnitten, und Sie haben immer noch Angst vor uns.«

Zu meiner Überraschung nickte Khalid langsam und nachdenklich. »Ja, ich habe Angst vor Ihnen«, murmelte er, mehr zu sich selbst. Dann gab er Ralf einen Wink. »Bring die Ärztin her.«

Während Ralf und Sven das andere Schott öffneten, trieb Khalid Jayakar, Tanaka und mich in einer Ecke des Kraftraums zusammen und bewachte uns dort. Als seine beiden Spießgesellen mit Oba zurückkamen, fragte er: »In welcher Kabine ist er?«

»Die zweite rechts«, sagte Jayakar.

Immer noch misstrauisch, glitt Khalid in den dunklen Gang zu den Kabinen. Meine Kabine war die erste links; die zweite rechts war Kims Kabine. Khalid öffnete alle Türen und sah in die Räume dahinter, während Ralf uns bewachte und enttäuscht schien, dass wir uns ruhig und folgsam verhielten.

Schließlich kam er wieder heraus und nickte Oba zu. »Er scheint tatsächlich krank zu sein. Kümmern Sie sich um ihn.«

Oba wirkte äußerst beunruhigt. Sie hangelte sich hastig zwischen den Bodybuildinggeräten hindurch und den Gang entlang, wies ein Ansinnen Khalids, ihr bei der Untersuchung zusehen zu wollen, mit heftigen Worten zurück und schlug dem verblüfften Piraten die Kabinentür vor der Nase zu.

Die Minuten vergingen. Khalid hing noch eine Weile unschlüssig im Gang zwischen den Kabinen, dann kam er wieder nach vorn zu uns. Plötzlich herrschte eine Atmosphäre wie in jedem beliebigen Krankenhaus, in dem Leute auf den Gängen darauf warten, dass der Arzt auftaucht und sie ihn fragen können, wie es um den Patienten steht.

Schließlich kam Oba wieder heraus, und dem angespannten Zug um ihre Mundwinkel zufolge stand es nicht sehr gut um den Patienten.

»Ich brauche ein Medikament und ein paar Geräte aus dem Arztschrank«, erklärte sie mit fester Stimme, als sei sie die Chefärztin und Khalid, Ralf und Sven nur drei schüchterne Krankenpfleger. »Und dann muss ich noch einmal zu ihm.«

»Was fehlt ihm?«, wollte Khalid wissen.

»Es ist das Herz. Genaueres kann ich Ihnen erst sagen, wenn ich ihn untersucht habe.«

Ohne eine Erlaubnis dazu abzuwarten, glitt sie durch das offen stehende Schott, und die Gangster folgten ihr.

»Wie kann ein Astronaut einen Herzanfall bekommen?«, fragte Khalid. Obas Antwort darauf bekamen wir nicht mehr mit, denn in diesem Augenblick begann sich das Schott zischend und pfeifend wieder zu schließen, und alles ging in einem unverständlichen Gebrabbel unter.

Als das Schott mit einem abschließenden Schlag ins Schloss gefallen war, setzte ich mich sofort in Bewegung, um den Kommandanten zu sehen.

Moriyama hing in Kims Kabine im Schlafsack, hatte die Augen geschlossen und bewegte sich unruhig. Er stöhnte leise, sein Atem ging flach und schnell, und auf seiner Stirn glitzerten feine Schweißperlen.

Ich fasste ihm an die Halsschlagader, um den Puls zu fühlen. Für meine Begriffe fühlte er sich ziemlich normal an. Dann fuhr ich ihm mit der anderen Hand über die Stirn und rieb die Feuchtigkeit verwundert zwischen meinen Fingern.

»Seltsam«, murmelte ich. »Das fühlt sich an wie Wasser.«

Moriyama schlug die Augen auf und sah mich mit klarem Blick an. »Es *ist* Wasser«, sagte er kehlig.

Ich war verblüfft. »Sie sind überhaupt nicht krank!«

»Nein. Aber ich habe kräftig geübt, krank auszusehen.«

»Aber warum?«

»Wir haben einen Plan«, eröffnete mir der Kommandant ernst. »Einen Plan, wie wir die Piraten vielleicht überwältigen können.«

»Einen Plan?«, echote ich entsetzt.

»Es war Jayakars Idee«, sagte Moriyama und erläuterte mir, was sie vorhatten. Und anscheinend glaubte er tatsächlich, dass es funktionieren könnte.

Ich war sprachlos vor Entsetzen. »Das ist nicht Ihr Ernst.«

»Wir müssen jede Chance nutzen, die wir haben«, erklärte Moriyama dickköpfig.

»Aber Khalid ist *misstrauisch!*«, rief ich. »Er war schon misstrauisch, bevor das hier begann! Er wird ihr auf die Finger schauen wie ... wie ...« Mir fiel kein Vergleich ein, der drastisch genug war.

»Ich habe Oba eingeschärft, kein Risiko einzugehen.«

»Woher weiß sie, wann sie ein Risiko eingeht?«

»Sie ist Ärztin. Sie hat ihr Leben lang mit Fragen von Leben und Tod zu tun gehabt. Ich glaube nicht, dass ihr irgendjemand von uns etwas über Risiko erzählen muss.«

Ich starrte den Kommandanten an und fragte mich, wie sie ihn so bleich hinbekommen hatten. Schminke aus der Kabine von einer der Frauen, wahrscheinlich. Konnte das klappen? Hatte dieser Plan eine Chance, zu funktionieren?

Unter dem Vorwand, medizinische Ausrüstung für die Behandlung Moriyamas zusammenzustellen, sollte Oba versuchen, eine der Gaspatronen mit dem Betäubungsgas und mindestens eine Atemmaske in ihren Besitz zu bringen. Wahrscheinlich gab es in der Bordapotheke tatsächlich keine Herzmedikamente; noch immer galt die Regel, dass ein Astronaut körperlich hundertprozentig gesund und topfit sein musste. Aber die Atemmasken waren simple Sauerstoffatemgeräte – es würde sich gut erklären lassen, dass sie eine davon mitnehmen wollte. Die Gaspatrone dagegen, groß, in auffälligem Pink und mit eindeutiger Beschriftung ...

»Würden Sie mir bitte noch etwas Wasser ins Gesicht sprühen?«, unterbrach Moriyama meine Gedanken und deutete mit einem Nicken des Kinns auf eines der Wandfächer. »Oba und Khalid können jeden Moment zurückkommen.«

Ich öffnete das Fach und fand, in einem Plastikbeutel, einen nassen Schwamm und eine Zahnbürste. Widerstrebend musste ich Jays Einfallsreichtum bewundern. Ich tränkte die Zahnbürste mit Wasser und besprühte das Gesicht des Kommandanten, bis es wieder von einem hauchfeinen Film winziger Tröpfchen bedeckt war, die wie kalter Todesschweiß wirkten. Mit geschlossenen Augen und hechelndem, flachem Atem sah er tatsächlich zum Erbarmen aus.

»Und jetzt gesellen Sie sich bitte wieder zur Trauergemeinde«, verabschiedete mich Moriyama flüsternd und ohne die Augen noch einmal zu öffnen.

Als ich nach vorn kam, hatten Tanaka und Jayakar sich bereits mehr oder weniger bequeme Plätze inmitten der chromblitzenden Gestänge und hydraulischen Kolben der Bodybuilding-Maschinen gesucht und sich angeschnallt. Eine Variante des Plans sah vor, dass Oba die Gaspatrone noch im biologischen Labor öffnen sollte, um die Piraten so früh wie möglich auszuschalten. Ausgerüstet mit dem Atemgerät sollte sie dann alle Gangster entwaffnen und ihnen hochwirksame Schlafmittel injizieren.

»Ist das Gas unangenehm?«, wollte Tanaka wissen.

»Ich weiß es nicht«, erklärte ich geistesabwesend. »Ich nehme an, nein. Wahrscheinlich werden wir nicht einmal etwas merken. Es ist ein Kontaktnervengift, das augenblicklich wirkt, wenn man es einatmet.«

»Auch auf Menschen?«

»Auf alle Säugetiere und auf die meisten Wirbeltiere.«

Jayakar schloss die Augen und lehnte sich nach hinten. Die Hände legte er auf die Griffe einer glänzenden Zugstange über seinem Kopf, als wolle er sich so einen besseren Halt sichern. »Hoffentlich kommt sie rechtzeitig an ein Atemgerät«, meinte er. »Sonst war alles umsonst.«

Ich nickte lethargisch. Plötzlich spürte ich ein Kribbeln im Bauch, wie ich es das letzte Mal in jener Nacht erlebt hatte, als wir mit unseren F 16-Jägern von den Flugzeugträgern gestartet waren und der Erste Golfkrieg begonnen hatte. Angst. »Als ich zuletzt im Biolabor geputzt habe, habe ich eine Atemmaske in der gleichen Schublade gesehen, in der auch die Gaspatrone liegt.«

»Sie schafft es«, flüsterte Tanaka, aber es klang mehr nach einer Hoffnung als nach einer Überzeugung.

In Gedanken begleitete ich Oba auf ihrem Weg ins biologische Labor, wo der Arztschrank stand und gleich daneben der Schrank mit der Veterinärsausrüstung. Ich versuchte mir vorzustellen, was sie in diesem Augenblick wohl gerade tat. Inzwischen hatte sie sicher das Labor schon betreten, wahrscheinlich in Begleitung der beiden Revolverhelden. Jetzt wühlte sie sicher in den Ampullen und Instrumenten und versuchte, die beiden abzulenken, sodass sie sich unauffällig der Gaspatrone bemächtigen konnte.

Vielleicht versuchte sie, ihre ärztliche Autorität auszuspielen.

»Ach, Sakai, irgendwo muss hier ein kleines EKG-Gerät sein, helfen Sie mir doch mal, es zu finden.« Dann öffnete sie wie selbstverständlich die Schubladen des tierärztlichen Schran-

kes und packte den kleinen stählernen Zylinder in ihren Arztkoffer, als handle es sich um den unentbehrlichsten Bestandteil ihrer Ausrüstung.

Vielleicht drängelte sie auch. »Schnell, schnell, das Leben
des Kommandanten ist in Gefahr. Wo ist die Sauerstoffmaske? Aha, hier. Sakai, sehen Sie irgendwo einen schwarzen Be-
atmungsbalg? So helfen Sie mir doch ein bisschen, die Zeit
drängt ...«

Mir wurde mulmig, während ich versuchte, mir die Szenerie
auszumalen. In meiner Vorstellung konnte ich mir die Aufpas-
ser nicht anders denken als im höchsten Grade misstrauisch,
jeden Handgriff der Ärztin genauestens verfolgend. Moriyama
hatte ihr eingeschärft, kein Risiko einzugehen. Wenn die Gefahr der Entdeckung bestand, lieber nichts tun. Nur eine Am-
pulle mit irgendeinem Stärkungsmittel nehmen und zurückkommen. Aber vielleicht hatte er es ihr nicht eindringlich
genug gesagt.

Ich lugte auf meine Armbanduhr und merkte, dass ich
unwillkürlich den Atem angehalten hatte. Das dauerte alles
viel zu lange. Was geschah dort unten im Labor?

Jay warf mir einen unruhigen Blick zu. »Vielleicht war das
alles keine so gute Idee«, murmelte er. Vielleicht hätte er sich
das etwas früher überlegen sollen.

Aber möglicherweise war sie ja schon auf dem Rückweg. Ich
musterte die länglichen Lamellen des Belüftungssystems. Das
Gas war unsichtbar, und selbst wenn es das nicht gewesen wäre,
hätten wir keine Chance gehabt, es aus den Lüftungsschlitzen
quellen zu sehen, weil wir noch im selben Augenblick bewusstlos zusammengesunken wären. Vielleicht hatte Oba es geschafft, die Gaspatrone zusammen mit der Atemmaske einzu-
stecken; dann konnten wir das Gas in dem Moment freisetzen,
in dem das Schott das nächste Mal geöffnet wurde.

Ich lauschte, alle Sinne angespannt, in der Hoffnung, aus

den vielfältigen Geräuschen der Raumstation etwas herauszu-
hören. Die Klimaanlage surrte unmerklich, von ferne war das
Vibrieren arbeitender Maschinen zu hören und klopfende
Geräusche von irgendwoher. Nichts.

Das Schott rührte sich nicht. Die Zeit schien zu Kaugummi
zu werden und sich endlos zu dehnen, bis in die unermessli-
chen Tiefen des Alls.

»Sie ist diesen Kerlen nicht gewachsen«, flüsterte Jayakar
mit geschlossenen Augen. »Es war falsch, alles ihr aufzubür-
den.«

Ich musste mich beherrschen, ihn nicht anzuschreien. Und
ich musste mich zwingen zu atmen. Mein Körper schien immer
noch zu glauben, dass jeden Augenblick Betäubungsgas herein-
dringen würde – und dass er eine Chance hatte, wenn er darauf
verzichtete zu atmen.

Wieder die Armbanduhr. Viel zu lange. Das dauerte alles
viel zu lange.

Stille. Ich konnte das Zifferblatt meiner Uhr schon nicht
mehr sehen. Der Sekundenzeiger schien sich festgefressen zu
haben. Vielleicht ging die Batterie zur Neige. Wieder lauschte
ich, aber nichts war zu hören, das Aufschluss gegeben hätte darüber, was im Rest der Station vor sich ging.

Es war wie ein Schock, als plötzlich der Videomonitor brül-
lend aufflammte und Khalids Gesicht uns daraus entgegen-
sprang – ein Gesicht, aus dem alle Beherrschung verschwunden war wie weggewischt, ein Gesicht, das gezeichnet war von
rasender Wut. Der Anführer der Piraten war außer sich, und er
schrie die Videokamera an, als könne er uns ebenfalls sehen –
was er nicht konnte.

»Sie werden unsere Mission nicht gefährden!«, tobte er.
»Carr, Sie verdammter Lügner, Sie elender Sohn einer Hündin!
Es war ein Fehler, Ihnen zu glauben, hören Sie? Es war ein Feh-
ler, meine innere Stimme zu übergehen, nicht auf meinen Ins-

tinkt zu hören! Und das wird Ihnen noch leid tun, Ihnen allen, denn ich erkenne jetzt, dass ich zu weich war, zu nachgiebig, zu sanftmütig – ich war nicht hart genug, ich war nicht grausam genug...«

Sein wutverzerrtes Gesicht beherrschte den ganzen Bildschirm, und wir starrten darauf wie hypnotisierte Kaninchen. Es war nicht zu erkennen, in welchem Raum Khalid war.

Plötzlich hatte er eine rosarote Gaspatrone in der Hand und hielt sie dicht vor das Objektiv, als wolle er sie uns ins Gesicht drücken. »Dieses Medikament wollte Ihre Ärztin an sich bringen. Was hat Ihr Kommandant für eine seltsame Krankheit, dass er mit einem Betäubungsgas behandelt werden muss? Das war alles ein Trick, ein abgekartetes Spiel, mit dem Sie mich hereinlegen wollten, und ich durchschaue es jetzt. Moriyama simuliert. Ich weiß es von hier aus. Ich kann es fühlen, als ob es ein Teil von mir wäre. Sie werden mich nicht noch einmal belügen, das schwöre ich Ihnen beim Barte des Propheten...«

Khalids Worte lösten eine verschwommene, schwache Erinnerung in mir aus, zu diffus, um greifbar zu werden. Da war irgendetwas, aber ich wusste nicht, was. Etwas Wichtiges. Ich starrte sein Gesicht an und begriff plötzlich etwas von der Gefährlichkeit dieses Mannes. Bis zu diesem Moment hatte ich Angst vor Ralf gehabt, und Khalid für einen Mann gehalten, der zwar ein Gangster sein mochte, mit dem man aber grundsätzlich reden konnte, verhandeln, auf einer vernünftigen Basis Übereinkünfte treffen. Jetzt ahnte ich plötzlich, wie falsch ich damit lag. Ralf mochte ein psychopathischer Killer sein, aber er war nichts gegen Khalid. Ralf mochte verrückt sein, aber er war es innerhalb der Grenzen unserer Welt. Khalid dagegen gehorchte ganz eigenen Gesetzen und war nicht nach unseren Maßstäben zu messen. In diesem Augenblick erschien er mir wie ein Wesen aus einem anderen Universum.

Eben noch sinnlos rasend und tobend, wurde er übergangslos ruhig, gefährlich ruhig, kalt wie Eis.

»Ich hoffe, Sie schauen jetzt alle gut zu«, sagte er mit zornig funkelnden Augen. »Ich werde jetzt nämlich ein Exempel statuieren, wie ich es schon längst hätte tun sollen. Ich werde dieses Exempel jederzeit wiederholen, so lange, bis Sie gelernt haben, meine Macht zu respektieren, oder bis Sie alle tot sind.«

Er trat offenbar zur Seite, denn sein Gesicht verschwand vom Schirm, und wir sahen das Innere des Biolabors. Oba schwebte in der Mitte des Raumes, mit großen, angstvoll geweiteten Augen, die Hände verkrampft vor die Brust gepresst, den Kopf zwischen den hochgezogenen Schultern in den Nacken gelegt. Der Grund dafür war Ralf, der mit einem Furcht erregend ekstatischen Gesichtsausdruck hinter ihr hing und sie an den Haaren festhielt. Nun setzte er den Lauf des Revolvers von hinten auf den Schädel der Ärztin und suchte den Blick Khalids, während Oba angstvoll aufschrie. Ich musste daran denken, was sie mir erzählt hatte, von dem Mann, der auf sie wartete, und von dem Haus mit dem Blick auf das Meer. Ihr Arztkoffer trieb durch das Bild, offen, in einer Wolke von Ampullen und Binden und Scheren und Spritzen. Der Mann würde vergebens warten. Das Meer würde sie nie wieder sehen. Khalids Nicken, das Ralf galt, war das Letzte, was Oba in ihrem Leben sehen sollte. Ralf schoss, und Obas Körper bäumte sich auf. Das Geschoss trat nicht wieder aus, aber ihr Gesicht, ihr ganzer Schädel war plötzlich deformiert. Und obwohl die Frau ohne einen Zweifel tot war, schoss Ralf ein zweites Mal. Vielleicht schoss er auch noch einmal, aber in diesem Augenblick wurde der Bildschirm wieder dunkel.

Das, was mir ins Gedächtnis eingegraben blieb und was ich wie ein langsam verlöschendes Nachbild noch auf dem Schirm zu sehen glaubte, war der Ausdruck unverstellter, lustvoller Grausamkeit in Ralfs Augen, der nackte Blutrausch.

KAPITEL 23

Wir hatten etwa anderthalb Stunden den rätselhaften Geräuschen gelauscht, die von draußen zu hören gewesen waren. Es hatte nach Arbeit geklungen, so, als bauten die Piraten irgendwelche Maschinen aus; man hatte Stimmen gehört, aber nicht verstanden, was sie sagten, und so sehr wir uns auch die Köpfe zerbrachen, wir kamen nicht dahinter, was das alles zu bedeuten haben mochte.

Dann endlich öffnete sich das Schott, und diesmal waren sie alle draußen, alle vier, und alle trugen sie ihre Revolver schussbereit. Es war fast zu viel der Ehre für uns.

»An Bord dieser Raumstation«, begann Khalid drohend, »gibt es zu viel Spielsachen, von denen ich nichts weiß. Deshalb werden Sie jetzt die Unterkunft wechseln. Kommen Sie, meine Herren ...«

Wir blickten in vier Revolverläufe, und das waren vier unwiderlegbare Argumente, seinen Anweisungen zu folgen. Also hangelten wir uns langsam, um keinen der zweifellos nervösen Zeigefinger zu provozieren, durch das Schott in den Knotentunnel hinaus.

»Und jetzt bitte hier hinein«, befahl Khalid und deutete auf die offen stehende Hauptschleuse.

»Was soll das?«, empörte sich Moriyama. »Sie wollen uns an Bord Ihres Raumschiffes verfrachten?«

»Regen Sie sich nicht so auf, Kommandant, es könnte Ihrem Herzen schaden«, höhnte Khalid. »Mein Raumschiff ist der einzige Ort, von dem ich genau weiß, was Sie dort anstellen können. Nämlich nichts.«

»Der Teufel soll Sie holen, Khalid«, zischte Moriyama. Dann sah er den begierigen Blick, den Ralf seinem Anführer zuwarf, und dessen beunruhigend zuckenden Zeigefinger am Abzug seiner Waffe, und er beeilte sich, die Schleuse zu erreichen. Ich folgte ihm. Ein kalter Hauch kam uns entgegen, während wir zuerst die Kopfschleuse unserer Raumstation und dann die Koppelschleuse der Raumkapsel passierten. Die Raumkapsel lag, seit sie angekoppelt hatte, im Schatten der dritten ARIANE-Stufe, und sie war seither ausgekühlt und sicher alles andere als gemütlich.

Kim und Yoshiko waren bereits an Bord und hatten sich fröstelnd zusammengerollt. Mich fröstelte auch, aber ich war mir nicht sicher, ob allein die Kälte daran schuld war und nicht vielmehr der Anblick, der sich mir bot.

Die Raumkapsel, in der sich Khalid und seine Spießgesellen in den Weltraum hatten schießen lassen, war mit Sicherheit das abenteuerlichste Raumgefährt, das jemals die Schwerkraft der Erde hinter sich gelassen hatte. Es handelte sich praktisch um einen schlichten Stahlzylinder, der einigermaßen luftdicht gemacht und mit einer eigenen Luftversorgung ausgestattet worden war, bevor man ihn auf die Spitze einer Rakete montiert hatte. Es gab vier altmodische Andrucksessel, die einfach an stählernen Stützbalken fest geschweißt worden waren, und vor einem der Sessel war eine Stelle an der Wand, an der jetzt nur noch ein paar leere Kabelschächte endeten, an der aber sicher einmal so etwas wie ein Steuerpult montiert gewesen sein musste. Die Beleuchtung war miserabel, alles war dunkel und roch muffig, und dass es dunkel war, war vielleicht ganz gut, denn dann sah man die Schweißnähte nicht so genau. Ein wenig zusätzliches Licht drang durch vier winzige, nicht einmal handtellergroße Sichtluken in den Außenwänden herein, die zudem von innen beschlagen waren.

»Meine Güte«, war Jayakars Kommentar, als er den Kopf

durch den schmalen Schleusenschacht hereinstreckte. »Mut haben sie gehabt, das muss man ihnen lassen.«

Ich versuchte, einen Blick von Yoshiko zu erhaschen, aber sie starrte nur wie betäubt vor sich hin. War das nicht verrückt? Neben allem, was uns gerade widerfuhr, machte es mir trotzdem zu schaffen, dass sie mich, wie immer, außerhalb unserer Schäferstündchen weitgehend ignorierte.

Tanaka war der Letzte, der an Bord kam. Sven folgte ihm, groß, dumpf und schweigsam wie immer, und schloss die innere Schleusenluke von außen. Durch einen schmalen Sehschlitz konnten wir verfolgen, wie er sich im Inneren des Tunnels zu schaffen machte. Dann, ehe wir erkennen konnten, was das zu bedeuten hatte, krabbelte er zurück und schloss die Luke der Hauptschleuse. Das Licht im Schleusenraum erlosch. Jayakar drehte probehalber an dem Verschlussrad der Luke. Es ließ sich problemlos drehen. »Was hindert uns daran, diesen ungastlichen Ort einfach wieder zu verlassen?«

»Wie ich Khalid einschätze«, meinte ich, »gibt es bestimmt irgendetwas, das uns daran hindern wird. Oder irgendjemanden.«

»Sie meinen, Ralf bewacht die Schleuse?«

»Das, oder sie haben einen Verschlussmechanismus an der Kopfschleuse eingebaut.«

»Das haben sie nicht«, meldete sich Tanaka. »Ich habe danach Ausschau gehalten, aber nichts gesehen.«

»Also hält Ralf Wache und hofft, dass einer von uns den Kopf herausstreckt«, schlussfolgerte ich. »Da wir die beiden Schleusen nur nacheinander passieren könnten, können wir ihn auch nicht überrennen.«

»Angenommen, sie verlassen sich nur auf die Alarmanlage?«, überlegte Jayakar. »Dann könnten wir, wenn wir schnell genug sind ...«

In diesem Augenblick erklang ein rumpelndes Geräusch,

tief und beunruhigend, das die gesamte Zelle der Raumkapsel erzittern ließ. Wir stürzten wieder an den Sehschlitz.

Ein schmaler, ringförmiger Spalt war draußen zu sehen, der rasch breiter wurde und durch den blendend helles Licht in die beiden Schleusen drang. Die beiden Schleusen, die durch diesen Spalt voneinander getrennt wurden.

»Das ist genial«, hauchte Jayakar kopfschüttelnd. »Sie koppeln uns ab!«

»Was?! Sind die wahnsinnig?«, rief Moriyama entsetzt.

»Sie koppeln uns ab. Das ist das perfekte Gefängnis.«

Die Piraten hatten einfach den Verschluss des Kopplungsmechanismus gelöst, und der Luftdruck in dem durch die beiden Schleusenräume gebildeten Verbindungsgang hatte ausgereicht, um die Raumkapsel von der Station wegzudrücken. Für einen Moment war die entweichende Luft wie ein feiner Nebel im Weltraum zu sehen, dann war sie verweht.

Moriyama drängte sich neben Jayakar an den Sehschlitz. »Was für eine Art Gefängnis soll das sein? Eine Todeszelle? Wir treiben ab, und wir werden unaufhaltsam immer weiter abtreiben. Er hätte uns auch gleich alle umbringen können.«

»Wahrscheinlich wissen die überhaupt nicht, was sie da tun«, mutmaßte Tanaka düster. »Man braucht sich nur diese Kapsel hier anzuschauen, um zu ahnen, wie wenig Khalid und seine Leute von der Raumfahrt verstehen.«

»Da ist ein Haltetau«, warf ich ein. In dem intensiven Licht, das die Solarfläche reflektierte, war es kaum zu erkennen: ein dünnes, sich noch spielerisch in der Schwerelosigkeit windendes Drahtseil, das zwischen der Kopfschleuse und irgendeinem Befestigungspunkt an der Stirnseite unserer Schleuse gespannt war. Es würde verhindern, dass wir weiter als ein paar Meter abtrieben.

Diese paar Meter reichten schon, um uns sicherer einzusperren, als jemals Menschen auf der Erde in den bestbewachten Gefängnissen eingesperrt gewesen waren. Denn zwischen uns und der Station herrschte Vakuum, eine nahezu vollkommene Luftleere, und ohne Raumanzüge waren diese paar Meter ein unüberwindbarer Abgrund, eine unüberbrückbare Distanz.

»Tja«, machte Jayakar mit gespielter, übertriebener Fröhlichkeit. »Damit sind wir alle raus aus dem Spiel. Khalid hat uns, wie man so schön sagt, kaltgestellt. Dabei fällt mir ein – könnte mal bitte jemand die Heizung etwas höher drehen?« Er rieb sich frierend die Schultern.

»Wir sollten lieber überlegen, was wir jetzt tun«, meinte Tanaka.

Jayakar lachte auf. »Begreifen Sie denn nicht? Wir können genau gar nichts tun! Was immer Khalid jetzt mit unserer Raumstation anstellt, wir haben genauso wenig Einfluss darauf, als wenn wir auf dem Mond säßen!«

»Sie geben also auf?«, fragte Tanaka verärgert.

»Ich gebe nicht auf«, verwahrte sich Jayakar. »Ich erkenne nur die Gegebenheiten – wozu Sie offenbar nicht imstande sind.«

Ein leichter Ruck, kaum spürbar, ging durch die Kapsel: das Drahtseil, das nun vollends straff gespannt war und unsere minimale Bewegung abgebremst hatte.

»Es bringt keinen Nutzen, sich zu streiten in unserer Lage«, ließ sich Kim vernehmen. »Wir können uns die Köpfe zerbrechen über aussichtslose Pläne oder aber geduldig abwarten, was das Schicksal für uns bereithält.«

Moriyama warf dem Materialwissenschaftler einen überraschten Blick zu und erklärte dann: »Ich wollte auch gerade vorschlagen, dass wir jetzt keine weiteren Gedanken mehr an irgendwelche Pläne verschwenden, die Verbrecher zu überwältigen. Wir haben gerade so ein Vorhaben hinter uns, und wir sehen ja, was es uns gebracht hat.«

»Ich denke auch, dass wir jetzt genug mit dem bloßen Überleben zu tun haben werden«, warf Yoshiko ein, mit einem aggressiven, bitteren Klang in ihrer Stimme. »Wir haben nur sehr wenig Wasser und einige Trockennahrungsmittel an Bord, und wir haben keine Toilette, nur eine Hand voll Assanierungsbeutel. Wenn unsere Gefangenschaft lang dauert, kann das in eine ziemlich unangenehme Situation ausarten. Ferner steht die Anzeige des Sauerstoffvorrats auf vierzig Prozent, was immer das heißen mag. Und es ist immer noch verdammt kalt.«

»Wir sind sechs Personen, das heißt, sechs Heizkörper mit einer Temperatur von siebenunddreißig Grad«, warf Jayakar ein. »Und es ist ziemlich eng hier. Wahrscheinlich wird es bald eher zu warm sein.«

Yoshiko sah ihn mit zornfunkelnden Augen an. »Wir wären *sieben* Heizkörper, wenn gewisse Männer darauf verzichtet hätten, sich heldenhafte Pläne auszudenken und sie von einer Frau durchführen zu lassen!« Jayakar öffnete den Mund zu einer Erwiderung, dann fiel ihm ein, dass es ja tatsächlich sein Plan gewesen war, und er klappte den Mund wieder zu.

Ich sah mich um. Es gab tatsächlich keine Spur mehr von den Steuerungen; alles war mitsamt den Kabeln herausgerissen worden. Sicher waren die Manövriertanks der Raketenstufe noch gut gefüllt, aber wir hatten keine Möglichkeit, irgendeine der Steuerdüsen zu zünden.

Dann studierte ich die Luftversorgungsanlage. Sie war denkbar primitiv gebaut, ohne das übliche Kreislaufverfahren, mit dem die Atemluft an Bord der Raumstation aufbereitet wurde. Es gab Sauerstofftanks und ein Druckreduzierventil, einen reichlich schwachbrüstigen Ventilator und eine beängstigend klein dimensionierte Absorbereinrichtung, die dazu diente, das Kohlendioxid und andere unerwünschte Substanzen aus der Luft auszuscheiden. Wir würden Probleme mit dem Kohlendioxid bekommen, lange bevor unser Sauerstoff zur Neige ging.

Mein Blick glitt durch den engen, zylindrischen Innenraum, in dem wir uns nun drängelten wie in einem Vorstadtbus. Alles wirkte roh und dunkel, rasch und schlampig zusammengebaut, und bildete so einen krassen Gegensatz zu der in der Raumfahrt sonst üblichen Hochtechnologie. Die trübe Beleuchtung, die schief angeschweißten Traversen, die altmodisch wirkenden Andrucksitze, die aus einem ausgeschlachteten Verkehrsflugzeug zu stammen schienen ...

Moment mal. Die Sitze?

»Wieso sind es eigentlich *vier* Sitze?«, fragte ich mich laut.

Alle Blicke richteten sich auf mich, dann auf die Sitze, als müsse jeder noch einmal nachzählen.

»Stimmt«, sagte Tanaka. »Es sind vier Sitze.«

Ich nickte. »Aber es sind nur *drei* Leute damit gekommen – Ralf, Sven und Khalid!«

Noch während alle darüber nachgrübelten, ob das etwas zu sagen haben mochte und wenn ja, was, machte ich mich auf die Suche. Ich hätte nicht recht sagen können, was ich eigentlich suchte; es war eher ein Gefühl, das mich in diesem Moment antrieb. Und was es zu finden gab, war nicht schwer zu finden: die hinteren beiden Andrucksitze bildeten einen schwer zugänglichen, besonders dunklen Winkel, der von der Einstiegsluke aus nicht zu sehen war, und dort hing in einem elastischen Haltenetz ein großer, in einen Plastiksack gehüllter Gegenstand.

Ich hatte so einen ähnlichen Plastiksack vor noch nicht allzu langer Zeit selber benutzt, deshalb überraschte es mich nicht besonders, dass daraus, als ich ihn hervorgezerrt und geöffnet hatte, der Kopf eines Leichnams zum Vorschein kam. Es war der Leichnam eines älteren Mannes, nicht jünger als sechzig Jahre, und er hatte offenbar den Raketenstart nicht überlebt. Was auch kein Wunder war, wenn man an die schubstarken, nicht für den Transport von Passagieren ausgelegten Triebwerke der europäischen Trägerrakete dachte: Der Andruck beim Start musste sehr viel stärker und brutaler gewesen sein, als dies bei einem Shuttlestart der Fall war.

Was mich verblüffte, war, dass mir das Gesicht des Toten bekannt vorkam. Und nicht nur mir.

»Wie kommt denn *der* hierher?«, hörte ich Jayakar stöhnen. »Jetzt versteh ich überhaupt nichts mehr ...«

Moriyama murmelte irgendwelche urjapanischen Beschwörungen. Ich sah ihn Hilfe suchend an. »Wissen Sie etwa, wer das ist?«

»Natürlich, Sie nicht?«

Ich zuckte die Schultern. »Ich kenne ihn, aber ich weiß nicht, woher ...«

Der Kommandant blickte düster drein. »Denken Sie an Ihre Ausbildung. Und denken Sie an das Telegramm, das ich Ihnen gezeigt habe ...«

Ich starrte auf das wächserne, von schlohweißem Haar gekrönte Antlitz des Toten hinab, und plötzlich wusste ich wieder, wo ich diesen Mann schon einmal gesehen hatte. Es war im großen Hörsaal der Universität von Tokio gewesen. Ich hatte in der drittletzten Reihe gesessen, und dieser Mann hatte vorn am Rednerpult gestanden, von riesigen Solaranlagen im Weltraum gesprochen und von globalen Konzepten der Energienutzung, hatte die physikalischen Grundlagen der Energieübertragung erläutert und uns vorgerechnet, wie unerschöpflich die Energie der Sonne war. Der Tote vor mir war Professor Yamamoto.

KAPITEL 24

Unsere Diskussion versandete ziemlich bald in unfruchtbaren Spekulationen. Gut, fest stand, dass Khalid und seine Helfershelfer es offenbar für nötig befunden hatten, den geistigen Vater der Solarstation zu entführen und ihn mit in den Weltraum zu nehmen. Was sie nicht gewusst hatten – vielleicht hatten sie es auch gewusst, aber keine Rücksicht darauf genommen –, war, dass Yamamoto seit langem an einer chronischen Herzinsuffizienz gelitten hatte. Es war vorauszusehen gewesen, dass er die mörderischen Belastungen eines Raketenstarts nicht überleben würde. Khalid hatte die Raumstation erobert, aber er hatte niemanden mehr gehabt, der sich damit auskannte und wehrlos genug war, sein Wissen widerstandslos preiszugeben. Deshalb hatte er die Besatzung in zwei isolierten Gruppen untergebracht und Kim und Tanaka getrennt voneinander ausgefragt.

Was mir nicht ganz klar wurde, war, warum sich Khalid überhaupt so sehr für die technischen Einzelheiten der NIPPON interessierte. Schließlich reichte es für seine finsteren Zwecke doch völlig, wenn er die Funkanlage und die Waffen bedienen konnte, und für beides hatte er ja erstklassige Spezialisten mitgebracht. Schlichte Neugier wollte ich ihm jedenfalls nicht unterstellen – eher schlichtes Misstrauen. Wahrscheinlich war es ihm unheimlich im Inneren der riesigen Maschinerie der Raumstation, von der er so wenig verstand und wir so viel. Allmählich wurde es tatsächlich wärmer im Inneren der Kapsel, aber die Luft wurde ebenso allmählich schlechter. Abgesehen von unseren eigenen Ausdünstungen stank es penetrant nach

Öl, und an den nach wie vor eiskalten Außenwänden schlug sich Feuchtigkeit in Form von winzigen Wassertropfen nieder. Im Weltraum gibt es keine mittleren Temperaturen. Die Kapsel lag lediglich im Schatten ihrer eigenen Trägerrakete, und wir froren uns fast die Zehen ab. Wäre die Solarstation nur um wenige Grade geneigt gewesen, sodass die Sonne die dunklen Außenwände der Kapsel beschienen hätte, wir wären elend verschmachtet vor Hitze.

Tanaka und Kim lenkten sich mit einer in gedämpfter Lautstärke und auf Japanisch geführten technischen Fachsimpelei ab, während Moriyama sich auf einem Andrucksitz festgebunden und die Augen geschlossen hatte, zur Meditation vielleicht oder aus Gram. Jayakar hing an einem der winzigen Bullaugen und starrte hinaus, immer wieder den Beschlag abwischend. Und Yoshiko starrte nur die düstergraue Stahlwand an und rührte sich nicht.

Dieses Starren hatte ich schon einmal erlebt, aber das war an einem anderen Ort gewesen und bei einer anderen Frau. Es war einer jener Momente gewesen, die sich für alle Zeiten tief ins Gedächtnis, in die Seele, in das ganze Leben graben; einer jener Momente, aus denen sich Alpträume speisen und Selbstmordgedanken. Ich sah uns immer noch da stehen, Fatima und mich, im Wohnzimmer unseres Hauses in Huntsville, Texas, und sie starrte die Wand an, starrte sie einfach nur an. Das war der Moment, in dem das Schweigen Einzug hielt in unsere Ehe. Ich hatte ihr Herz gewonnen und ihre Hand, aber ich hatte sie nicht glücklich gemacht damit. Ich glaubte gewonnen zu haben, dabei hatte ich verloren. Sie war nicht glücklich mit mir, und es gab nichts, was ich hätte dagegen tun können.

Damals hatte ich nicht mehr gewusst, was ich sagen sollte, und ich hatte nichts gesagt. Vielleicht hätte ich es doch versuchen sollen. Vielleicht musste ich es wenigstens jetzt versuchen. Zögernd und ungeschickt manövrierte ich mich näher.

»Hallo, Yoshiko«, sagte ich leise.

Erst schien es, als höre sie mich nicht, so fern und entrückt war ihr Blick. Dann wandte sie langsam den Kopf. »Hallo, Leonard-*san*.«

Ein herzzerreißend wehmütiges Lächeln schlich sich in ihr Gesicht. Fast schämte ich mich dafür, dass ich sie in diesem Augenblick begehrenswert fand. Bestimmt war ihr gerade überhaupt nicht danach zumute, begehrenswert auszusehen. »Eine dumme Situation, nicht wahr?«

Eine dumme Konversation, nicht wahr? Aber sie neigte zustimmend den Kopf und musterte mich dabei nachdenklich; so wie man jemanden mustert, an dem einem ganz neue Züge auffallen. Ich hoffte, dass es keine unangenehmen Dinge waren, die sie da an mir entdeckte.

»Was hast du da in der Hand, Leonard-*san*?«, fragte sie.

Ich hob den zerknitterten Zettel, den ich seit einiger Zeit nervös zwischen meinen Fingern drehte. »Ein Brief von meinem Sohn. Ich lese ihn immer wieder . . .«

»Du hast mir nie viel von deinem Sohn erzählt«, meinte Yoshiko leise. »Ich weiß kaum, wie er heißt. Neil, nicht wahr?«

Ich nickte. »Ja. Nach Neil Armstrong.« Ich lächelte verlegen. Dass das tatsächlich der Grund für die Namenswahl gewesen war, kam mir heute lächerlich vor.

Yoshiko schwieg, und ich wusste auch nicht, was ich sagen sollte. In meinem Hirn war Funkstille, völlige Leere. Man hätte in diesem Moment die Theorie der Schwarzen Löcher darin beweisen können.

»Vermisst du ihn sehr? Oder denkst du selten an ihn?«

»Ob ich ihn vermisse?« Einen Moment lang musste ich fast lachen, und es wäre ein absurdes, bitteres Lachen gewesen. Ob ich ihn vermisste. Mein Gott, was für ein erbärmliches Wort für das, was ich empfand, wenn ich an ihn dachte. Ja, ich dachte tatsächlich selten an ihn. Ich dachte selten an ihn, weil sich immer, wenn ich an ihn dachte, ein Abgrund im Inneren meiner Seele auftat, ein alles verzehrender Mahlstrom, eine schwarze, unendlich tiefe Schlucht. Ich dachte selten an ihn, weil dann immer ein Gericht über mich zusammentrat und mich wieder und wieder schuldig sprach dafür, dass ich ihm ein schlechter Vater gewesen war, dass ich als Vater versagt hatte, dass ich ihn in diese feindliche Welt gesetzt und dann allein gelassen hatte. »Ja«, hörte ich mich sagen, »ich vermisse ihn sehr.« Ich hatte ihn seit drei Jahren nicht mehr gesehen. Bei meinem letzten Besuch in Saudi-Arabien war er sieben Jahre alt gewesen, dann hatte die arabische Regierung ein Einreiseverbot für Amerikaner verhängt, und schließlich war Krieg ausgebrochen.

Vermisste ich ihn? Ich kannte ihn doch kaum noch. Und er kannte mich kaum noch. Da war nur etwas in meinem Herzen, das weh tat und das ich trotzdem für Liebe hielt.

Yoshiko streckte die Hand aus, und ich reichte ihr den Brief. Sie faltete das Blatt mit ihren grazilen Bewegungen auf und las, was Neil geschrieben hatte in der krakeligen Handschrift eines Jungen, der seit Jahren hauptsächlich Arabisch schrieb. Als sie das Ende erreicht hatte, sah sie mich an, und ihre Augen glänzten feucht, wie von Tränen.

»Er liebt dich sehr«, sagte sie mit belegter Stimme.

Sie gab mir den Brief zurück, und als ich ihn wieder an mich nahm, begriff ich, dass zwischen uns immer nur Begehren gewesen war, ein Spiel zweier Erwachsener, aber nichts weiter. Ich war für sie der *gaijin* gewesen, den sie sich gönnte, und sie für mich die schöne, begehrenswerte Asiatin mit dem traumhaften Körper, eine Eroberung, auf die ein Mann stolz sein konnte. Aber wir hatten gerade einen Blick in unsere wahren Gesichter erhascht, und damit war das Spiel vorbei.

Im Grunde wusste ich nichts über Yoshiko. Sie hatte von ihrem Vater erzählt, der streng und aufbrausend und auf eine

Weise den alten Sitten verhaftet war, die im modernen Japan fast grotesk wirkte, aber ich war nur froh gewesen, dass sie sich nach Freiheit sehnte und nicht nach Romantik. Sie konnte von Quasaren, Pulsaren und Protegalaxien schwärmen, aber ich hatte nur mit halbem Ohr zugehört. Ich wusste, dass sie drei wesentlich ältere Brüder hatte, die Ingenieure und einflussreiche Bankiers waren, aber ich kannte nicht einmal ihre Namen. Ich steckte Neils Brief zurück in meine Tasche und fragte mich, ob ich überhaupt schon einmal eine Frau wirklich geliebt hatte. Im Augenblick kam es mir so vor, als ob Neil der einzige Mensch auf der Welt wäre, den ich liebte.

Tanaka und Kim hatten ihr Gespräch beendet, und eine Weile war es still in der Kapsel bis auf das asthmatische Surren der Luftversorgung.

Moriyama öffnete die Augen wieder, und sein Blick kreuzte sich mit dem von Jayakar, der sich gerade von seiner Sichtluke abgewandt hatte und uns alle nachdenklich betrachtete.

»Wie denken Sie inzwischen über meine Schuld, Kommandant?«, fragte er halb spöttisch, halb ernst.

Moriyama wölbte fragend die Augenbrauen und räusperte sich.

»Ich habe Ihnen bereits zu erklären versucht, wie leid es mir tut, dass ich Sie ungerechtfertigt verdächtigt habe.«

Jayakar zögerte, dann schien er sich einen Ruck zu geben. »Ich muss Ihnen etwas gestehen«, sagte er mit einem schiefen Grinsen.

Der Kopf des Kommandanten ruckte verblüfft nach vorn. »Sie müssen mir – was?!«

»Ihr Verdacht gegen mich«, bekannte Jayakar unbehaglich, »war nicht gänzlich ungerechtfertigt.«

»Können Sie sich etwas deutlicher ausdrücken, Professor?«, fragte Moriyama gereizt.

Jayakar neigte den Kopf zur Seite. »Sie hatten unrecht, als

Sie mich des Mordes an Iwabuchi verdächtigten«, erklärte er. »Aber Sie hatten recht, als Sie mich verdächtigten, der Saboteur zu sein. Ich war es tatsächlich.«

KAPITEL 25

Es war eng und stickig in der beklemmenden Röhre des Piratenraumschiffes, und man fror und schwitzte gleichzeitig und hatte dabei das Gefühl, dicht vor einem Schreikrampf zu sein. Wir waren wahrscheinlich richtiggehend froh über die Ablenkung, als wir alle den Professor aus Cambridge, Großbritannien, anstarren konnten, der sich an dem roh eingeschweißten Guckloch festhielt und uns mit angriffslustig funkelnden Augen musterte.

»Wenn das einer Ihrer Scherze sein soll, Mister Jayakar«, sagte Moriyama streng, »dann habe ich diesmal die Pointe verpasst.«

»Es ist kein Scherz«, versicherte Jayakar. »Mir war nie weniger nach Scherzen zumute.«

»Wissen Sie, was Sie da sagen? Sie beschuldigen sich eines Verbrechens, für das Sie den Rest Ihres Lebens eingesperrt werden können, wenn wir zurück auf der Erde sind.«

»Keine Sorge«, meinte Jay leichthin. »Wir werden nicht zurückkommen.«

Ich räusperte mich und spürte, dass meine Kehle sich rau anfühlte. »Wie?«, fragte ich. »Wie haben Sie es gemacht, Jay? Mit dem Computer?«

Er nickte. »Selbstverständlich. Ich hatte die Software so manipuliert, dass die Steuerung nicht funktionieren konnte. Es waren sehr raffinierte Manipulationen, in aller Bescheidenheit, die unter anderen Umständen jahrelang hätten unentdeckt bleiben können und selbst dann immer noch leicht als versehentliche Programmierfehler durchgegangen wären.

Niemand hätte je Verdacht geschöpft, und der Energiesender hätte nie wieder funktioniert.«

Moriyamas Miene hatte sich bei diesen Worten sichtlich verdüstert. »Darauf sind Sie wohl auch noch stolz, was?«, knurrte er. »Was war mit Iwabuchi? Ist er Ihnen auf die Schliche gekommen?«

»Ich war mir nicht sicher, ob er Verdacht geschöpft hatte. Jedenfalls war mir klargeworden, dass er ein technisches Genie war, und ich befürchtete, dass er etwas finden würde, wenn er sich die Programme wirklich vornahm. Als gestern die Idee aufkam, uns die Software gemeinsam vorzunehmen, musste ich ihn auf heute vertrösten und die ganze Nacht über arbeiten, um meine kleinen Tricks wieder zu entfernen.«

»Was hätten Sie gemacht, wenn Sie nicht zufällig Nachtwache gehabt hätten?«

»Ich hätte es vom Terminal in meiner Kabine aus gemacht.«

Tanaka schüttelte den Kopf. »Das Betriebssystem des Computers registriert jede Änderung an einem Programmtext und vermerkt die entsprechende Uhrzeit und das Datum. Daran hätte jeder Laie sehen können, dass Sie die Programme nachts überarbeitet hatten.«

»Das ist prinzipiell richtig«, lächelte Jayakar überlegen. »Aber letztendlich ist nichts von dem, was der Computer gespeichert hat, in Stein gemeißelt. Jede Information existiert nur als äußerst flüchtiges, magnetisches Abbild – auch Datumseinträge von Programmfiles. Bei der hervorragenden Kenntnis des Betriebssystems, die zu besitzen ich mir schmeicheln darf, ist es zwar mühsam, aber möglich, diese Einträge zu manipulieren. Sie werden nichts finden, und auch Iwabuchi hätte nichts gefunden.«

»Und Sie wollten«, mutmaßte Yoshiko, »die Programme mit Iwabuchi zusammen durchgehen, um dann, wenn Sie beide keine Fehlerursache entdeckt hatten, den vorherigen Zustand wieder herzustellen?«

»Ganz genau«, nickte der Kybernetiker.

Moriyama schüttelte fassungslos den Kopf. »Aber um alles in der Welt, warum?«, rief er. »Was für einen Grund hatten Sie für das alles?«

Jayakar hob die Augenbrauen und sah uns der Reihe nach an. Dann, anstelle einer Antwort, hob er in einer gespenstisch langsamen Bewegung seine rechte Hand zu einer Geste, die jeder von uns schon einmal gesehen hatte: die Hand zur Faust geballt, nur den Zeigefinger schräg abwärts gerichtet, hob sich und hob sich, bis der Arm ganz ausgestreckt war und aussah wie der lang gestreckte Hals eines Straußvogels, der von seiner erhöhten Position aus versuchte, hinter den Horizont zu spähen.

»Meine Güte«, sagte jemand. »GREENFORCE.«

Greenforce. Ich studierte die Gesichtszüge des in Kalkutta geborenen Mathematikers, und plötzlich kam er mir absolut nicht mehr so harmlos und umgänglich vor. Jayakar war ein Greenforce-Agent, ein aktives Mitglied jener radikalen, gewalttätigen Splittergruppe der altehrwürdigen Greenpeace-Bewegung, die im Gegensatz zu dieser nicht auf pazifistische, sondern auf terroristische Vorgehensweise vertraute.

»Ganz recht«, nickte der Kybernetiker. »Und Sie brauchen dieses Wort nicht so verächtlich auszusprechen. Wir sind nicht die Öko-Terroristen, als die uns die Medien immer so gerne hinstellen; wir sind eher eine Art Fünfte Kolonne der Vernunft in einer vollkommen selbstmörderisch gewordenen Welt.«

»Greenpeace hat sich von Ihnen wiederholt distanziert«, meinte Tanaka »Nur mit friedlichen Mitteln kann eine friedliche Welt geschaffen werden.«

Jay lachte auf, aber es war eher ein verzweifeltes Lachen. »Entschuldigen Sie, Tanaka-*san*, aber die Greenpeace-Leute sind Träumer. Es geht nicht um eine friedliche oder unfriedliche Welt, es geht um das schlichte Überleben der Menschheit als Art, und wer immer noch nicht gemerkt hat, dass die Methoden von Mahatma Gandhi hier nichts fruchten, der tut mir leid. Wie war das letztes Jahr im Frühsommer? Tausende von friedlichen Demonstranten besetzen ein Schiff im Hafen von Rotterdam, die AMOCO TAN, werden Stunden später ebenso friedlich durch Polizisten von Bord geschafft, sodass das Schiff ungehindert auslaufen kann und dann jenseits der Hoheitsgrenzen seine Ladung – verdünnte, aber hochgiftige Chemieabfälle – ungestört mitten in der toten Nordsee von Bord pumpen kann. Und nun das Gegenbeispiel: Ein einzelner Mann – meine Wenigkeit – arbeitet bei einer Tochterfirma der British Petroleum Company, und als er hoch geachtet und gut bezahlt ausscheidet, hat er in den weltweit vernetzten Computersystemen des Unternehmens Auswerteprogramme hinterlassen, die es BP unmöglich machen werden, noch ein einziges neues Erdölvorkommen aufzuspüren. Was über kurz oder lang den Untergang dieser Firma bedeutet.«

Es klang beeindruckend, wie er das erzählte, und ich glaubte ihm jedes Wort. Es war offensichtlich, dass wir diesen Mann bisher sträflich unterschätzt hatten. Wenn er jetzt mit einer Sammelbüchse und Einschreibeformularen herumgegangen wäre, hätte er gute Chancen gehabt, neue Mitglieder zu werben.

»Aber warum die Solarstation, Jayakar?«, ächzte Moriyama. »Kein Kernkraftwerk, keine Giftmülldeponie … ausgerechnet die Solarstation – warum?«

»Weil die Solarstation«, erklärte Jayakar mit raschen, harten Worten, die er abfeuerte wie Salven aus einem Maschinengewehr, »ein gefährliches, größenwahnsinniges Projekt ist; ein letzter irrwitziger Versuch, die verfahrene Situation der Menschheit mit rein technischen Mitteln zu retten – ein Ver-

such, der alles nur noch schlimmer machen wird. Die Solarstation ist nichts weiter als eine neue Manifestation jenes Aber-
glaubens, der das Heil in technologischen Großprojekten
sucht. Und das ist ein gefährlicher Aberglaube, vielleicht der
verhängnisvollste überhaupt.«

»Sie sind verrückt.«

Jayakars Gesicht schien beinahe zu leuchten, glänzte von
Schweiß und Angriffslust. Das hier waren keine seiner üblichen
Witzchen. Das hier war sein heiliger Ernst. »Bitte, wir können
auch gern mehr ins Detail gehen. Offenbar ist Ihnen nicht klar,
in welch drastischem Maß die Solarstation in die Biosphäre
eingreifen kann und dies bereits tut. Haben Sie eine Vorstellung davon, was für Energien hier im Spiel sind? Was diese Energien bedeuten? Da unten bei Hawaii ist nicht einfach nur eine
Empfangsstation, dort ist ein ökologisches System mit all seinen
vielfältigen Formen. Ich könnte Ihnen Fotos zeigen von
Vögeln, die in den Übertragungsstrahl geraten sind und die
regelrecht gebraten vom Himmel fielen. Nach jedem unserer
Übertragungsversuche werden auffallend viele tote Fische an
die Küste gespült. Fische, deren Körper nicht mehr Gift enthält,
als heutzutage üblich ist – deren Muskelfasern aber weich und
tot sind und bei der kleinsten Berührung zu Brei zerfallen. Und
so könnte man immer weitermachen. Niemand hat je untersucht, welche Auswirkungen der Energiestrahl auf die Ozonschicht hat. Niemand hat je gefragt, ob die Luft dadurch che-
misch verändert wird. Keinen interessiert der Elektrosmog, der
den Strahl begleitet. Keine Fragen, keine Antworten. Nun, wir
fragen – aber die Antworten, die wir erhalten, sind absolut unbe-
friedigend.«

»Schlagworte«, stellte der Kommandant grimmig fest.
»Nichts als Schlagworte. Sie enttäuschen mich, Professor Jayakar. Wenn wir wieder auf der Erde sind, werde ich dafür sorgen, dass man Sie zur Rechenschaft zieht.«

Jayakar ließ die Sichtluke los und griff sich mit beiden Händen in den Nacken, um ihn zu massieren. »Kommandant, Sie verstehen immer noch nicht. Dabei ist es so einfach.«

»Dann erklären Sie mir es bitte so, dass ich es auch verstehe«, bat Moriyama gereizt.

»Nun gut.« Jayakar hielt mit seiner Massage inne und fasste den Kommandanten scharf ins Auge. »Welche Leistung kann die Solarfläche der NIPPON maximal erzeugen?«

»Rund ein Gigawatt.«

Jayakar nickte. »Ein Gigawatt. Eintausend Megawatt. Eine Million Kilowatt. Anbei bemerkt kann man die Kraftwerke auf der Erde, die eine vergleichbare Leistung erbringen, buchstäblich an den Fingern abzählen. Können Sie sich vorstellen, Moriyama-*san*, was passiert, wenn ein Energiestrahl mit einer Leistung von annähernd einem Gigawatt nicht auf einem dafür vorbereiteten Empfängergitter auftrifft, sondern stattdessen munter über Land und Meer wandert?«

»Es wäre eine Katastrophe, das weiß ich auch«, versetzte Moriyama ärgerlich. »Damit das nicht passiert, gibt es vielfach gestaffelte Schutzmechanismen, die den Strahl bei der kleinsten Abweichung einfach abschalten.«

»Ah ja«, nickte Jay. Und nach einer Weile fuhr er fort: »Das setzt voraus, dass sich fachkundiges und verantwortungsvolles Bedienungspersonal an Bord der Solarstation aufhält. Wie wir aber wissen, ist das gegenwärtig nicht der Fall ...«

Ein Ausdruck jähen Begreifens tauchte in Moriyamas Gesicht auf. Seine Augen wurden größer und größer, während er den Mathematiker mit wachsendem Entsetzen anstarrte.

»Sie meinen doch nicht etwa, dass Khalid ...«

»Allerdings meine ich das«, sagte Jayakar. »Was glauben Sie, aus welchem Grund er Professor Yamamoto entführt hat? Wozu er Tanaka und Kim verhört hat? Jemand wie Khalid braucht doch nicht die Hilfe eines alten Professors, um eine Lösegeldforderung zu stellen. Jemand wie Khalid ist doch nicht auf den Rat von zwei Ingenieuren angewiesen, um eine Regierung zu erpressen. Ja, er hat uns eine Menge wilder Geschichten von Lösegeld und Milliarden Dollar in Gold erzählt, aber ich bin überzeugt, dass das alles gelogen war. In Wirklichkeit weiß Khalid genau, dass die Solarstation, wenn er alle Sicherheitsmaßnahmen ausschaltet, sich in eine monströse, unglaublich gefährliche Waffe verwandelt. Und diese Waffe will er benutzen, darauf wette ich meinen rechten Arm.«

»*Sonna bakana!*« Tanaka verzog abfällig das Gesicht.

Moriyama schüttelte ganz unmerklich den Kopf, als bringe er zu mehr die Kraft nicht mehr auf.

»Nein, Tanaka-*san*, er hat recht. Es wäre möglich. Er könnte die Sicherungen abschalten, und dann würde die Solarstation einen konzentrierten Mikrowellenstrahl aussenden, wohin auch immer er ihn richten würde, eine Million mal stärker als ein Mikrowellenherd.« Sein Atem ging plötzlich schwer. »Das wäre ... verheerend.«

»Was würde passieren?«, wollte Yoshiko wissen. Ihre Stimme klang erstickt.

»Genau kann ich es Ihnen nicht sagen, weil es noch nie ausprobiert worden ist«, erklärte Jayakar, »aber wenn Sie sich in Erinnerung rufen, was in einem normalen Mikrowellenherd passiert, dann können Sie es sich ungefähr vorstellen. Die Nippon sendet ihre Energie mit prinzipiell genau den gleichen Mikrowellen, nur eine Million mal stärker. Selbst wenn man die Übertragungsverluste mit einrechnet, selbst wenn man berücksichtigt, dass der Strahl, wenn er auf die Erde auftrifft, eine Querschnittsfläche von einem Quadratkilometer hat, ist er immer noch absolut tödlich. Ein Mensch, der in den Bereich des Strahls käme, würde in kürzester Zeit sterben, weil das Wasser in seinem Körper explosionsartig anfangen würde zu kochen. Es wäre ein unsichtbarer, tödlicher Strahlenfinger, der unaufhaltsam und unablässig über Land und Meere streichen könnte und der eine grauenhafte Spur der Verwüstung in die Erde brennen würde.«

»Und Sie glauben wirklich, dass Khalid das vorhat?«, fragte Yoshiko mit weit aufgerissenen Augen. »Warum?«

»Weil er«, meinte der Mathematiker freudlos, »die Rolle des geldgierigen Erpressers einfach unglaubwürdig spielt.«

»Finden Sie?«

»Ja. Erst tischt er uns diese Idee auf, ein Shuttle mit einer Ladung Gold kommen zu lassen, und dann unternimmt er plötzlich alle Anstrengungen, normalen Stationsbetrieb vorzutäuschen – anstatt sein Ultimatum so schnell wie möglich hinauszuposaunen. Warum? Da passt nichts zusammen. Sein Verhalten erscheint unsinnig, solange man davon ausgeht, dass er Lösegeld erpressen will.«

»Aber was hat er davon?«, überlegte Moriyama laut. »Was hat er davon, irgendjemand anzugreifen?«

»Darüber bin ich mir auch noch nicht im Klaren«, gab Jayakar zu. »Ich habe keine Idee, wen er angreifen können wollte. Sicher ist nur, dass es jeder beliebige Ort auf der Erde sein kann – da die Solarstation sich auf einer Bahn über die Pole bewegt und sich die Erde sozusagen unter uns weiterdreht, wir also bekanntlich innerhalb von zwei Tagen jeden Fleck Erde einmal überflogen haben. Die Auswahl ist also wahrhaftig groß.«

»Ich weiß, was er vorhat«, hörte ich mich sagen.

»Wie bitte?«

»Ich weiß, was Khalid vorhat.«

Sie sahen mich alle an. Ich bot wahrscheinlich keinen besonders eindrucksvollen Anblick, wie ich mich da an die Sichtluke klammerte, durch die zuvor Jayakar geschaut hatte. Vermutlich war ich weiß wie eine Wand. Ich hatte hinausgespäht und etwas entdeckt, das alle Fragen beantwortete und alle Puzzleteile sich zu einem sinnvollen Bild zusammenfügen ließ. Es war etwas, das auch Jay schon hätte sehen können, aber nicht bemerkt hatte. Deswegen zitterte jetzt auch meine Magengrube und nicht seine.

Ich konnte nur wortlos hinausdeuten, und sie drängten sich alle um das eine Bullauge wie Gymnasiasten um das einzige Schlüsselloch zum Umkleideraum der Mädchen.

Die Japaner sahen es natürlich fast sofort.

»Die Fahne!«, sagte Tanaka. »Sie ist nicht mehr da.«

Die japanische Fahne, die seit der Inbetriebnahme der Station an einem weit hinausragenden, dünnen Mast befestigt gewesen war, hing nicht mehr an ihrem Platz. An ihrer Stelle befand sich jetzt ein blutrotes Tuch mit weißen, kunstvoll verschlungenen Schriftzeichen.

»Was steht auf diesem Tuch?«, fragte Moriyama. »Es sieht aus wie Arabisch.«

»*Bismi llahi rachmani rachmini*«, zitierte ich, ohne dass ich deswegen hätte hinaussehen müssen. Ich war mit einer Araberin verheiratet gewesen und hatte mir trotzdem nicht mehr als ein paar Brocken dieser schwierigen Sprache angeeignet – diese Worte aber kannte ich.

»Was heißt das?«

»Im Namen Allahs, des Allbarmherzigen ...« Das ist die so genannte *Basmala,* die Formel, mit der jede einzelne Sure des Korans beginnt. Und«, fügte ich hinzu, »es sind die Worte, die auf der Fahne der Dschijhadis stehen.«

»Tatsächlich!«, stieß Jayakar hervor. »Sie haben die Fahne der Dschijhadis gehisst! Das heißt ... das kann nur heißen ...«

Ich nickte. Ich dachte an Fernsehbilder, die ich gesehen hatte, von einer großen weißen Stadt mit glänzenden Dächern, die in der flirrenden Hitze der Wüste lag, von ameisengleichen Panzern und Geschützen eingekesselt und von ihren Bewohnern mit Zähnen und Klauen verteidigt. Und ich dachte an einen kleinen schwarzhaarigen Jungen, der einst auf meinen Knien gesessen hatte und der über das Leben Bescheid wissen wollte und der seit Beginn der Belagerung mitten in dieser Stadt lebte, nicht weit von der Kaaba entfernt, dem schlichten, würfelförmigen Heiligtum, das Zentrum und Herz dieser Stadt war.

»Mekka«, sagte ich tonlos. »Sie wollen Mekka zerstören.«

KAPITEL 26

»Vor ein paar Wochen kam eine kleine Meldung in den Nachrichten; wahrscheinlich ist sie niemandem außer mir aufgefallen.« Ich holte tief Luft – verbrauchte Luft, die nach Schweiß und Öl stank und sich klebrig und schwer anfühlte in der Lunge. »In der Meldung hieß es, dass Abu Mohammed, der glorreiche Führer der Dschijhadis, der zweite Prophet, gesagt habe, die seit einem Jahr andauernde Belagerung Mekkas sei in Wahrheit eine Prüfung für den Glauben seiner Anhänger, der schließlich durch ein Wunder belohnt werden würde.«

»Ein Wunder?« Jayakar schien sich zu weigern, das Offensichtliche wahrhaben zu wollen.

»Ein Wunder, das er zu diesem Zeitpunkt längst inszeniert und in die Wege geleitet haben musste.« Durch die Luke sah ich hinab auf das Hochland von Mexiko, das die Solarstation gerade überflog. Die untergehende Sonne warf bizarre Schatten über die kahlen Gipfel der westlichen Sierra Madre, und schwarze, zähe Rauchwolken stiegen von den Industriegebieten am Golf von Kalifornien auf. Einhundertfünfter westlicher Längengrad. Ich überschlug unsere Flugbahn im Kopf. »Noch anderthalb Erdumkreisungen, dann werden wir Mekka genau überfliegen. In etwas mehr als zwei Stunden wird das Wunder geschehen, das der große Prophet vorhergesagt hat. Khalid wird dafür sorgen. Er wird die geballte Energie der NIPPON auf Mekka abstrahlen und jedes lebende Wesen darin zu Tode kochen.« Unter anderem meinen Sohn. Alles in mir schien abzusterben bei dieser Vorstellung.

»Der Strahl wird anfangen zu wandern«, wandte Moriyama

ein. »Die Vibrationen werden es unmöglich machen zu zielen ...«

Jayakar schüttelte wie betäubt den Kopf. »Keine Vibrationen. Kein Wandern. Ich habe alle Programmbestandteile entfernt, die zu diesen Fehlern geführt haben. Die Steuerung des Energiestrahls arbeitet einwandfrei.«

Moriyama schnaubte empört.

»Was für ein seltsamer Saboteur sind Sie eigentlich, Mister Jayakar?«

Ich hörte kaum hin. Mir war, als stürbe ich bereits, während ein roboterartiger Automatismus die Steuerung meines Körpers übernahm und mich immer weiter reden ließ. »Das alles muss geplant und von langer Hand vorbereitet gewesen sein. Ich dachte die ganze Zeit, dass Khalid auf den verspäteten Shuttle wartet und dass deshalb niemand erfahren sollte, dass sie an Bord sind. Aber in Wirklichkeit dürfte es Sabotage sein, die den Shuttle am Boden hält; ein Agent Khalids im Raumfahrtzentrum. In Wirklichkeit geht es darum, *dass niemals irgendjemand* erfahren darf, was sich abgespielt hat.«

In Moriyamas Blick las ich väterliche Besorgnis, und sie war weiß Gott gerechtfertigt. »Übertreiben Sie jetzt nicht etwas, Leonard?«

Wahrscheinlich wirkte ich nach außen ruhig und gefasst, wie einer dieser Helden im Film, der die Lage völlig im Griff hat, aber kein Eindruck konnte so falsch sein wie dieser. In meiner Magengrube spürte ich ein Zittern, das mich fatal an die ersten Anzeichen jenes Nervenzusammenbruchs nach meiner Scheidung erinnerte, den ich aus meinem Gedächtnis hatte streichen wollen.

»Übertreibe ich?«, hörte ich mich sagen. Ich fing wirklich an, irre zu reden. »Glauben Sie, ich übertreibe? Was würden Sie denn tun, Kommandant, wenn Sie an der Stelle des großen Propheten wären? Bedenken Sie den Effekt – über Mekka wird die Sonne aufgehen, während der tödliche, aber unsichtbare Strahl aus dem Weltraum auf die Stadt niederbrennt. Khalid wird über einen verschlüsselten Funkspruch den Vollzug melden, und daraufhin werden die Truppen Abu Mohammeds einmarschieren und vorfinden, dass es Allah gefallen hat, alle Einwohner Mekkas zu töten und die heilige Stadt des Islam den Dschijhadis zu schenken. Voilà – das Wunder des Propheten. Es wird nicht nur den Krieg um Mekka beenden, sondern auch dem Dschijhad-Islam endgültig zum Durchbruch verhelfen.«

Moriyama sah mich mit einem Blick voller Schmerz an. Noch jemand, dem es weh tat, der Wahrheit ins Gesicht blicken zu müssen.

»Ich suche verzweifelt nach einem Gegenargument, aber mir fällt keines ein«, bekannte er leise.

»Es gibt keines. Das ist es, was Khalid vorhat. Und für ein Wunder ist es wichtig, dass niemand erfährt, wie es bewerkstelligt wurde. Deshalb werden wir alle sterben.«

»Und Khalid?«

Ich zuckte die Schultern. »Ich weiß es nicht. Vielleicht wird er den Shuttle entführen und einen Absturz über dem Ozean vortäuschen. Es ist nicht wichtig. Sicher hat er einen Plan, der auch funktionieren wird, wie alle seine Pläne bisher funktioniert haben. Sicher ist, dass er eine Nippon zurücklassen wird, deren gesamte Besatzung auf rätselhafte Weise den Tod gefunden hat.«

Tanaka war kreideweiß im Gesicht. »Das müssen wir verhindern!«, rief er erregt. »Wir müssen etwas unternehmen!«

»Was wollen Sie denn unternehmen?«, fragte Jayakar abfällig, fast gelangweilt. »Wir sind hier gefangen, im perfektesten Gefängnis der Welt. Auch wenn wir Bescheid zu wissen glauben, haben wir nicht die geringsten Handlungsmöglichkeiten. Es ist tatsächlich der perfekte Plan.«

»Nein.«

In meiner Magengrube fing es an zu pochen und zu pulsieren, und wie ein Strom glühender Lava stieg eine Kraft in mir empor, von der ich nicht geglaubt hatte, sie noch zu besitzen. Es war Wut. Sengendheiße, gnadenlose Wut, geradezu wohltuend in ihrer Urgewalt. »Es gibt perfekte Pläne, aber es gibt keine perfekte Ausführung. Auch Khalid hat Fehler gemacht.«

»Tatsächlich?«

»Tatsächlich.«

Wie Blitzlichter zuckten Bilder vor meinem inneren Auge vorbei, Bilder von Momenten aus meinem Leben, in denen ich diese Wut verspürt hatte. Ich war einmal ein Sieger gewesen. Ich hatte einmal zu kämpfen verstanden. Für einen Augenblick war ich wieder auf dem Schulhof, und der Kinderschreck aus einer der höheren Klassen hatte mich so lange gequält, dass ich ihm voller Wut in die Eier trat und ihn für den Rest des Tages außer Gefecht setzte.

Ich hangelte mich über die Kontursitze hinweg nach hinten und fing an, den Leichensack aus dem Netz dahinter hervorzuzerren. Die anderen beobachteten mich entgeistert, ohne sich von der Stelle zu rühren. Immerhin auch, ohne mich an meinem Tun zu hindern. Als ich den blauen Plastiksack mit dem Toten darin vollständig aus seiner Befestigung herausgezogen hatte, machte ich mich daran, ihn aufzuschnüren.

»Er hätte den armen Professor nicht entführen sollen«, erklärte ich, wenngleich meine wirre Rede als Erklärung nicht viel taugen mochte. Yamamotos lebloser, silberhaariger Schädel kam zum Vorschein. »Und nachdem er ihn schon mit an Bord genommen und durch den Start umgebracht hatte, hätte er ihn nicht so achtlos hinter die Sitze stopfen und dort vergessen sollen.«

Ich öffnete den Plastiksack weiter und streifte ihn am Körper des Toten herab. Wie es sich herausstellte, trug der Tote einen Raumanzug.

»Sie trugen alle vier Raumanzüge, weil sie ihrem selbst gebastelten Raumschiff nicht recht trauten. Zu Recht, wahrscheinlich. Nachdem Yamamoto tot war, hatten sie andere Sorgen, als ihn auszuziehen. Und da es ihnen auf eine Leiche mehr oder weniger sowieso nicht ankommt, vergaßen sie ihn, als sie uns hier einsperrten. Und das«, schloss ich grimmig, »war ein Fehler.«

Ich holte den Leichnam vollständig aus dem Plastiksack heraus. Es tat gut zu handeln. Der zum Raumanzug gehörende Helm fand sich ganz am Schluss zwischen den Füßen des Toten. Auf seinem Halsverschluss waren kyrillische Buchstaben eingeprägt: also tatsächlich russische Raumanzüge. Wie ich es mir gedacht hatte. Es galt nach wie vor, dass es nichts gab, das man auf dem russischen Schwarzmarkt nicht hätte kaufen können. Ich begann, den Toten zu entkleiden. Der Raumanzug war dem schmächtigen alten Japaner zu groß gewesen; mir würde er ganz leidlich passen mit meiner Durchschnittsgröße.

»Was tun Sie da«, wollte der Kommandant wissen, als ich in das Hosenteil schlüpfte, was sich in der Schwerelosigkeit und ohne die entsprechenden Halterungen nicht gerade einfach gestaltete.

»Das sehen Sie doch – ich ziehe den Raumanzug an.«

Ich prüfte die Sauerstoffreserve des Rucksacktornisters. Mehr als ausreichend.

»Und was haben Sie vor?«

»Was denken Sie denn, dass ich vorhaben könnte?«, fragte ich zurück und schnallte die Stiefel an. »Ich werde rübergehen und Khalid mit bloßen Händen erwürgen.«

»Werde ich dazu nicht gefragt?«

Ich hielt inne und sah Moriyama an. »Nein. Sie werden dazu tatsächlich nicht gefragt.«

Es war einen Moment lang wie ein Kräftemessen mit Blicken, dann nickte der grauhaarige Kommandant. »Khalid ist nicht allein da drüben, das wissen Sie?«

»Mir ist gerade wieder eingefallen, dass ich einmal das Handwerk eines Soldaten gelernt habe. Mal sehen, was ich noch alles kann.« Ich streifte das Brustteil über und verband es mit dem Hosenteil. Alles sehr solide, alte russische Wertarbeit. Yoshiko half mir beim Aufsetzen des Rückentornisters. Ich achtete sorgfältig darauf, nicht aus Versehen das Funkgerät einzuschalten, das wie ein dicker, wurstförmiger Wulst im Nacken befestigt war. Die Geräte der anderen drei Raumanzüge sendeten und empfingen sicher auf der gleichen Frequenz; wenn ich die Piraten mit einem lautstarken Einschaltknacken auf die richtigen Ideen brachte, konnte ich genauso gut gleich hier bleiben.

»Leonard?«, fragte Jayakar plötzlich.

»Ja?«

Er schwebte neben dem Gucklock, das in der Schleusenluke eingelassen war, und hielt sich am Verschlussrad fest. »Ich fürchte«, sagte er zögernd, »Khalid hat doch keinen Fehler gemacht.« Er deutete auf das Guckloch. »Die äußere Schleusentür steht offen.«

»Und?«

»Und es gibt keine Vorrichtung, um sie von hier drinnen zu schließen.«

Ich hatte mir gerade den Helm aufsetzen wollen, aber jetzt hielt ich entsetzt inne. Mein Verstand weigerte sich zu glauben, was meine Ohren hörten. War das ein Problem? Durfte es sein, dass das ein Problem war? Ich hangelte mich über die Sitze hinweg zu Jayakar an das Schleusenluk und spähte durch die enge Sichtritze. Tatsächlich, die äußere Schleusentür stand offen. Sie musste geschlossen werden. Dann konnte ich die innere Luke öffnen, mich in den engen Schleusenschacht zwängen und dann die äußere Luke öffnen. Ich suchte nach irgendeinem Hebel oder Schalter, um sie von innen zu schließen, aber es gab keinen.

»Das darf nicht wahr sein«, murmelte ich. »Wie soll ich denn jetzt hinauskommen?«

»Vergessen Sie's«, meinte Jayakar wenig hilfreich. »Unser Gefängnis ist noch perfekter, als wir dachten. Sie haben zwar einen Raumanzug, aber Sie können die Kapsel nicht verlassen, ohne uns alle zu töten.«

KAPITEL 27

Ich klammerte mich an dem Guckloch der inneren Schleusentür fest wie ein Ertrinkender an seiner letzten Luftblase, starrte hinaus in die Schleuse und zermarterte mir das Gehirn nach einem Ausweg. Die äußere Schleusenluke schien zum Greifen nahe zu sein. Wenn draußen kein Vakuum geherrscht hätte, man hätte einfach nur das Innenluk öffnen und sich hinauszulehnen brauchen, um sie zuzuziehen. So aber war sie unerreichbar. Allein der Versuch, das Innenluk, das nach innen aufging, gegen den Druck der Kabinenatmosphäre zu öffnen, wäre gescheitert, und wenn man es wider Erwarten doch geschafft hätte, wäre man vom Druck der entweichenden Luft hinauskatapultiert worden wie ein Geschoss aus einem Luftgewehr.

»Worauf warten Sie, Leonard?«, ließ sich Jayakar vernehmen. »Darauf, dass ein Engel vorbeischwebt und das Außenluk mit der Flügelspitze zudrückt?«

Selbst das hätte nichts genützt. Der Engel hätte außerdem das Handrad des Verschlussmechanismus herumdrehen müssen.

Ich studierte jedes Detail, fieberhaft nach einem Anhaltspunkt suchend. Das Kabel, mit dem die Kapsel an der Solarstation angebunden war, glänzte im Sonnenlicht. Ich fragte mich, woran sie es wohl festgemacht hatten – offenbar an einer der drei Verschlussklammern am äußeren Ring, für die es in der Schleuse der NIPPON keine Gegenstücke gab, weil sie über ein neuartiges, von außen her greifendes Dichtsystem verfügte.

Die riesige Solarfläche glänzte wie flüssiges Silber. Ob die

Flügel eines Engels wohl genauso hell strahlten? Ich wurde allmählich irre, konstatierte ein vernünftig gebliebener Teil meiner Gedanken missmutig.

Da war etwas, die schattenhaften Umrisse einer Idee. Sie hatte mit Engeln zu tun. Ich ließ das Guckloch los und sah mich in der engen, immer stickiger werdenden Kapsel um. Apathische, erschöpfte Gesichter blickten mich an.

»Ziehen Sie den Raumanzug wieder aus, Leonard«, meinte Moriyama müde. »Es hat keinen Zweck.«

Ich ignorierte ihn. Die Idee nahm Gestalt an. »Kim«, fragte ich, »Sie waren doch beim Bau der Solarstation dabei?«

Der Koreaner nickte überrascht. »Einige Male, jawohl.«

»Ich habe irgendwo gelesen, dass die Spinnenroboter, die beim Bau mitgearbeitet haben, durch Sprache gesteuert wurden – stimmt das?«

»Ja.«

»Dann müsste«, schlussfolgerte ich, »sich Spiderman fernsteuern lassen, wenn ich mit dem Funkgerät des Raumanzugs auf seine Frequenz gehe, oder?«

Ich hörte, wie Jayakar neben mir nach Luft schnappte.

Er hatte erraten, worauf ich hinauswollte.

Kim blickte skeptisch drein. »Wenn sein Funkgerät noch funktioniert, ja. Er ist sehr lange Zeit nicht technisch geprüft worden, weil man nur noch darauf wartet, wann er endlich ausfällt.«

»Welche Frequenz hat er?«

»Das weiß ich wirklich nicht. Sie müssten nach einer Frequenz suchen, auf der regelmäßig alle fünf Sekunden ein hoher Ton ertönt, etwa wie ›Ping‹. Das ist das Bereitschaftsignal.«

Die Kontrollen des Funkgeräts waren am rechten Handgelenk des Raumanzugs befestigt, große, klobige Rändelschrauben für Lautstärke und Frequenz und breite Schalter für die Stromzufuhr. Ich drehte das Frequenzrad bis an den Anschlag zurück, dann schaltete ich das Funkgerät ein, das in meinem Nacken befestigt war, oben auf dem Versorgungstornister, den ich auf dem Rücken trug. Während ich das Mikrophon, das an einem Bügel vor meinem Mund hing, zuhielt, aus Angst, mich versehentlich auf der Frequenz der Piraten bemerkbar zu machen, durchwanderte ich langsam das ganze Frequenzband und lauschte aufmerksam.

»Nichts«, sagte ich enttäuscht, als das Frequenzrad den anderen Anschlag erreicht hatte.

»Darf ich erfahren, was Sie vorhaben, Leonard?«, wollte Moriyama wissen.

»Ich will Spiderman anweisen, zu uns zu kommen und das äußere Luk zu schließen, damit ich die Schleuse benutzen kann«, erklärte ich. »Aber wie es scheint, hat sein Funkgerät inzwischen den Geist aufgegeben.«

»Ich glaube, Sie haben zu schnell gesucht«, meinte Jayakar. »Sie müssen auf jeder Frequenz mindestens fünf Sekunden lang bleiben, um zu hören, ob ein Ton gesendet wird. Und fünf Sekunden sind lang, wenn man nervös ist.«

Ohne viel Hoffnung drehte ich das wulstige Rad wieder rückwärts, wesentlich langsamer diesmal. Und ich wurde fündig.

»*Ping!*«

»Da ist es! Kim, was nun?«

»Jetzt geben Sie Befehle.«

»In welcher Sprache?«

»Englisch. Er versteht etwa zweihundert elementare englische Wörter.«

»Englisch?«, wiederholte ich verwundert. Warum nicht gleich Lateinisch? In meiner Jugend war Englisch Weltsprache gewesen, aber heutzutage erwartete man unwillkürlich, dass man sich mit Robotern auf Japanisch verständigen musste.

»Das Steuerungsmodul wurde damals von einer amerikanischen Firma entwickelt«, erklärte Kim. »Man sagte uns, die englische Sprache sei für einen Computer leichter zu analysieren als asiatische Sprachen. ich glaube allerdings nicht, dass das wirklich der Grund war, wenn es überhaupt stimmt.«

Ich nickte geistesabwesend. Im Augenblick interessierte mich diese Geschichte nicht wirklich. Neben den Funkkontrollen war an meinem rechten Handgelenk eine Uhr befestigt, deren Sekundenzeiger unbarmherzig vorrückte und mich mahnend daran erinnerte, dass ich keine Zeit zu verlieren hatte.

»Wie rede ich ihn an?«, wollte ich wissen.

»Sie nennen einfach seine Nummer. Er ist Nummer vier.«

Ich räusperte mich, ließ das Mikrophon los und sagte: »Number Four?«

Ein doppelter Ton antwortete mir, ein hoher, gefolgt von einem tieferen, beides glockenartige, hörbar synthetische Klänge. Es klang wie *Ping-Pong*.

»Das heißt, dass er Sie verstanden hat«, erläuterte Kim, als ich ihn danach fragte.

»Gut«, nickte ich. Jetzt würde sich zeigen, ob meine Idee etwas taugte. »Wie sage ich ihm, dass er zur Hauptschleuse kommen soll?«

»Sie befehlen es ihm einfach. In einfachen Worten.« Nun gut. In einfachen Worten. »Move to main lock«, sprach ich ins Mikrophon.

Nichts geschah. Nach einer Weile kam ein gleichmütiges *Ping*.

»Er hat Sie nicht verstanden. Sie müssen vor jedem Befehl seine Nummer nennen.«

Das kam mir logisch vor. Ich versuchte es noch einmal: »Number Four. Move to main lock.«

»*Ping-Pong*«, kam als Antwort in meinen Kopfhörern.

Ich sah Kim an. »Er hat verstanden, glaube ich. Heißt das, dass er kommt?«

»Jawohl«, nickte der Koreaner. »Unweigerlich. Er wird sich durch nichts aufhalten lassen, es sei denn, Sie geben ihm einen anderen Befehl.«

Ich hangelte mich zu einem der Sehschlitze und spähte hinaus. Von dem spinnenartigen Roboter war weit und breit nichts zu sehen.

»Er ist noch auf der dunklen Seite«, erklärte Kim. »Er muss die ganze Zeit vor der Materialschleuse des Systemdecks auf neue Folie gewartet haben. Ich hatte die Maschine abgeschaltet. Es wird eine Weile dauern.«

»Wie lange?«

Der Metallurg überlegte. »Spiderman muss die ganze Solarfläche umrunden, um zu uns zu kommen. Ich nehme an, er wird sich an einem der Hauptspanten entlanghangeln; dort entwickelt er eine Geschwindigkeit von etwa zehn Kilometern je Stunde. Bis zum Rand der Solarfläche sind es zwei Kilometer, dann wendet er auf die helle Seite, noch einmal zwei Kilometer ... eine halbe Stunde, etwa.«

Normalerweise war die Geschwindigkeit des Spinnenroboters völlig unerheblich, schließlich war die Solarfläche so gut wie fertig, und von der gelegentlichen Reparatur von durch Meteoriten beschädigten Elementen einmal abgesehen gab es so gut wie nichts daran zu tun. Jetzt aber hätte ich mir gewünscht, er wäre schneller gewesen oder hätte über ein eigenes kleines Triebwerk verfügt.

Nach endlosen zwanzig Minuten – wir überquerten gerade die Antarktis – tauchte ein winziger dunkler Punkt auf, der über die endlose, perlmuttglänzende Ebene der Solarfläche wanderte und quälend langsam näher kam. Gebannt verfolgten wir, wie er schließlich, graziös einherstolzierend, den Rumpf der Raumstation erreichte und sich anschickte, die Tunnelröhre zu erklimmen.

Mir fiel etwas ein. »NUMBER FOUR, MOVE SILENT.«

Tatsächlich schienen selbst aus dieser Entfernung die Bewegungen des Roboters langsamer und behutsamer zu werden. Ich hatte einmal gelesen, dass man die Roboter darauf eingerichtet hatte, sich so über die Hülle bewegen zu können, dass keinerlei Schwingungen dabei erzeugt wurden – also auch keine Laufgeräusche hörbar wurden. Man hatte sich dabei allerdings weniger Sorgen um den ungestörten Nachtschlaf der Stationsbesatzung gemacht als vielmehr um den ungestörten Verlauf von Mikrogravitationsexperimenten. Uns kam das nun insofern zugute, als es nicht nötig war, dass Khalid auf die Bewegungen des Spinnenroboters aufmerksam wurde.

»*Ping*«, erklang es, als Spiderman die Hauptschleuse erreicht hatte.

»Und jetzt?«, wandte ich mich Hilfe suchend an Kim, der dicht hinter mir stand.

Er bedeutete mir, ihm das Mikrophon zu geben. Ich drehte den Haltebügel nach außen und beugte mich zu ihm hinüber, sodass er bequem hineinsprechen konnte.

»NUMBER FOUR, IDENTIFY ROPE«, befahl Kim.

Ping-Pong.

»NUMBER FOUR, MOVE ALONG ROPE.«

Ping-Pong.

Fasziniert beobachtete ich durch das Guckloch in der inneren Schleusenluke, wie der Roboter einen seiner vorderen Handlungsarme ausstreckte und prüfend das Drahtseil zwischen seine Greiffinger nahm, gerade so, als müsse er überlegen, auf welche Weise er die gestellte Aufgabe am besten bewältigen konnte.

Schließlich ging ein Ruck durch den dünnen, stabförmigen Körper, und Spiderman krabbelte von seinem Platz an der Kopfschleuse auf das Seil, um sich daran entlang auf unsere Kapsel zuzuhangeln, halsbrecherisch schwankend und schaukelnd.

»Für einen Roboter ist er ziemlich intelligent«, sagte Jayakar. »Er kann in ungewöhnlichen Situationen eigenständig die geeignete Fortbewegungsmethode auswählen.«

Spiderman kam immer näher. Ich fragte mich, wann er wohl haltmachen würde.

»NUMBER FOUR, STOP!«, sagte Kim, als der Roboter kurz vor der äußeren Schleuse war. Spiderman hielt mitten in der Bewegung inne und schickte wieder sein *Ping-Pong*.

»NUMBER FOUR, IDENTIFY DOOR.«

Ping. Pong.

»NUMBER FOUR, CLOSE DOOR.«

Ich hielt den Atem an. Die Antwort Spidermans schien endlos auf sich warten zu lassen.

Ping. Pong.

Bedächtig, als müsse er darauf achten, das Gleichgewicht nicht zu verlieren – in der Schwerelosigkeit des Alls eine absurde Vorstellung –, streckte der Spinnenroboter seinen rechten vorderen Handlungsarm aus, langsam, tastend, ruckartig. Ein ferner, kratzender Laut war in der Wandung der Kapsel zu hören, als die Greifhand das Außenluk berührte und langsam in Bewegung setzte. Dann fiel das Luk mit einem donnernden Schlag zu – ein Schlag, der so laut war, dass einen unwillkürlich die Angst durchzuckte, jemand droben in der Station hätte ihn hören können. Aber rings um uns war Vakuum, nahezu völlige Luftleere. Hier hätte eine ganze Shuttleladung Schiffsminen explodieren können, ohne dass man irgendwo irgendeinen Laut gehört hätte.

Ping.

»Der Verschluss«, drängte ich. »Er muss den Verschluss des Luks verriegeln.«

Kim sah mich nervös an. »Ich habe nicht darauf geachtet. Wie sieht der Verschluss aus?«

»Ein Handrad«, erklärte ich, »in der Mitte des Luks.«

Kim überlegte kurz und beugte sich wieder über das Mikrophon. »NUMBER FOUR, IDENTIFY WHEEL.«

Das brauchte eine Weile. *Ping – Pong*.

»NUMBER FOUR, CLOSE WHEEL.«

Diesmal dauerte es noch länger. Doch dann kam nur ein klägliches *Ping*.

»Er versteht es nicht.« Ich ballte die Fäuste in den Handschuhen des Raumanzugs. »Verdammt. Er muss das Luk verriegeln, sonst war alles umsonst.«

»NUMBER FOUR, CLOSE WHEEL!«, rief Kim noch einmal.

Wieder nur: *Ping*.

»Das darf nicht wahr sein ...« Ich spähte aus einer handtellergroßen Sichtluke neben der Schleuse. Da draußen hockte der riesige, heuschreckenartige Roboter mit seinen eigentümlich melancholisch dreinblickenden Kameraaugen, studierte mit sanftem Interesse seine Umgebung und begriff nicht, was wir von ihm wollten.

»Wie schließt man eigentlich das Luk?«, wollte Jayakar wissen.

Ich starrte den Roboter unverwandt an, als bestünde Hoffnung, ihn auf diese Weise hypnotisieren zu können.

»Die einfachste Sache der Welt. Man dreht das Handrad einmal herum und ...«

»Aha«, machte Jayakar bedeutungsvoll. »Man *dreht das* Handrad.«

Ich sah ihn an. Dieser verdammte, arrogante Standesdünkel des britischen Intellektuellen. Dieser verdammt schlaue Kopf. Ich nahm Kim das Mikrophon aus der Hand. »NUMBER FOUR, TURN WHEEL CLOCKWISE.«

Ping-Pong. Ein schabendes Geräusch, dann ein schrilles Quietschen, das durch Mark und Bein fuhr, dann wieder Stille.

»Ist das Luk jetzt geschlossen?«, fragte Kim.

»Ich hoffe es«, erwiderte ich und machte mich über das Belüftungsventil her, das im Innenluk eingeschweißt war. Ich zögerte nur einen Moment, dann drehte ich den Verschluss auf, eine schlichte Kappenmutter mit eingelassenem Dichtring, und Luft schoss pfeifend aus dem Kapselinneren in die Schleusenkammer. Ich spähte durch das Guckloch in der Schleusentür ins Dunkle. Falls mich meine Erinnerung und meine Beobachtungsgabe getrogen hatten, dann würde der Druck der einströmenden Luft das Außenluk sofort wieder aufdrücken.

Nichts geschah. Das Außenluk blieb verschlossen.

Der Druckausgleich schien ewig zu dauern, aber irgendwann ließ das durchdringende Pfeifen nach, wurde zu einem matten Fauchen und hörte schließlich ganz auf. Ich drehte die Dichtungsmutter wieder auf. Das Ventil war jetzt eiskalt.

»Leonard«, sagte Moriyama mahnend. »Wissen Sie, was Sie da tun?«

Ich angelte nach meinem Raumhelm. »Wer weiß schon immer, was er tut?«, meinte ich leichthin. »Das ist doch langweilig.«

»Das sind gefährliche Leute, Leonard. Killer.«

»Ich werde daran denken.«

Moriyama suchte nach Worten. »Sie brauchen das nicht zu tun, Leonard. Sie sind nicht als Held eingestellt worden.«

Ich sah ihn an und fühlte mich zurückversetzt in die Zeit, als ich siebzehn war und anfing, die gutgemeinten Ratschläge meines Vaters in den Wind zu schlagen. »Kommandant«, sagte ich, »es gibt keine angestellten Helden. Und Sie wissen, dass ich es tun *muss*.« Ich muss es tun, weil diese Leute vorhaben, meinen Sohn zu ermorden. Ich muss es tun, weil ich eher sterben will, als dabei zuzusehen. Aber das sagte ich alles nicht, sondern setzte den Raumhelm auf, drückte seinen Verschluss in die dafür vorgesehenen Aussparungen des Halsstücks und

verriegelte ihn. Ich spürte ein kleines Aggregat im Rückentornister anspringen, und gleich darauf atmete ich frische, kühle
Luft. Jetzt erst merkte ich, wie verbraucht und stickig die Luft
in der Kapsel bereits war.

Ich gab Kim ein Zeichen, und er und Tanaka öffneten die
innere Luke.

Es ging los.

KAPITEL 28

Als Kind war ich einmal mehrere Stunden lang in einer engen Kanalisationsröhre eingesperrt, ehe mich Feuerwehrleute schließlich befreiten. In der Schleuse kam ich mir ähnlich eingesperrt vor, obwohl sie wesentlich größer war; dafür trug ich diesen klobigen, unförmigen Raumanzug. Nachdem die Innenluke hinter mir geschlossen war, war es nahezu völlig dunkel um mich herum, genau wie damals ...

Die Erinnerung brach wieder in mir hoch. Ich, der kleine Leonard, der Kleinste in der Klasse, den seine Mitschüler hänselten und plagten, wo sie nur konnten, mit der Grausamkeit, zu der nur Kinder fähig zu sein scheinen. Und einmal erwischten sie mich auf dem Nachhauseweg, als ich gerade an einer Baustelle vorbeikam, und sperrten mich in eine enge, stinkende Röhre der Kanalisation; stopften mich hinunter in das brackige, schleimige Loch und drückten den Gullydeckel über mir wieder zu, der so schwer war, dass ich ihn nicht allein hochstemmen konnte. Durch einen schmalen Schlitz konnte ich sie hören, wie sie sich lachend verdrückten, und dann leuchtete Stunden um Stunden nur dieser schmale, fingerdünne Strahl Sonnenlicht zu mir herunter, wanderte langsam über die algenverkrusteten Schachtwände, und niemand hörte mich rufen, schreien, weinen schließlich. Erst abends, als es dunkel wurde, befreiten mich Feuerwehrleute, die weiß Gott wie von meinem Gefängnis erfahren haben mochten.

Einen Moment befiel mich Panik, als Tanaka und Jayakar die Innenluke hinter mir zudrückten und sich der Verschluss schabend in die Ringdichtungen zurückquetschte. Wieder nur Dunkelheit und Enge um mich herum, und ich musste an mich halten, um nicht aufzuschreien. Nicht, dass mich jemand gehört hätte; schließlich trug ich den Raumanzug und sendete auf einer Frequenz, die außer mir nur noch der Roboter draußen empfing. Ich hob die Arme, so weit es der Raumanzug zuließ, und tastete in der Dunkelheit nach dem Verschluss der Außenluke. Schließlich bekam ich ihn zu fassen, ein breites, griffiges Handrad direkt über meinem Helm, krallte die Hände darum und fing an zu drehen.

Es ging schwer, nur Fingerbreit um Fingerbreit. Um festen Halt zu haben und genügend Kraft aufbringen zu können, verkeilte ich mich mit den Stiefeln gegen Handgriffe, die im Innern der Schleusenröhre angebracht waren. Früher, als ich befürchtet hatte, trat mir der Schweiß auf die Stirn.

Die Dekompression kam plötzlich, mit einem Geräusch, als öffne jemand eine riesige Tüte vakuumverpackten Filterkaffees, und die schlagartig ins Vakuum entweichende Luft hätte mir beinahe die Außenluke aus der Hand gerissen. Mit einem Ruck blähte sich der Raumanzug auf und wurde noch sperriger und ungelenker. Bisher hatte einen nur die schiere Fülle an Material behindert, diese unzähligen Lagen von luftdichtem Material, Feuchtigkeit ableitendem Material, Strahlen absorbierendem Material, Kühlleitungen und Anzugsheizungen und dicken Isolierschichten. Jetzt aber verwandelte der zwar niedrige, aber unvermeidliche Innendruck den Anzug in eine Art ungelenke Wurstpelle, die einem eine Beweglichkeit gestattete, als trage man ein Kostüm aus lauter Lastwagenreifen.

Ich stieß die Außenluke auf. Die gleißende Helligkeit des gewaltigen Solarspiegels brach schmerzhaft herein, und ich musste geblendet die Augen schließen, bis sich das selbst verdunkelnde Material des Helms entsprechend angepasst hatte. Dann, als ich allmählich wieder etwas sehen konnte, begann ich, mich aus der engen Schleusenröhre herauszuarbeiten.

Das Erste, was mich erwartete, war Spiderman, der sich immer noch mit allen seinen Greifbeinen um das Stahlseil krallte und regungslos verharrte. Nur seine beweglichen optischen Sensoren folgten meinen Bewegungen mit einer Neugier, die mich an einen kleinen Hund denken ließ und die unter anderen Umständen komisch gewirkt hätte. »Ping!«, hörte ich sein Bereitschaftszeichen in meinen Kopfhörern.

Wir überquerten gerade den Golf von Oman. Das hieß, noch eine Erdumkreisung bis Mekka. Die Solarstation bewegte sich gerade nordwärts auf ihrer Bahn von Pol zu Pol, die uns ständig entlang des Sonnenauf- oder -untergangs über den Erdball führte. Wir würden als Nächstes das Hochland überqueren, das sich zwischen dem Himalaja und den anatolischen Bergen erstreckte, dann den Ural der Länge nach, die Arktis, den Pazifik, um schließlich von der Antarktis her Madagaskar zu überfliegen, dann Ostafrika, das Rote Meer, Mekka. Und das alles würde kaum anderthalb Stunden dauern.

Ich sondierte die Lage, so gut es ging, und begann allmählich zu ahnen, worauf ich mich eingelassen hatte. Das Seil, das die Raumkapsel mit der Station verband, war schätzungsweise zwanzig Meter lang. Zwanzig Meter fingerdünnes Kabel durch das absolute Nichts, ringsum unermessliche Weite und vierhundert Kilometer unter mir das Arabische Meer. Eine Vorstellung, die einen Raumfahrer nicht hätte erschrecken dürfen, gewiss, aber mich erschreckte sie trotzdem. Zu allem Überfluss hockte dieses riesige Robotervieh mitten auf dem schlaffen Drahtseil und versperrte mir den Weg. Das war zum Glück kein großes Problem, denn ich konnte Spiderman ja jederzeit wegschicken. Blieben die zwanzig Meter Distanz zur Hauptschleuse und die Frage, wie ich überhaupt an Bord kommen sollte. Die Hauptschleuse schied von vornherein aus. Das Öffnen der Hauptschleuse löste in der Kommandozentrale automatisch einen akustischen Alarmton aus, und falls Khalid und seine Spießgesellen nicht längst hinter der verspiegelten Sichtscheibe der Greifarmsteuerung standen und beobachteten, was hier vor sich ging, würden sie spätestens dann unmissverständlich auf mich aufmerksam werden.

Aus unerfindlichen Gründen hatten die Konstrukteure der Solarstation jedoch nur die Hauptschleuse mit einer solchen Alarmanlage versehen, die anderen Schleusen jedoch nicht. Diese waren zwar an die Computerkontrolle angeschlossen, selbstverständlich, aber der Computer begnügte sich damit, ihr Öffnen und Schließen in einer Art Logbuch aufzuzeichnen, das man bei Bedarf einsehen konnte. Ich musste darauf bauen, dass die Piraten im Augenblick andere Sorgen hatten, als dieses Log, das ja nur eines von unzähligen Protokollen der Computerüberwachung war, im Auge zu behalten.

Das hieß also, dass ich die Ladeschleuse erreichen musste, die sich an der Stirnseite des Mikrogravitationslabors befand. Ich sondierte den Weg, und ich kann nicht behaupten, dass es mich begeisterte, was ich sah. Zuerst war Spiderman zu umrunden – das kleinste Problem. Dann konnte ich Hand über Hand am Seil entlang die Hauptschleuse erreichen. Auch das sah machbar aus, sogar in diesem klobigen Anzug. Aber dann galt es, sich von einem der nicht gerade übermäßig dicht verteilten Haltegriffe auf der Außenhaut der Station zum nächsten weiterzutasten, den Tunnel hinab bis zur zweiten Ebene und dann bis ans Ende des Mikrogravitationslabors. Eine Art Freeclimbing in der Schwerelosigkeit. Und das, während ich mich gerade ungefähr so graziös bewegte wie das alte Michelin-Männchen. Es war der helle Wahnsinn. Ich würde es nicht schaffen. Ich würde irgendwann auf halbem Wege den einen Haltegriff verlieren und den nächsten nicht erwischen und dann laut schreiend in die Unendlichkeit davondriften.

Andererseits erleichtert es Entscheidungen außerordentlich, wenn man keine Alternativen hat. Ich zwängte mich also vollends aus der Schleuse heraus, packte das Drahtseil mit beiden Händen und einem Griff, der sich so fest anfühlte, als fasste ich in einen Badeschwamm, und dann hing ich da in der Unendlichkeit und war schon schweißgebadet. Spiderman beobachtete meine unbeholfenen Turnübungen mit seinen beiden Kameraaugen, und ich hätte schwören können, dass sein *Ping* diesmal regelrecht spöttisch klang.

Spiderman. Moment mal. Wenn es jemanden gab, der sich auf der Solarstation mit schlafwandlerischer Sicherheit bewegen konnte, dann war es doch dieser Roboter! Vielleicht konnte ich mir das zunutze machen.

»NUMBER FOUR«, krächzte ich in mein Mikrophon.

Ping. Pong.

Ich griff nach einem der Greifarme, rutschte ab, griff noch einmal zu, fester diesmal, und hatte endlich festen Halt. O mein Gott. Ich hatte gar keine andere Wahl. Spiderman musste mich transportieren, oder ich war verloren.

Der Roboter hielt still, während ich ungeschickt an ihm entlangkletterte.

Vielleicht hätte ich ihn dazu bewegen können, mir zu helfen, aber ich wollte kein Risiko eingehen. Wenn er nur stillhielt ... Ich atmete schwer, als ich schließlich auf seinem Rücken angelangt war, den ich umklammerte wie ein Ertrinkender ein Stück Treibholz.

»NUMBER FOUR, MOVE TO MICROGRAVITY LAB.«

Zögerndes Schweigen. Dann: *Ping*. Er verstand nicht, was ich meinte.

Das durfte nicht wahr sein. Ich starrte ratlos auf die Erde hinunter, auf die kristallblauen Weiten des südlichen Pazifiks, und zermarterte mir das Hirn, auf welches Codewort der Roboter wohl ansprechen mochte. Kim konnte ich nicht mehr fragen. Vielleicht hätte ich mir das alles vorher besser überlegen sollen. Es gab eine Menge Dinge, die ich mir besser hätte überlegen sollen in meinem Leben. Ich warf einen Blick auf die dunkle Raumkapsel und meinte, hinter einem der winzigen Sehschlitze eine Bewegung wahrzunehmen. Natürlich beobachteten sie mich jetzt alle, wie grandios ungeschickt ich hier herumturnte und die Zeit vergeudete.

Eines der Roboteraugen schwenkte zu mir nach hinten und betrachtete mich aus der Nähe, fast so, als fordere es mich auf, noch einmal gründlich nachzudenken. Und schließlich dämmerte es mir, was für ein Idiot ich gewesen war.

Woher sollte ein uralter Roboter wissen, in welchem Modul das Mikrogravitationslabor untergebracht war? Schließlich änderte sich die Belegung der Labortrakte alle halbe Jahre. Spiderman kannte die Solarstation nur von außen, und das war auch alles, was er zu wissen brauchte.

»NUMBER FOUR«, versuchte ich es mit neuem Mut, »MOVE TO SERVICE LOCK.«

Ping. Pong. Erfolg! Mit sanft schaukelnden, graziösen Bewegungen, deren Eleganz ich jetzt nach meinen eigenen Übungen erst so richtig zu schätzen wusste, setzte sich der Roboter in Bewegung. Mühelos, wie es schien, drehte er auf der Stelle um und stakste dann gemächlich das dünne Seil entlang auf die Hauptschleuse zu.

»NUMBER FOUR«, beeilte ich mich zu befehlen,

»MOVE SILENTLY!«

Spiderman bestätigte diese Anordnung, ohne seine Bewegungen zu verlangsamen. Ich hielt den Atem an, als wir die Hauptschleuse erreichten. Und tatsächlich – der Roboter setzte seine spinnendünnen Beine so sanft und behutsam auf die Außenhülle der Solarstation, als gelte es, auf der Oberfläche eines rohen Eis entlangzumarschieren.

Ich hörte nichts. Ich presste meinen Raumhelm auf den Leib Spidermans, aber ich hörte keinerlei Aufsetzgeräusche. Wenn ich nicht gewusst hätte, dass der Roboter nicht frei schweben konnte, hätte ich geschworen, dass er genau das tat. Unhörbar und leise, nur ein dünner schwarzer Schatten auf einer sonnenlichtüberfluteten, blendend hellen Röhrenkonstruktion, schlich Spiderman mit mir auf dem Rücken über das gleißende Metall. Niemand, so hoffte ich, der sich im Inneren der Station aufhielt, bekam etwas davon mit, was sich hier draußen abspielte.

Von außen wirkte die Solarstation viel größer und geräumiger als von innen, geradezu riesig, selbst wenn man von der gigantischen Solarfläche absah, die sich endlos in alle Richtungen zu erstrecken schien wie eine Trennwand, die das Universum in zwei Hälften schnitt. Wahrscheinlich hing das auch damit zusammen, dass die Module relativ dickwandig konstruiert waren, wegen der Meteoriten und wegen der kosmischen Strahlung. Während meines Nerven zerfetzend langsamen Ritts auf dem graziös schaukelnden Roboter fielen mir zahllose kleine Dellen und Kratzer in der ansonsten makellos weiß lackierten Außenhaut auf, Spuren kleiner und kleinster Meteoriten wahrscheinlich, die die Umlaufbahn der Erde um die Sonne ab und zu in mehr oder weniger dichten Schwärmen heimsuchten. Ich erinnerte mich an eine meiner ersten Nächte an Bord der Station, vor einigen Jahren, in der ich immer wieder Geräusche gehört hatte, als werfe jemand von weitem Sand gegen die Außenwand: am nächsten Morgen erklärte man mir, dass das ein Schwarm von Mikrometeoriten gewesen sei, jeder einzelne so klein, dass man ihn mit bloßem Auge nicht hätte sehen können, aber dafür schneller als eine Gewehrkugel.

Wir passierten die so genannte Fahnenschleuse am unteren Ende des Auslegerarmes – eine aufwendige Konstruktion, die dafür gedacht war, jederzeit beliebige Fahnen hissen zu können, ohne dazu die Station verlassen zu müssen. Die zentralen Module der NIPPON waren ursprünglich für eine internationale

Raumstation entworfen worden, die man jeweils entsprechend der an Bord vertretenen Nationen hatte beflaggen wollen. Meines Wissens aber war die Anlage niemals zuvor benutzt worden. Die Dschijhadis waren die ersten, die davon Gebrauch gemacht hatten.

Das Mikrogravitationslabor befand sich in dem etwas verkürzten Modul unterhalb eines der Wohnmodule. An seinem Ende gab es eine Versuchsplattform, auf der man Versuchsaufbauten dem Vakuum oder der Sonnenstrahlung oder beidem aussetzen konnte. Diese Plattform war über eine Schleuse zugänglich, die beim Entladen eines Shuttles auch als Lastschleuse diente: Dafür wurde die Plattform mit den Versuchsapparaturen einfach umgedreht, und mit Hilfe der großen Manipulatorarme setzte man die in Containern abgepackte Nutzlast des Shuttles einen nach dem anderen auf den Haltevorrichtungen ab, mit denen die andere Seite der Plattform ausgestattet war, und jemand anders beförderte sie jeweils durch die Schleuse ins Innere. Bis auf die Wissenschaftler, die für den Entladevorgang extra ihr Labor aufräumen mussten, hatte niemand Schwierigkeiten mit diesem System.

Spiderman transportierte mich direkt vor die Lastschleuse, blieb breitbeinig davor hocken und ließ wieder sein unternehmungslustiges *Ping!* hören. Jetzt galt es. Ich warf einen misstrauischen Blick auf die Sichtluken am stumpfen Ende des Moduls. Sie gewährten von innen den Blick auf die Plattform, auf der zurzeit keine Versuche liefen. Den Blick von außen nach innen gewährten sie nicht; sie waren goldverspiegelt, wie es sich für dauerhaft konstruierte Sichtluken im Weltraum gehört. Während ich schwerfällig meine Umklammerung um den Leib des Roboters löste und meine rechte Hand nach dem nächsten Haltegriff ausstreckte, wurde ich das unangenehme Gefühl nicht los, dass bereits die ganze Bande feixend hinter einer der Sichtluken versammelt war, mich beobachtete und mit gezogenen Waffen nur darauf wartete, dass ich zur Tür hereinspaziert kam.

Nun war ich hier, was sollte ich also tun? Wieder zurück konnte ich nicht, und wieder einmal enthob mich das Fehlen von Alternativen langwieriger Überlegungen und Entscheidungen. Wenn sie mich schon bemerkt hatten, würden sie mich wahrscheinlich nicht einmal an Bord lassen. Ich hangelte mich vor die äußere Schleusenluke und betätigte den Öffnungsschalter. Wir würden sehen.

Da die Lastenluke dafür gebaut war, auch von ausgesprochen sperrigen Gegenständen passiert werden zu können, war sie ziemlich geräumig, weitaus geräumiger und auch komfortabler als sogar die Hauptschleuse. Dafür dauerte das Abpumpen der Luft natürlich um ein Vielfaches länger, und mir brach erneut der Schweiß aus, als ich mir ausmalte, wie das jammernde, näselnde Geräusch der Schleusenpumpe durch das verwaiste Mikrogravitationslabor hallte, und falls die Tür zum Knotentunnel offen stand, auch durch den Rest der Raumstation.

Endlich öffnete sich die äußere Schleusentür, eine komplizierte Lamellenkonstruktion, die sich seitwärts in die Wand schob und den Blick in einen leeren, würfelförmigen Raum freigab, einladend, verlockend, verführerisch. Jetzt hätte es gutgetan, eine Waffe in der Hand zu halten. Ich warf dem spinnenförmigen Roboter einen letzten Blick zu, dann griff ich nach einer der Haltestangen und zog mich ins Schleuseninnere. Hinter mir schloss sich die Außentüre wieder.

Nachdem das schmerzhaft grelle Sonnenlicht ausgesperrt war, umfing mich nun eine vergleichsweise düstere künstliche Beleuchtung. Eine der beiden Leuchtstoffröhren in der Schleuse war defekt und flackerte nur noch kränklich vor sich hin. Ich betätigte die zweite Öffnungstaste, und erst als die Schleusenkammer schon so weit mit Luft geflutet war, dass man das Einströmgeräusch durch den geschlossenen Helm hindurch hören konnte, fiel mir ein, dass es eigentlich meine Aufgabe gewesen wäre, mich um die defekte Leuchtstoffröhre zu kümmern.

Aber jetzt hatte ich wirklich andere Sorgen. Unwillkürlich hielt ich den Atem an, als die innere Türe zur Seite glitt.

Das Labor lag still und verlassen, dunkel bis auf die Notbeleuchtung. Niemand wartete auf mich. Ein paar Instrumente glänzten in dem Licht, das aus der Schleuse fiel, aber die meisten Geräte waren in milchigweiße Plastikschutzhüllen verpackt. Niemand bedrohte mich. Die Tische waren leer und aufgeräumt, die Schalttafeln dunkel, und das Schott zum Knotentunnel war geschlossen. Niemand schoss auf mich. Ich war wieder an Bord, und keiner hatte es bemerkt.

KAPITEL 29

Als sich die Innentüre der Schleuse hinter mir wieder geschlossen hatte, öffnete ich die Verschlüsse an meinem Halsring, nahm den Raumhelm ab und schaltete mein Lebenserhaltungssystem ab. Ich lauschte. Es war nichts zu hören, was darauf hätte schließen lassen, dass jemand auf mich aufmerksam geworden wäre. Ich hörte das Übliche: das einlullende Zischen der Klimaanlage, das Brummen ferner Aggregate, das sich über die Tragekonstruktion der Raumstation übertrug und nur als unterschwelliger Baßton wahrnehmbar war – aber keine aufgeregten Schreie, kein Klirren von Waffen, keine Geräusche, wie sie jemand hervorgerufen hätte, der sich hastig durch den Knotentunnel bewegte. Es schien ganz so, als sei ich tatsächlich unentdeckt eingedrungen.

Natürlich konnten Khalid und seine Spießgesellen von der Zentrale aus jeden Winkel der Station überwachen, und wenn sie die entsprechenden Funktionen des Computersystems aktiviert hatten, dann verfolgten sie jetzt jede meiner Bewegungen gemütlich auf unzähligen Monitoren und lasen nebenbei noch meinen Herzschlag ab, falls ihnen danach war. Dann hatte ich keine Chance.

Meine einzige Chance war, dass sie jetzt, etwa eineinhalb Stunden vor dem ersten Sichtkontakt mit Mekka, andere Dinge zu tun hatten, als mit der Computeranlage zu spielen.

Ich wollte den klobigen Helm gerade in einem leeren Gitterfach an der Wand deponieren, als mir eine Idee kam, die mich innehalten ließ. Vielleicht gab es eine ganz einfache, ganz schnelle Möglichkeit, den Spuk zu beenden. Wenn Khalid einen weiteren Fehler gemacht hatte. Sein erster Fehler hatte mich zurück in die Station gebracht. Und ein zweiter Fehler würde sein Ende bedeuten. Ich schloss die Gittertür des Wandfachs wieder und befestigte den Raumhelm mit dem dafür vorgesehenen Plastikbändchen an meinem Gürtel. Dann glitt ich zum Schott. Ich zuckte zusammen, als es zischend vor mir auffuhr, so laut und durchdringend kam mir das Geräusch vor. Atemlos lauschte ich, aber niemand reagierte. Vielleicht war das Geräusch doch nicht so laut. Vorsichtig streckte ich den Kopf durch die Öffnung und sah in den Tunnelschacht. Niemand war zu sehen. Der Knotentunnel lag leer und verlassen.

Ich griff nach dem ersten Haltegriff und hangelte mich eilig hinüber zum nächsten Schott, hinter dem ich das biologische Labor wusste. Es fuhr genauso laut und genauso bereitwillig vor mir auf, ich hangelte mich hindurch in die Dunkelheit dahinter und atmete erst wieder auf, als es sich hinter mir geschlossen hatte und auch daraufhin draußen im Knotentunnel keine Laute erklangen, die in irgendeiner Weise alarmierend gewesen wären.

Als meine Herzfrequenz wieder auf medizinisch unbedenkliche Werte gesunken war, beschloss ich, Licht zu machen. Ich tastete gerade nach dem Lichtschalter, als plötzlich ein stumpfer Gegenstand sanft auf meinen Nacken gesetzt wurde. Ein kalter, stumpfer Gegenstand. Ein Gegenstand, der sich anfühlte wie ein Revolverlauf.

Ich erstarrte augenblicklich zu Eis. Mein Herz setzte aus. Ich hörte auf zu atmen, zu denken, zu fühlen. So also war es, wenn man starb.

Die Sekunden vergingen – zumindest machten sie diesen Eindruck auf mich –, und ich lebte immer noch. Der stumpfe, kalte Gegenstand in meinem Nacken wanderte langsam hin und her, als suche er nach der richtigen Stelle, um zu tun, was immer er mit mir zu tun vorhatte.

»Hören Sie, vielleicht können wir darüber reden ...«, flüsterte ich mit einer Stimme, die ich nicht als die meine erkannte. Ich wusste nicht so recht, was ich da eigentlich sagte. Ich redete, nur um etwas zu sagen, um Zeit zu gewinnen, und ich brachte nur diese eigentümlich krächzenden Flüsterlaute zustande.

Keine Antwort. Der stumpfe Gegenstand wanderte an meiner Schädelbasis hoch.

»Bitte ... Ich bin nicht bewaffnet. Sie haben wirklich keinen Grund zu vorschnellen Reaktionen ...«

Wer immer da hinter mir war, er war entweder ein geduldiger Schweiger oder taubstumm. Der stumpfe Gegenstand wanderte langsam weiter, und er schien jetzt mein Ohr anzupeilen. Ich fragte mich, wie er es fertig brachte, mich in der Dunkelheit so genau auszumachen. Ich fragte mich, warum ich nichts hörte, nicht einmal Atemgeräusche. Der Gegenstand erreichte mein Ohr, berührte es flüchtig und glitt daran vorbei, an meiner Wange entlang, und etwas Glattes, Kühles streifte meine Haut.

»Vielleicht mache ich lieber erst einmal Licht, wenn Sie nichts dagegen haben«, krächzte ich und betätigte den Lichtschalter, den ich mittlerweile unter meinen Fingerspitzen spürte.

Der Gegenstand, der da eben an meinem Gesicht vorbeigeglitten war, war ein nacktes Bein.

Ich drehte mich vorsichtig um, schon ahnend, dass kein angenehmer Anblick auf mich wartete. Und als ich mich umgedreht hatte, dankte ich dem Schicksal, dass ich schon lange nichts mehr gegessen hatte.

Es war Oba, oder vielmehr das, was Ralf von ihr übrig gelassen hatte. Sie schwebte mit entblößtem Unterleib, den Oberkörper grotesk verdreht, in der Luft, und das, was die Nervenenden meines Nackens vorsichtshalber als schallgedämpften Lauf eines Revolvers eingeschätzt hatten, war in Wirklichkeit

ihr rechter großer Zeh gewesen. Ihr kalter, toter rechter großer Zeh.

Und im Augenblick befand sich mein Kopf genau zwischen
ihren gespreizten Schenkeln. Ich griff nach ihren Beinen und
bremste ihre Bewegung ab. Dann, obwohl ich wusste, dass das
verräterisch sein konnte, sammelte ich ein paar der herumflie-
genden Kleidungsstücke ein und verhüllte ihre Blöße wieder.
Es gab einen Mann auf der Erde unten, der niemals erfahren
durfte, wie sie gestorben war, das schwor ich mir. Ralf schien
nicht damit genug gehabt zu haben, ihr so oft in den Kopf zu
schießen, dass man die einzelnen Einschusslöcher nicht mehr
zählen konnte und ihr Gesicht bis zur Unkenntlichkeit ent-
stellt war. Er musste sich auch noch, nachdem sie längst tot
gewesen war, an ihr vergangen haben, auf irgendeine wider-
wärtige Art und Weise, die sich auszumalen meine Phantasie
verweigerte.

Wer weiß, was er mit uns anderen vorhaben mochte? Mein
Mund fühlte sich plötzlich seltsam trocken und staubig an. Ich
ließ von dem Leichnam Obas ab und machte mich auf die
Suche nach dem, weswegen ich eigentlich gekommen war:
dem Betäubungsgas. Bei meinem letzten Reinigungsdurch-
gang im biologischen Labor hatte ich noch zwei der bonbon-
rosafarbenen Gaspatronen in irgendwelchen Schubladen gesehen. Eine hatte Khalid entdeckt, und aus welchem Grund
hätte er sie nicht hier zurücklassen sollen? Schließlich wusste
er zu diesem Zeitpunkt sicher schon, dass er uns allesamt in
seine stickige, dunkle Raumkapsel stecken würde.

Aber er schien seine Gründe gehabt zu haben. Ich öffnete
Lade um Lade, Schrank um Schrank, fand alles mögliche nutz-
lose Zeug, aber keine annähernd rosafarbene Metallflasche.
Khalid schien sich nicht nur damit begnügt zu haben, die bei
Oba beschlagnahmte Patrone verschwinden zu lassen; er muss-
te eine regelrechte, gründliche Durchsuchung vorgenommen

haben. Eine erfolgreiche Durchsuchung darüber hinaus, denn ich fand auch die zweite Patrone nirgends.

Schließlich gab ich es auf. Es wäre auch zu einfach gewesen: einfach den Raumhelm aufsetzen, die Gaspatrone öffnen und dann gemütlich losgehen, Schurken einsammeln. So musste ich eben zu meinem ursprünglichen Plan zurückkehren. Ich warf einen flüchtigen Blick auf die Uhr. Es gab keinen Grund zu unnötiger Eile, aber ich hatte mich schon länger mit der Suche nach dem Betäubungsgas aufgehalten, als ich eigentlich vorgehabt hatte.

Und es gab auch keinen Grund mehr, länger diesen klobigen Raumanzug zu tragen. Ich löste die Verschlüsse der Handschuhe und zog sie aus, entledigte mich des Rückentornisters, öffnete dann die Dichtungen am Gürtel, streifte das Oberteil ab und schlüpfte zuletzt erleichtert aus dem Hosenteil. Es war eine Wohltat, sich wieder ungehindert bewegen zu können. Nach einem letzten prüfenden Blick in die Runde – manchmal sucht man ja stundenlang nach etwas, das die ganze Zeit groß und breit direkt vor der Nase liegt – löschte ich die Beleuchtung wieder und ließ das Schott auffahren. Immer noch Stille. Ich streckte den Kopf hinaus in den Knotentunnel. Immer noch Leere. Vielleicht hatten sich die Piraten in der Zwischenzeit heillos betrunken und schliefen irgendwo ihren Rausch aus? Oder, was mir natürlich am allerliebsten gewesen wäre, sie hatten sich gegenseitig die Schädel eingeschlagen?

Dann schalt ich mich einen Narren. Es gab einen ganz anderen Grund, warum keiner von ihnen durch die Station geisterte: Inzwischen saßen sie alle einträchtig an den Schaltpulten der Brücke und fieberten dem Moment entgegen, in dem die Heilige Stadt in die Reichweite des Energiesenders kam.

Anstatt mich hier in albernen Phantasien zu verlieren, tat ich gut daran, mich zu beeilen, ihnen einen dicken Strich durch die Rechnung zu machen.

Ich ließ das Schott hinter mir, das sich mit einem asthmatischen Schmatzen wieder schloss, und machte mich an den Abstieg ins Maschinendeck. Das war jetzt nichts, wo man eben mal schnell hinhuschen konnte, da das Maschinendeck bereits auf der ›dunklen Seite‹ des Solarspiegels lag, war dieser logischerweise an dem entsprechenden Zwischenstück des Knotentunnels befestigt, das wiederum massiv verstärkt war – wesentlich massiver, als eigentlich notwendig gewesen wäre; die Solarstation wäre auch mit einem noch wesentlich größeren Solarspiegel zurechtgekommen. Dadurch bildete sich in der Mitte des Knotentunnels eine Art verengte Röhre, die es unbeschadet zu passieren galt.

Ich stieß mich von einem Haltegriff ab, ohne meinen klobigen Raumanzug nun so elegant, wie es die Übung eines jahrelangen Aufenthalts in der Schwerelosigkeit möglich machte, und war gerade auf halbem Weg durch den Tunnel, als ich ein anderes Schott sich öffnen hörte. Und jetzt, als ich nicht selber Urheber dieses Geräuschs war, kam es mir noch viel lauter und alarmierender vor als bisher. Ich reckte mich in einer panischen Bewegung nach dem nächsten Haltegriff, packte ihn und turnte an ihm hastig in die lächerliche Deckung der unteren Tunnelmündung.

Keinen Augenblick zu früh. Ich hörte Stimmen. Jemand kam, kam heraus in den Knotentunnel. Ich wagte nicht nachzusehen und bemühte mich, so flach wie möglich zu atmen und kein Geräusch zu machen. Und die Deckung, die der wulstige Rand des verstärkten Mittelteils gegen Sicht von oben bot, war so lächerlich gering, dass ich mich mit aller Macht gegen die Wand presste, als hoffe ich, sie nach außen beulen zu können mit bloßer Körperkraft.

Es war Ralf. Ralf, das Monstrum. Ralf, das Tier.

»Da ist was«, hörte ich ihn knurren, als spräche er mit sich selbst. »Ich hab's genau gehört. Da unten irgendwo …«

Ich verschmolz mit der Wand. Ich wurde eins mit ihr. Ich begann zu verstehen, wie sich ein Stück Pressaluminium fühlen musste.

Jemand anders sagte etwas, das ich nicht verstand. Es klang wie eine abfällige Kritik an Ralfs Beobachtungsgabe. Zumindest redete ich mir das ein. Aber dann fuhr das Schott schnaubend wieder zu, und ich hörte Ralf schwerfällig durch den Knotentunnel rumpeln. Dabei brummelte er unaufhörlich vor sich hin, ab und zu wie irre in sich hineinkichernd, und ich wurde den Eindruck nicht los, dass er sich in meine Richtung bewegte.

Ich presste mich noch flacher an die Wand und hörte vollends auf zu atmen.

Aber Ralf kam tatsächlich immer näher; das war auf die Dauer keine Lösung.

Mir musste etwas einfallen. Ich hatte gehofft, Ralf würde, was immer er aus den Augenwinkeln noch gesehen haben mochte, für eine Einbildung halten, für eine Halluzination seines durch die Schwerelosigkeit in Mitleidenschaft gezogenen Körpers, und es ignorieren. Ich hatte solche Sinnestäuschungen selber erlebt, und ich entsann mich, dass Ralf, als er mich abholte, um mich auf die Brücke zu bringen, sich ebenfalls eingebildet hatte, Bewegungen im unteren Teil des Knotentunnels zu sehen. Aber ausgerechnet diesmal schien er entschlossen zu sein, der Sache auf den Grund zu gehen.

Da geschah, was nicht hätte geschehen dürfen. Mein rechter Fuß geriet in dem Bemühen, mich auf der Wand unterhalb der Tunnelmündung zu verteilen, in das Erfassungsfeld des Sensors des Schotts direkt unter mir, und mit einem lauten, dreisten, rücksichtslosen Zischen, das in meinen Ohren dröhnte wie der Einsturz des Assuan-Staudamms, fuhr das Schott unter mir auf und gähnte unbekümmert in den Knotentunnel.

»Ah!«, hörte ich Ralf frohlocken. »Da ist tatsächlich was!«

Kapitel 30

Uralte, vor unausdenkbaren Zeiten eingeübte und eingeschliffene Reflexe ließen mich handeln, ohne dass es des Nachdenkens bedurft hätte. Ich glitt behände aus meinem unbrauchbar gewordenen Versteck, schnellte mich durch das offen stehende Schott in den Raum dahinter und fing meine Bewegung an dem nächsten greifbaren Halt ab, während das Schott in seiner diensteifrigen Stumpfsinnigkeit wieder hinter mir zufuhr. Dann erst kamen die Gedanken. Dann erst begann ich zu zittern.

Es war aus. Es war aus und vorbei. Ich hatte meine Mission vermasselt; ich hatte die einzige Chance für einen kleinen Jungen in einer großen, fernen Stadt, den kommenden Tag noch zu erleben, verspielt. Ralf hatte mich entdeckt, und so blöde, das Auf- und Zufahren eines Schotts als Halluzination abzutun, war selbst er nicht. Ich hatte keine Chance mehr. Ich saß hier gefangen, hier, im materialwissenschaftlichen Labor der Solarstation Nippon, das keinen zweiten Ausgang hatte, nur dieses eine Schott zum Knotentunnel, das sich von innen nicht abschließen ließ. Ich hatte den Plan des Propheten Abu Mohammed durchkreuzen wollen, doch ich war gescheitert. Und Ralf näherte sich unüberhörbar und unaufhaltsam. Ralf, der Killer. Und ich hatte keine Waffe, nicht einmal einen simplen Stock ...

Eine Waffe. Moment mal. Kims Schwert fiel mir wieder ein. Das Habilitations-Schwert. Irgendwo in diesem Raum musste er es untergebracht haben, das Schwert mit der Klinge aus monokristallinem Stahl.

Von draußen drangen dumpfe, klappernde Geräusche herein. Ralf kam näher. Es schien ihm schwer zu fallen, sich von Haltegriff zu Haltegriff zu hangeln und dabei gleichzeitig seine unvermeidliche Pistole in der Hand zu behalten.

Ich öffnete fieberhaft Lade um Lade. Papiere, Hefter, Ordner, bizarre Metallproben quollen mir entgegen. Kein Schwert. Ich wollte nicht über die Möglichkeit nachdenken, dass Kim es womöglich an irgendeinem anderen Platz deponiert haben mochte, nachdem er es mir gezeigt hatte. Da waren noch viele Klappfächer, Schubladen und Schranktüren ...

»Hallo ...«, gurrte Ralf draußen im Tunnel. Er hatte das Schott beinahe erreicht, und er klang, als stünde er unter schweren Drogen. »Hallo, du Weltraumgeist, ich komme ... und hole dich!«

Da. Ein längliches Gebilde, eingewickelt in dicken weißen Stoff und mit viel zu vielen Kordeln verschnürt. Ich riss sie hastig auf, von panischer Angst getrieben, zerfetzte das Tuch, um an das Schwert heranzukommen ...

Das Schott fuhr auf, zischend, majestätisch, endgültig. Für einen Moment herrschte Stille, war nichts zu sehen außer dem leeren Knotentunnel draußen und den anderen, geschlossenen Schotten auf dieser Ebene. Dann zuckte ein Arm durch die weite Öffnung; ein Arm, der eine dunkel glänzende Pistole hielt, auf deren Lauf ein monströs dicker, phallushafter Schalldämpfer geschraubt war. Ralf mochte ein Monstrum sein, ein verrückter Killer, aber er war auf seinem Gebiet ein absoluter Profi. Die Waffe sicherte nach rechts, den toten Winkel rechts neben der Tür. Dann, als klar war, dass sich dort niemand versteckt hielt, glitt der Arm mit der Waffe langsam herum, in einem langen, weiten Bogen durch den Raum, und suchte nach weiteren Zielen.

Aus jeder Bewegung sprach die unendliche Erfahrung eines

Mannes, dessen Beruf das Töten war und der wohl sein Leben lang nichts anderes getan haben mochte, als Menschen zu jagen, zu stellen und schließlich umzubringen. Als er niemanden ausmachte, huschte er mit einer Behändigkeit, der das Auge kaum folgen konnte, auf die andere Seite des offen stehenden Schotts und sicherte den toten Winkel auf der linken Seite ab.

Auch hier war niemand. Der Arm mit der Waffe ließ wieder von der linken Ecke ab und wanderte einen Moment lang etwas unschlüssig und ohne konkretes Ziel hin und her. Im Hintergrund des Labormoduls gab es eine Reihe von Stahlschränken, jeder einzelne groß genug, um einem Menschen als Versteck dienen zu können. Ralf kam langsam herein, schussbereit, angespannt wie ein Tiger vor dem Sprung und jederzeit bereit, in Deckung zu gehen.

Er war mittlerweile schon recht lange im Weltraum gewesen, aber doch noch nicht lange genug. Sein Körper hatte sich an die Bedingungen der Schwerelosigkeit angepasst, aber sein Verstand noch nicht. Und er würde es auch nicht mehr.

Ich hatte mich *oberhalb* der Tür versteckt gehabt. Auf diese Idee war er nicht gekommen, aber tatsächlich ist es in der Schwerelosigkeit genauso leicht oder schwer, sich oberhalb einer Tür zu verstecken, wie rechts oder links davon. Aber Ralf dachte noch in den Begriffen von Schwerkraft, und auch die Einrichtung des Labors, die er durch das Schott erblickt hatte, mit dem Gitterboden, den Tischen und Geräten rechts und links und den Neonröhren, hatte so vertraut-irdisch gewirkt, dass sie ihn nicht hatte an Schwerelosigkeit denken lassen und an die Möglichkeiten, die diese bot. Ich hatte seine Absicherungsbewegungen aus meinem Versteck mit angehaltenem Atem verfolgt und mit zunehmend fassungslosem Staunen, dass mein Plan tatsächlich aufzugehen schien. Und als ich jetzt auf ihn herabstürzte wie ein Habicht auf seine Beute, das blanke Schwert stoßbereit in der Hand, geschah dies nahezu lautlos und für ihn vollkommen überraschend.

Mein Ziel war, mit dem ersten Streich und bevor er überhaupt mitbekam, was geschah, sein Funkgerät auszuschalten, das er immer noch als Nackenteil trug wie eine fette blaue Wurst. Das hatte alleroberste Priorität: ich musste dieses Gerät zerschmettern, noch bevor Ralf dazu kam, auch nur einen einzigen Laut auszustoßen, der seine Spießgesellen auf der Brücke hellhörig machte. Und so schoss ich heran, die Augen unverwandt auf das klobige, wulstige Gerät gerichtet, und ich führte den Schlag mit aller Kraft, die mir zu Gebote stand. Ich hatte an dem Raumanzug, in dem ich zurück in die Station gekommen war, das gleiche Funkgerät gehabt, und es hatte sich unerhört massiv und widerstandsfähig angefühlt, alte russische Wertarbeit eben, stabil genug gebaut, um einen Sturz aus dem Weltraum hinab auf die sibirische Tundra zu überstehen. Aber als ich jetzt mit Kims Schwert zuschlug, glitt die Klinge durch den Stahl hindurch wie durch flüssige Butter, und danach noch durch Ralfs Wirbelsäule, seinen Hals und seine Kehle, schwang dann in einem weiten Bogen durch die Luft und schlug noch eine Ecke von einem Tisch ab, ehe ich die Bewegung zum Stillstand bringen konnte.

Mit gleichmütigem Zischen schloss sich das Schott, während ich fassungslos betrachtete, was ich vollbracht hatte. Ralf war tatsächlich nicht mehr dazu gekommen, seine Kumpane zu warnen; mein Schlag hatte ihm mühelos den Kopf vom Rumpf getrennt. Es war gespenstisch anzusehen, wie der bleiche, ausgezehrte Schädel, die fettigen schwarzen Haare wirr nach allen Seiten abstehend, unschlüssig durch die Luft rotierte, während der Rumpf langsam vornüber kippte und das Blut in zwei pochenden Fontänen aus den Halsschlagadern schoss und zu einer immer dichter und größer werdenden roten Wolke zerstäubte, in der sich der abgehauene Kopf verstecken zu wollen schien.

Ich sah das Schwert an, an dessen Klinge nicht einmal ein Blutstropfen hing. Mehr noch, es hatte massiven Stahl durchschlagen und nicht einmal eine Scharte davongetragen. Kim wäre begeistert gewesen.

Der kopflose Körper zuckte sterbend vor sich hin. Der Druck, mit dem das Blut aus den Adern getrieben wurde, ließ rasch nach. Mittlerweile war der Kopf völlig blutverschmiert; nur die großen, leeren Augen blickten noch bleich und anklagend umher. Wesentlich lebendiger hatten sie zu Ralfs Lebzeiten auch nicht gewirkt.

Ich muss gestehen, ich spürte nicht den Hauch irgendeiner Gewissensnot bei diesem Anblick. Im Gegenteil, auf einmal erfüllte mich eine tiefe, geradezu schöpferische Befriedigung. Ich hing da, an eine Rohrleitung geklammert, betrachtete die riesige Blutwolke und den geköpften Ralf, und ich hätte keine größere Zufriedenheit empfinden können, wenn ich gerade unter dem Beifall der Welt die Sixtinische Kapelle neu ausgemalt, eine unsterbliche Symphonie komponiert oder ein ergreifendes Gedicht geschrieben gehabt hätte. *Er sah seine Werke, und er sah, dass sie gut waren.* Genau so war mir zumute.

Trotzdem war es natürlich eine riesige Sauerei, was sich hier anbahnte. Der Nebel aus Blut, der aussah wie dunkelroter Dampf, geriet allmählich in den Einflussbereich der Belüftungsanlage. Die ersten Tröpfchenschwaden wurden in Entlüftungsschlitze gesogen, und im Bereich der Luftzufuhr bildeten sich wilde Wirbel.

Der Hausmeister, der dieses ganze Chaos einmal aufzuräumen haben würde, konnte einem jetzt schon leid tun.

Ich bemühte mich, an Ralfs Revolver heranzukommen, ohne in das Blut hineinzugeraten. Die toten Finger hielten den Griff der Waffe natürlich immer noch fest umklammert. Ich zerrte den enthaupteten Leichnam in eine einigermaßen saubere Zone und öffnete einen Finger nach dem anderen. Dabei überlegte ich, ob die Belüftungsanlage das Blut wohl bis in andere Räume transportieren konnte. Ich malte mir Khalids Gesicht aus, wenn plötzlich dunkelrote Schwaden aus den Lüftungsgittern drangen. Vielleicht würde er überschnappen.

Aber das war unwahrscheinlich. In den Schächten der Klimaanlage strömte die Luft sehr rasch und turbulent, weil sie aus Platzmangel eng gebaut waren. Das Blut würde sich rasch an den Schachtwänden absetzen, und es würde eine Schweinearbeit werden, es von dort wieder wegzuputzen.

Ich sah auf die Uhr. Bisher hatte ich reichlich Zeit gehabt, weil es nur darauf angekommen war, meinen Plan zu realisieren, ehe die Solarstation Mekka erreichte. Jetzt aber musste ich mich beeilen, weil Khalid demnächst seinen Killer vermissen würde. Seit Ralfs Enthauptung waren erst einige Minuten vergangen, aber es würde nicht lange dauern, bis den Männern auf der Brücke auffallen würde, dass sie schon lange nichts mehr von Ralf gehört hatten. Einer von ihnen würde dann eine Frage an ihn in sein Funkgerät sprechen, und Ralf würde nicht antworten. Dann würden sie ihn suchen und ziemlich rasch finden. Und wenn sie ihn gefunden hatten, würden sie wissen, dass irgendetwas nicht mit rechten Dingen zuging auf dieser Raumstation.

Eile war also geboten. Ich schob mir Ralfs gewaltigen Revolver in den Gürtel, packte das Schwert und verließ das Labor. Das Licht löschte ich vorher. Sollte der Nächste, der hier hereinkam, auch seine Überraschungen erleben.

Der Knotentunnel lag immer noch still und leer. Ich huschte rasch und leise zum gegenüberliegenden Schott, das sich bereitwillig vor mir öffnete, zog mich hindurch und wartete, bis es hinter mir wieder zugefahren war.

Auch hier brannte Licht. Strom war das Einzige, womit man an Bord der Solarstation nicht sparen musste. Ich sah mich um. Es kam mir vor, als sei es Ewigkeiten her, seit ich Jayakar und Iwabuchi hier bei ihrem Gespräch belauscht hatte. Hier war die gesamte Energieversorgung zusammengefasst, die Transformatoren für den Strom aus der Solarfläche ebenso wie die Steuerung und Beschickung des Energiesenders. Ein feines, nervöses Summen lag in der Luft, ein hoher Ton, kaum noch hörbar. Die Solarstation war ein Kraftwerk, gegen das einem die meisten Kraftwerke unten auf der Erde wie trübe, funzelige Fahrraddynamos vorkamen. Wenn man die lang gestreckten Aggregate mit der bloßen Hand berührte, spürte man sie kraftvoll vibrieren und konnte sich einbilden, das gewaltige Energiepotential des Solarspiegels am eigenen Leib zu erfahren.

Mein Plan war schon einfach gewesen, als ich aufgebrochen war, und inzwischen war er noch einfacher geworden. Ich brauchte nur ungefähr zweieinhalb Minuten.

Zweieinhalb Minuten später – zweieinhalb Minuten, die die japanischen Steuerzahler die unbedeutende Kleinigkeit von einer Milliarde Yen gekostet hatten – kehrte ich zurück in den Knotentunnel. Nun war mir wesentlich wohler zumute. Ich hatte das Schwert zurückgelassen, nur den Revolver behalten. Und ich hatte einen Schraubenzieher gefunden und eingesteckt.

Mit dieser lächerlichen Ausstattung gedachte ich, den übrigen drei Halunken das Handwerk zu legen.

Noch hatte ich das Überraschungsmoment auf meiner Seite. Wenn ich mich beeilte, mochte es mir gelingen. Und wenn ich Glück hatte. Wenn die anderen tatsächlich alle noch auf der Brücke waren. Wenn die Überwachungskameras ausgeschaltet waren. Es gab noch eine ganze Menge anderer ›Wenns‹, die in diesem Zusammenhang eine Rolle spielten, aber ich ignorierte sie einfach.

Es mochte gelingen. Vielleicht gelang es auch nicht. Irgendwie war mir das jetzt nicht mehr so wichtig.

KAPITEL 31

Ich schoss durch die Tunnelröhre wie ein geschmeidiger Fisch, geradewegs auf das Schott der Brücke zu. Den Schraubenzieher hatte ich in der rechten Hand, und mit der linken Hand steuerte ich meinen lautlosen Gleitflug, stieß mal hier mit drei steifen Fingern kurz gegen die Wand, tippte dort gegen einen vorbeihuschenden Haltegriff. Jetzt würde alles sehr schnell gehen. In wenigen Augenblicken würde es entweder mit den Piraten oder mit mir endgültig vorbei sein.

Mein Ziel war die Wartungsluke unterhalb des Schotts. Diesmal achtete ich sorgfältig darauf, nicht in den Erfassungsbereich der Öffnungsautomatik irgendeines der umliegenden Schotts zu geraten. Ich verkeilte mich mit den Zehen unter einen Haltegriff in der Nähe und machte mich dann ohne zu zögern über die erste Schraube der Luke her.

Ich gedachte denselben Trick anzuwenden, mit dem die Piraten uns in den Wohnmodulen eingesperrt hatten. Hinter der Wartungsöffnung lagen alle Anschlussleitungen für das hinter dem Schott angeflanschte Modul mit Ausnahme der Luftzufuhr und der Wasserleitungen. Ich brauchte nur den Deckel abzuschrauben, dann konnte ich nicht nur das Schott blockieren, sondern ihnen auch die Elektrizität abstellen und alle Kommunikationsverbindungen kappen.

Die erste Schraube war draußen. Ich schnippte sie achtlos davon und setzte den Schraubenzieher sofort an die nächste. Nur diese drei Schrauben noch, dann ein Ventil verstellt und zwei Stecker gezogen, und sie würden im Dunkeln sitzen, eingesperrt und isoliert. Nur noch diese paar Sekunden. Eine Hand voll Atemzüge. Die zweite Schraube weg. Die nächste. Ich war dabei, den Weltrekord im Schraubenaufdrehen zu brechen.

In diesem Augenblick schoben sich schräg über mir die beiden Hälften des stählernen, rostfreien, druck- und strahlendichten Brückenschotts auseinander, und Khalid kam heraus. Er sah mich sofort, und er war nicht der Mann, dem man erst lange hätte erklären müssen, was gespielt wurde. Ich blickte in den Lauf seines Revolvers, ehe ich den Kopf ganz gehoben hatte, und die Frage, woher er ihn so schnell gezogen hatte, hätte ich nicht ehrlich beantworten können.

»Carr«, sagte er dann mit unechter Ruhe. »Was tun Sie hier?«

Ich hielt noch den Schraubenzieher in der Hand, in der Bewegung erstarrt wie Lots Weib. Was tun Sie hier? Nicht: Wie kommen Sie hierher? Ich war da; das sah er ja, und das genügte ihm. Auch das Schicksal seines Revolvermannes schien ihn nicht zu interessieren. Ich hätte ihm auf eine Frage nach Ralf liebend gerne erwidert: *Ich habe ihm den Kopf abgeschlagen* – aber das hätte ihn wahrscheinlich nicht sonderlich beeindruckt.

»Was denken Sie denn, was ich hier tue?«, versetzte ich also bissig. »Ich jage Ungeziefer.«

Er ließ sich nicht provozieren. »Wieso funktioniert die Steuerung des Energiesenders nicht mehr?«

»Woher soll ich das wissen?« Ich hatte ja nur den Schaltschrank kurz und klein geschlagen, in dem der Steuerungscomputer untergebracht gewesen war. Offenbar war ihm das nicht gut bekommen.

Khalid nickte versonnen, während sich seine stahlharten Augen in meinen Blick bohrten. »Ich hätte Sie töten sollen. Ich wusste es. Ich wusste, dass Sie gefährlich sind, dass Sie ein *Feind* sind, Carr, und dass Gott Sie nicht liebt ...«

Diesen Eindruck hatte ich in den letzten Jahren in der Tat auch des Öfteren gehabt.

Khalids Miene verdüsterte sich, und seine Stimme troff förmlich von Bedauern, als er fortfuhr: »Sie werden mich nicht aufhalten, Carr, denn der Segen des Propheten ist mit mir. Nur wenn ich einst vor Allah trete, wird er mich fragen, warum ich nicht auf die Stimme gehört habe, die mir das Wissen um die Gefahr einflüsterte. Und um meiner Seele Heil werde ich antworten müssen, dass ich Sie in den *schadrach* geschickt habe, in die Hölle der Ungläubigen ...«

Während er sich an seiner eigenen Ansprache berauschte, zog ich unendlich behutsam die Zehen aus ihrer Verankerung hinter dem Haltegriff. So, wie Khalid da schräg über mir schwebte, hatte er die Waffe in meinem Gürtel wahrscheinlich noch nicht gesehen. Ich beobachtete unverwandt sein Gesicht, den Ausdruck seiner Augen, während ich langsam ein Knie hob und gegen die Tunnelwand brachte.

Ich sah Khalids Augen sich um eine Winzigkeit verengen. Er flüsterte plötzlich. »*Allah akh'bar* ...«

Aber das wartete ich schon nicht mehr ab. Wie eine davonschnellende Uhrfeder katapultierte ich mich von der Wand weg, schräg nach hinten, und riss im Sprung den riesigen, unhandlichen Revolver aus dem Hosenbund. Der dicke, glänzende Prügel von einem Schalldämpfer schwenkte herum, und es kam mir so zäh und langsam vor, als müsse ich das Kanonenrohr eines Panzers von Hand herumkurbeln.

Aber ich musste Khalid genau im Visier haben, ehe ich abdrückte, sonst gab es eine Katastrophe.

Khalid hatte diese Skrupel nicht, er kannte sie wahrscheinlich nicht einmal, und er war schneller. Ich sah aus den Augenwinkeln, wie er schoss, und warf mich in einer sinnlosen Reaktion zur Seite. Der Schuss war nicht lauter als das Öffnen einer Dose Bier, und als die Kugel mich traf, überflutete mich ein Schmerz wie eine grelle, lautlos explodierende Sonne in meinem Kopf. Und dann passierte alles auf einmal.

Mein rechter Oberarm wurde mit der Gewalt eines Dampf-
hammers nach hinten gerissen, und dabei verlor ich den Revolver und den Überblick. Sekundenbruchteile später erreichte
die Kugel, die meinen Arm nur durchschlagen hatte, die Wandung des Knotentunnels und tobte den beträchtlichen Rest
ihrer kinetischen Energie darin aus.

Plötzlich gellte das infernalische Heulen des Leckalarms
durch die Station, übertönt nur noch von dem ohrenbetäuben-
den Fauchen der entweichenden Luft, die durch das Einschussloch ins All schoss. Irgendwie bekam ich durch all die Nebel und
Sterne vor meinen Augen mit, wie Khalid unsanft nach vorn
geschleudert wurde, als das Brückenschott donnernd zufiel.
Automatische Alarmverriegelung. Ich angelte stöhnend mit
der linken Hand nach irgendeinem Halt. Es gab kein Entkom-
men mehr. Eine unerbittliche Automatik schloss alle Schotten,
die an den leckgeschlagenen Raum grenzten, und da das Leck
im Knotentunnel selber war, handelte es sich um schlichtweg
alle Druckschotten der gesamten Raumstation.

Das Toben und Fauchen der ausströmenden Luft hielt immer noch an, aber mir wurde allmählich schwarz vor Augen. Die
Finger meiner linken Hand kratzten hilflos über glattes Metall,
auf der Suche nach einem Griff. Blutstropfen tauchten vor meinem Gesicht auf, und diesmal war es mein eigenes Blut.

Das brausende Geräusch schien mir auf einmal das Geräusch meines auslaufenden Blutes zu sein.

Ein dunkler Schatten, der an mir vorbeischoss, in die Tiefe.
Khalid. Der dunkle Handlanger des falschen Propheten. Er
schrie etwas, das ich erst nach einer trägen, sterbenden Weile
verstand: »Sie werden mich nicht aufhalten, Sohn des Teufels!«

Meinte er mich? Konnte es sein, dass er *mich* meinte? Meine
Linke fasste plötzlich Metall, rundes Metall, aber es war kein
Griff, nur der Schalldämpfer des Revolvers. Jahre schien das
her zu sein, dass er mir aus der Hand gerissen wurde.

Und die Luft heulte und toste noch immer; woher kam bloß die ganze Luft?

»Sie werden mich nicht aufhalten.«

Ich werde dich aufhalten. Ich habe dich schon aufgehalten, Baby. Ich torkelte noch immer durch die Gegend wie ein betrunkener Satellit, aber irgendwie schaffte ich es, meine rechte Hand an den Griff des Revolvers zu bringen. Stechende, lähmende Schmerzen zuckten mir durch Schulter, Nacken und Kopf, aber ich brachte es fertig, den Lauf auf die Gestalt in dem blauen Raumanzug zu richten, die gerade durch die Tunnelröhre hangelte. Ich spürte die Schwärze heranrollen, die mein Feind war, und ich wusste, dass ich mich damit beeilen musste, den Finger durch den Abzugsbügel zu stecken. Es pochte in meinen Ohren, ich sah nur noch bunte Flecken, und mein Kopf wollte platzen, aber ich brachte den Finger auf den Abzug.

»Sie werden mich nicht aufhalten ...«

Ich werde, du Hurensohn.

Ich schoss, und es war wie ein Hammerschlag auf meinen Arm. Ich schrie auf, und mein eigener Schrei übertönte den Schuss, aber ich sah einen blauen Fleck in der Ferne zusammenzucken. Dann kam die Schwärze wie eine Sturmflut und riss mich mit sich in die Dunkelheit.

KAPITEL 32

Als ich erwachte, war es still um mich herum, so, als wäre alles, was geschehen war, nur ein böser Traum gewesen. Dann spürte ich den brennenden Schmerz in meinem rechten Arm, und alles fiel mir wieder ein, während meine linke Hand die Wunde abtastete.

Es tat höllisch weh, und mein Overall war blutverschmiert, aber inzwischen schien das Durchschussloch nicht mehr zu bluten. Während ich mich langsam um mich selbst drehte, entdeckte ich einen regungslos treibenden blauen Raumanzug am unteren Ende des Knotentunnels. Sehr gut. Ich hatte ihn also doch erwischt. Dann fielen mir die roten Warnlampen über allen Schotten auf, die die immer noch bestehende Alarmblockade anzeigten. Sehr lange konnte ich nicht bewusstlos gewesen sein. Wahrscheinlich war es der Schmerz im Arm gewesen, der mich geweckt hatte. Außerdem konnte man in der Schwerelosigkeit ohnehin nicht sehr lange ohnmächtig bleiben, da das Blut ohne Schwerkraft dazu tendiert, sich in der oberen Körperhälfte anzusammeln, vor allem im Kopf.

Ich warf einen Blick auf die Uhr. Meine Bewusstlosigkeit konnte nicht länger als ein paar Minuten gedauert haben. Es waren noch vierzig Minuten bis Mekka. Ich hatte den Wettlauf mit der Zeit mit haushohem Vorsprung gewonnen.

Ein salziger, tauber Geschmack im Mund ließ mich prüfend ins Gesicht fassen. Meine Nase schien geblutet zu haben, wahrscheinlich infolge des plötzlichen Druckabfalls. Ich sah mich nach dem Einschussloch um. Es war ungefähr so groß wie eine Dollarmünze, und inzwischen hatte sich eine grauschwarze, wulstige Masse darin gebildet, die zwar aussah wie eine hässliche Krankheit, die das Loch aber wirksam abdichtete. Alle Außenwandungen der Solarstation waren in doppelschaliger Bauweise ausgeführt, und in den beiden Schalen befanden sich zwei verschiedene Komponenten eines Kunststoffes, die für sich genommen von flüssiger bis geleeartiger Konsistenz waren. Durchschlug nun ein Meteorit – oder eine Pistolenkugel – die Wandung, flossen die beiden Komponenten durch die dabei geschaffene Öffnung zusammen und verbanden sich zu einem zähen, stabilen Endprodukt.

Mir fiel wieder ein, dass akuter Handlungsbedarf bestand. Es war noch nicht ganz geschafft. Jeden Augenblick konnte die Alarmblockade der Schotten wieder aufgehoben werden. Jeden Augenblick konnte das Brückenschott wieder auffahren, und dann würde ich mich den letzten beiden Piraten gegenübersehen, die beide bewaffnet und höchstwahrscheinlich nicht gut auf mich zu sprechen waren.

Ich fing den Schraubenzieher ein, mit der linken Hand, dann schraubte ich mit zitternden Fingern die Klappe des Wartungsluks vollends ab. Ein Griff, und das Schott zur Brücke war lahm gelegt. Ein weiterer Griff kappte die Stromversorgung, und schließlich zog ich noch den breiten Stecker der Steuerleitungen. Fertig. Jetzt saßen Sven und Sakai im Dunkeln, blind, taub, stumm und machtlos.

Ich spürte die Erleichterung in allen Zellen meines Körpers. Es war vollbracht. Das Unglaubliche war vollbracht. Ich hatte die Piraten besiegt, die ersten Verbrecher, die jemals eine Raumstation überfallen und gekapert hatten, und ich hatte den heimtückischen Angriff auf die Heilige Stadt des Islam verhindert, der zweifellos einen verheerenden Wendepunkt in der Geschichte dargestellt hätte. Und ich hatte meinen Sohn gerettet, und nur darauf war es mir im Grunde angekommen.

Ein paar Kleinigkeiten waren noch zu regeln. Ich ließ mich

geruhsam hinübertreiben zur Steuerung der Manipulatorarme, schnallte mich an dem ausklappbaren Sitz fest und schaltete das Steuerpult ein. Durch die Sichtluken sah ich Spiderman, der noch immer auf der Plattform vor dem Mikrogravitationslabor saß und mit maschinenhafter Geduld auf den nächsten Auftrag wartete. Dann richtete ich meine Konzentration auf die dunkle, klobige Raumkapsel, die inzwischen leicht schräg an der Leine hing, mit einer Seite im direkten Sonnenlicht. Wahrscheinlich waren die anderen darin schon am Verschmachten.

Wenn ich das rechte Handgelenk direkt vor dem Steuerhebel auf das Pult legte und mich bemühte, die Muskeln des Oberarms nicht anzuspannen, dann tat es fast nicht weh, wenn ich die Hand benutzte. Ich fuhr einen der beiden Manipulatorarme aus und näherte ihn behutsam der Kapsel. Die Länge des Drahtseils war verblüffenderweise genau berechnet; die Kapsel hätte keine zwei Meter weiter entfernt sein dürfen, sonst wäre der Greifarm nicht lang genug gewesen.

Als ich die Greifzange erst einmal angebracht hatte, zog ich die Kapsel näher heran, bis dicht vor die Hauptschleuse. Dann blockierte das Drahtseil die Dichtungskupplung.

Seufzend wechselte ich zur Steuerung des zweiten Manipulatorarms. Das war zu erwarten gewesen. Ich packte das Seil und rollte es so auf, wie man widerspenstige Spaghetti aufrollt. Am liebsten hätte ich es einfach gekappt, aber die Greifarme verfügten nicht über irgendwelche Werkzeuge, und den Versuch, es einfach abzureißen, wollte ich nicht wagen. Aber schließlich gelang es mir, das Seil in den Spalt zwischen der Hauptschleuse und der Schleuse der Raumkapsel zu stopfen, sodass es nicht mehr im Weg war. Nun war nur noch ein halber Meter zu überbrücken, und das Kopplungsmanöver gelang auf Anhieb. Mit unüberhörbarem Schaben von Metall auf Metall rasteten die Kupplungen der beiden Schleusen ineinander ein, und dann schloss sich zischend der Dichtungsverschluss.

Den Rest überließ ich den anderen. Vielleicht war es doch nicht nur Erleichterung, was sich in allen Fasern meines Körpers breitzumachen begann; es schien auch ein Gutteil Erschöpfung dabei zu sein. Ich blieb einfach auf meinem Sitz hängen und wartete ab.

Moriyama war der Erste, der an Bord kam. Die Innenluke der Hauptschleuse öffnete sich, ein wirres Bündel Stahlseil wurde aus der Öffnung gestoßen, und dann kam das graue Haupt des Kommandanten zum Vorschein. Er sah sich vorsichtig um und schien nicht wenig erleichtert zu sein, mich zu sehen und nicht einen von Khalids Männern.

»Carr!«, rief er. »Sie leben noch?«

»Ja«, nickte ich. »Khalid ist tot, Ralf ist tot, und die anderen beiden sind auf der Brücke eingesperrt und wissen nicht, wie ihnen geschieht.«

»Und Sie sind verletzt.«

»Es sieht schlimmer aus, als es ist.«

Er kam vollends aus der Schleuse. Yoshiko folgte ihm, dann Tanaka. Yoshiko sah ziemlich zerzaust und verschwitzt aus, und tatsächlich kam ein spürbarer Hauch stickiger, heißer Luft aus der Schleuse.

Ich berichtete so kurz wie möglich, was geschehen war. Meine Wunde begann, wie um mich Lügen zu strafen, schmerzhaft zu pochen, aber ich versuchte, nicht darauf zu achten.

»Das heißt«, fasste Moriyama zusammen, »wir müssen noch die Brücke zurückerobern. Das sollte kein großes Problem sein.«

Tanaka verzog das Gesicht. »Aber die beiden sind bewaffnet.«

»Wir auch.« Moriyama fing den Revolver ein, der immer noch taumelnd umhertrieb, neben dem Seil, den Schrauben und dem Deckel der Wartungsluke. »Und wir sind in der stärkeren Position. Wir werden die Brücke einfach mit reinem Stickstoff fluten, und kurz bevor sie ersticken, öffnen wir das Schott und überwältigen sie.«

»Haben sie nicht Raumanzüge an?«

»Ja, aber keine Helme.« Die Helme hatten die Piraten in ihrer Kapsel zurückgelassen.

Yoshiko war in das biologische Labor gegangen und hatte den Verbandskasten geholt. Sie war sehr blass, als sie zurückkam, aber sie kümmerte sich trotzdem fürsorglich um meine Wunde. Inzwischen hatten auch Jayakar und Kim die Schleuse passiert. Moriyama wandte sich an seinen Stellvertreter. »Tanaka, Sie und Kim kümmern sich bitte um die Belüftung der Kommandozentrale. Leonard-*san* hat schon genug geleistet. Und besorgen Sie auch gleich ein paar Stricke, damit wir die Ganoven fesseln können, falls sie den Stickstoff überleben.« Er sagte das in einem Ton, als sei ihm das Schicksal der beiden letzten Piraten mehr als gleichgültig.

»Gehen Sie möglichst nicht ins materialwissenschaftliche Labor«, warf ich müde ein. Yoshiko hatte mir den Ärmel des Overalls aufgeschnitten und war dabei, die Einschusslöcher mit einer scharf brennenden Flüssigkeit zu desinfizieren.

Tanaka sah mich verwundert an.

»Warum nicht?«

»Es ist dort gerade etwas unaufgeräumt.«

Der Energieingenieur nickte, immer noch verständnislos, und setzte sich zusammen mit Kim in Bewegung. »Bringen Sie auch Khalids Revolver mit!«, rief Moriyama ihnen nach.

Dann musterte der Kommandant mich aufmerksam. »Wir gehen jetzt kein Risiko mehr ein«, sagte er grimmig. Ich nickte nur matt, während Yoshiko anfing, meine Wunde zu verbinden. Schließlich hatte ich alle nur denkbaren Risiken bereits hinter mir, erledigt und abgehakt. Das einzige Risiko, das man jetzt noch hätte eingehen können, wäre gewesen, das Schott zur Brücke aufs Geratewohl zu öffnen und es auf eine wilde Schießerei ankommen zu lassen.

In diesem Augenblick hörten wir Tanaka von den unteren

Decks her etwas rufen, was wir nicht verstanden. »Kommandant!«, hörte ich heraus, und wir sahen ihn uns heftig zuwinken, wir sollten kommen.

Ich schnallte mich los und folgte den anderen, die sich eilig den Tunnel hinabhangelten. Und ich war noch nicht ganz unten, da verstand ich schon, was Tanaka so aufgeregt hatte werden lassen, und auch mir wurde plötzlich heiß und kalt zugleich.

Das, was ich vorhin für Khalids Leichnam gehalten hatte, war in Wirklichkeit nur sein Raumanzug. Sein leerer Raumanzug. Khalid selbst war verschwunden.

KAPITEL 33

Der Raumanzug hing leer und verlassen in der Luft, und die beiden Teile, Oberteil und Beinteil, wurden nur noch vom Rückentornister zusammengehalten, den abzulegen Khalid sich nicht die Mühe gemacht hatte. Er schien es ziemlich eilig gehabt zu haben.

Moriyama packte den Revolver fester. »Gehen Sie in Deckung«, befahl er halblaut. »Er muss sich irgendwo hier versteckt haben.«

Ich warf einen Blick in die Runde. Die vier Schotten zu den angrenzenden Modulen des Maschinendecks wirkten plötzlich wie die geschlossenen Augen einer schlafenden Bestie.

»Leonard?«, fragte der Kommandant. »Haben Sie den Schraubenzieher noch?«

»Ja«

»Schrauben Sie die Wartungsklappen ab. Blockieren Sie alle Schotte auf dieser Ebene.«

»Und dann?«

»Wir nehmen uns ein Modul nach dem anderen vor. Und ich will nicht, dass er uns dabei in den Rücken fallen kann.«

Ich nickte langsam. Die anderen hatten in der Nähe der Wände Schutz gesucht, und in ihren Augen sah ich Angst. Sie waren Wissenschaftler, keine Soldaten. Das Ganze begann, über ihre Kräfte zu gehen. Und mit meinen eigenen Kräften war es auch nicht mehr so weit her. »Khalid kann sich in keinem der Module versteckt halten«, erklärte ich.

Tanakas Stimme bebte vor Anspannung. »Woher wollen Sie das wissen?«

»Als ich aus der Bewusstlosigkeit erwachte, war die Alarm-blockade aller Schotte noch wirksam. Sie wurde erst aufgeho-ben, als ich schon dabei war, die Raumkapsel anzudocken. Das heißt, ich hätte es gehört, wenn Khalid eines der Schotte geöff-net hätte.« Da war doch eben noch eine gute Idee gewesen. Meine Gedanken bewegten sich wie durch zähen Sirup, und ich hatte das deutliche Gefühl, dass das gar nicht gut war. »Außerdem hätte er den Raumanzug nicht auszuziehen brau-chen, um sich zu verstecken.«

Ich hangelte mich hinab auf die vierte Ebene und begann, die sackartigen Plastikbehälter zu öffnen, in denen wir unsere Raum-anzüge aufbewahrten. Ich brauchte nicht lange zu suchen. »Einer unserer Raumanzüge fehlt.«

»Er hatte Angst vor der Dekompression«, mutmaßte Tanaka. »Und da sein Raumanzug keinen Helm hatte, zog er einen von unseren an.«

»Vielleicht. Vielleicht auch nicht.« Ich glitt hinüber zu der kleinen Mannschleuse und legte die Hand auf die beiden Vakuumpumpen rechts und links der Einstiegsluke. Sie fühl-ten sich warm an, als seien sie vor nicht allzu langer Zeit in Betrieb gewesen. »Er hat die Station verlassen. Ich kann mir beim besten Willen nicht denken aus welchem Grund, aber er ist durch diese Schleuse hinausgegangen.«

Wir sahen einander ratlos an.

»Vielleicht ein Trick?«, vermutete Moriyama schließlich, aber es klang nicht so, als sei er davon überzeugt.

Auch Jayakar war anzusehen, wie sehr er sich sein hochkarä-tiges Hirn zermarterte. »Wohin kann er wollen da draußen?«, fragte er sich im Selbstgespräch. »Zur Brücke? Die ist von au-ßen nicht zugänglich. Außerdem liegt sie auf der anderen Seite der Solarfläche. Die Raumkapsel auch, und sie ist jetzt auch nicht zugänglich, weil sie an der Hauptschleuse angekop-pelt ist.«

»Vielleicht hat er Selbstmord begangen?«, warf Kim hoffnungsvoll ein.

»Dazu hätte er wohl kaum einen Raumanzug angezogen«, knurrte Moriyama.

»Aber irgendetwas muss er vorhaben«, beharrte Jayakar. »So gut kennen wir ihn doch inzwischen.«

Tanaka meinte zögernd: »Vielleicht ist er auf den Turm geklettert.«

»Auf den Turm?«

»Auf den Turmausleger. Zum Energiesender.«

»Was soll er dort wollen?«

»Vielleicht will er den Energiesender mit der Handsteuerung bedienen.«

»Handsteuerung?«, echote ich verständnislos. Wovon faselte der Mann? »Was für eine Handsteuerung?«

»Die Handsteuerung des Energiesenders.«

Ich starrte ihn fassungslos an. »Soll das heißen, es gibt auf dem Turm eine Möglichkeit, den Energiestrahl von Hand zu lenken?«

Tanaka nickte ausgesprochen unglücklich. »*Hai*. Es ist ein kleines Schaltpult mit einem Zielfernrohr und einem einfachen Steuerknüppel, wie bei einem Videospiel ...«

»Und Khalid *weiß* das?« Ich schrie es fast. »Das wusste ja nicht einmal ich!«

»Er hatte mich danach gefragt ...«

Ich sah auf die Uhr. Noch fünfundzwanzig Minuten bis Mekka. Fünfundzwanzig Minuten, dann würde Mekka am Horizont auftauchen, und Khalid würde sein großes Videospiel spielen ...

Ich fasste den stellvertretenden Kommandanten scharf ins Auge. »Ich hoffe doch, wir können ihm wenigstens von hier aus den Saft abdrehen?«

Tanakas Gesicht hatte inzwischen einen ausgesprochen

ungesund aussehenden grauen Farbton angenommen. »Ich fürchte, nein.«

»Aber wieso denn nicht? Die ganze Energie, die der Solarspiegel erzeugt, geht durch unsere Transformatoren, unsere Schaltschränke und unsere Steuerung. Wir drehen ihm einfach den Hahn zu, und dann kann er da auf dem Turm sitzen, bis er schwarz wird.«

»So ist das nicht. Wir können nicht ein Gigawatt durch die Station führen – allein der Elektrosmog würde uns umbringen. Nur ein geringer Teil der Energie kommt an Bord.«

»Und der Rest? Wie fließt der zum Energiesender?«

»Durch viele einzelne Leitungen, die außen am Turm entlang geführt sind.«

Das durfte doch nicht wahr sein. Das war doch ein böser Albtraum, den ich hier erlebte.

»Was sind das für Leitungen? Kann man die kappen?«

»Kappen?«

»Durchtrennen.« Ich dachte an Kims Schwert und was es aus dem Steuerungscomputer gemacht hatte.

»Wenn kein Strom darin fließt, kann man sie kappen. Aber wenn er die Handsteuerung schon aktiviert hat, fließt bereits so viel Strom, dass jeder Versuch, eine Leitung zu trennen, tödlich wäre.«

Großartig. »Ich dachte immer, der Energiesender wird von hier aus beschickt und gesteuert?«

»Nur gesteuert. Es gibt nur eine Steuerleitung zum Sender, die gesendete Energie kommt direkt aus der Solarfläche.«

»Können wir die Handsteuerung von hier aus ausschalten?«

»Nein. Wir könnten sie höchstens stören, aber da der Steuerungscomputer kaputt ist . . .« Er vollendete den Satz nicht.

»Mit anderen Worten«, mischte sich Moriyama ein, »Khalid sitzt oben auf dem Turm und wird Mekka mit dem Energiestrahl zerstören – und es gibt nichts, was wir dagegen tun können?«

Tanaka schüttelte den Kopf. »Nichts.«

Dumpfes Schweigen. Ich sah Tanaka an. Ich sah Moriyama an. Ich sah in die Runde, in lauter betretene, von Niederlage gezeichnete Gesichter. Und meine Wunde brannte wie Feuer, wie ein Schwelbrand, der meine ganze Schulter sich zu verzehren anschickte.

Nicht schon wieder. Das war alles, was ich denken konnte. Nicht schon wieder. Ich war müde, am Ende meiner Kräfte. Niemand hätte mir einen Vorwurf daraus gemacht, wenn ich einfach aufgegeben hätte. Aber ich wusste, dass es keinen anderen Ausweg gab und dass ich es tun musste.

»Doch«, seufzte ich. »Eine Möglichkeit gibt es.«

Ich zog einen der anderen Raumanzüge aus seinem Behälter und begann, ihn anzulegen.

»Yoshiko, ich brauche eine schmerzstillende Spritze für meinen Arm. Die stärkste, die du findest.« Sie sah mich erschrocken an. »Tut er so weh?«

»Nein. Aber er wird vielleicht weh tun. Sehr wahrscheinlich sogar.« Er tat sogar jetzt schon weh, während ich mit dem linken Arm in das Oberteil schlüpfte.

»Leonard-*san*, du wirst deinen Arm ruinieren, wenn ich dir eine Spritze gebe«, erwiderte Yoshiko besorgt. »Du musst ihn schonen, ihn ruhigstellen . . .«

»Die Spritze, *onna!*«, sagte ich so scharf wie möglich, und es funktionierte. Ein kulturelles Erbe von Jahrhunderten, in denen die japanischen Frauen den Männern widerspruchslos gehorcht hatten, ließ sich eben nicht in wenigen Jahrzehnten abschütteln. Yoshiko öffnete hastig die Notfalltasche, holte eine kleine Fertigspritze heraus, prüfte noch einmal die Aufschrift und injizierte mir dann die hellgelbe Flüssigkeit in den Oberarm. Ich spürte die Wirkung fast sofort.

»Geben Sie mir bitte den Revolver, Kommandant?«, wandte ich mich an Moriyama, während ich in den rechten Ärmel des

Raumanzugs schlüpfte und begann, die Verschlüsse zuzumachen.

»Das hat doch keinen Zweck, Leonard. Es ist zu spät. Ihnen bleiben gerade einmal zwanzig Minuten.«

»Es muss reichen.«

»Khalid wird Sie einfach abknallen.«

»Er wird mich nicht kommen sehen.« Ich streckte verlangend die Hand aus. »Die Waffe, *kudasai.*«

Er gab sie mir, widerwillig. Ich befestigte sie mit mehreren langen Leukoplaststreifen aus der Medizintasche an meinem rechten Oberschenkel.

»Sie sind verletzt«, redete mir Moriyama weiter Mut zu. »Sie sind erschöpft. Sie werden sterben, wenn Sie da rausgehen!«

»Dann werde ich eben sterben«, sagte ich, setzte den Helm auf und drückte den Knopf, der die Innenluke der Mannschleuse auffahren ließ.

Kapitel 34

Ich war selten im Raum draußen gewesen. Mein Job hatte es nicht erfordert, und wenn, dann war es immer auf der hellen Seite gewesen. Als sich die äußere Luke der Schleuse vor mir öffnete, wurde mir bewusst, dass ich noch niemals zuvor auf der dunklen Seite gewesen war.

Das Panorama, das sich meinen Blicken darbot, war atemberaubend. Unter mir – unwillkürlich und ohne dass ich etwas an dieser Art der Wahrnehmung hätte ändern können, ordnete mein Verstand, mein Auge, dem Anblick Richtungen zu, und die riesige, unermesslich riesige Solarfläche war unten – unter mir also erstreckte sich die Solarfläche nach allen Seiten, wie eine gewaltige graue gusseiserne Trennwand durch das gesamte Universum, und nur am äußersten Rand, da, wo sie den Erdball zerschnitt, zog sich eine dünne, haarfeine, silberhell leuchtende Linie entlang, wie eine Ahnung von einem Sonnenaufgang, der nie erfolgen würde. Und auch der Erdball war riesig, dunkel und riesig, die Nachthälfte der Erde – unheimlich nahe, bedrückend in ihrer blauschwarzen Dunkelheit, die die Ränder verschwimmen ließ. Ich sah Wasser, träges, schwarzes Wasser, soweit das Auge reichte. Der Indische Ozean. Es war nur noch ein Katzensprung bis zur arabischen Halbinsel, bis Mekka; nur noch Minuten bis zur entscheidenden Schlacht um die Heilige Stadt.

Ich glitt aus der Schleuse, sah zu, wie sie sich geräuschlos hinter mir schloss, und konnte es kaum fassen, dass mich die riesige bleierne Wüste der Solarfläche nicht zu sich herabziehen wollte. Dann drehte ich mich um und wandte mich dem Turmausleger zu.

Ich hatte ganz vergessen, wie groß er war. So hoch wie ein Kirchturm, wie ein sehr großer Kirchturm, ragte die filigrane Konstruktion aus Metallstäben über mir auf, der Blick ging nach oben und wollte kein Ende finden. Hundertfünfzig Meter. Ich kontrollierte meine Uhr. Noch zwanzig Minuten.

Ich setzte mich in Bewegung, hangelte mich von Haltegriff zu Haltegriff bis zum Ende des Knotentunnel-Moduls und schlüpfte dann zwischen den Stäben hindurch in das Innere der Turmkonstruktion. Von hier aus erinnerte sie an einen Ölbohrturm, einen kosmischen Eiffelturm.

In dem modernen japanischen Raumanzug konnte ich mich, natürlich, viel besser und leichter bewegen als in dem alten russischen Modell. Ausgestattet mit allen Errungenschaften der herkömmlichen Weltraumtechnik, war das japanische Modell wesentlich leichter, einfacher zu handhaben und eleganter in der Konstruktion. Ach ja, und billiger waren die japanischen Raumanzüge natürlich außerdem.

Ich stieß mich ab und glitt den Turm hinauf, wie durch einen Tunnel. Entlang der Stützstreben zogen sich die Stromleitungen, daumendicke Kabel, zu armdicken Strängen verzurrt. Ab und zu flitzte ich an einem kleinen schwarzen Signalkästchen vorbei, auf dem drohend Warnlampen flackerten: Die Kabel standen bereits unter Strom, wenn auch noch nicht unter Volllast. Unter Volllast würde die gesamte Solarfläche nachtschwarz werden.

In den Kopfhörern meines Funkgeräts, das ich auf Empfang geschaltet hatte, begann es zunehmend zu knistern, je näher ich der Spitze des Turms kam. Es klang beunruhigend, gerade so, als flöge ich mitten in unsichtbare Gewalten hinein, die mich zermalmen konnten – und es vielleicht auch würden. Schließlich erreichte ich die Turmspitze.

Hier oben verjüngte sich die Konstruktion leicht, und es war schwer, sich aus dem Inneren des Turms wieder herauszuzwängen. Ich spähte nach oben, aber es war niemand zu sehen. Auf der Spitze der Turmkonstruktion saß ein großes zylindrisches Aggregat, das aussah wie eine riesige weißlackierte Coladose, die jemand in ein Fliegengitter eingewickelt hatte. Oben auf dem Aggregat war eine runde, tellerartige Plattform angebracht, und auf dieser Plattform wiederum – das wusste ich nur; sehen konnte ich es von meiner Position aus nicht – saß der Energiesender, der aussah wie eine große, nach allen Richtungen bewegliche Radarantenne. Nur dass diese Antenne nicht empfangen, sondern nur senden konnte, und zwar einen Mikrowellenstrahl von unvorstellbarer Intensität. Einen unsichtbaren, absolut zerstörerischen Energiestrahl, der sich in wenigen Minuten in den blutgetränkten Sand der Arabischen Wüste bohren und eine Spur der Verwüstung ziehen würde.

Wo war Khalid? Wahrscheinlich auf der Plattform. Ich konnte ihn nicht sehen, genauso wenig wie ich sehen konnte, was sich sonst auf der Oberseite der Plattform befand. Die Plattform diente der Abschirmung zur Solarstation hin, und dass ich ihn nicht sehen konnte, hieß hoffentlich, dass er auch mich nicht sah. Für einen Augenblick zuckte mir der Gedanke durch den Kopf, dass er womöglich überhaupt nicht hier oben war, sondern irgendwo anders, um eine noch viel teuflischere Schurkerei vorzubereiten, aber ich wischte diesen Gedanken sofort wieder beiseite.

Wo immer er noch sein konnte, er konnte nirgendwo mehr Schaden anrichten als hier.

Und außerdem wusste ich, dass er da war. Ich glaubte seine Anwesenheit beinahe körperlich zu spüren.

Ich glitt höher, hangelte mich an der Gitterkonstruktion rund um das Umwandlungsaggregat entlang bis dicht unter die Plattform. Paradoxerweise musste ich jetzt leise sein. Zwar trug das Vakuum keinen Schall, aber das Metall, aus dem der

Turm gebaut war, dafür umso besser. Ich durfte nirgends anstoßen, keine Erschütterungen irgendwelcher Art erzeugen, oder Khalid würde mich kommen spüren.

Unterhalb der Plattform gab es dicke, schräg verlaufende Stützstreben, die diese mit dem zylindrischen Aggregat verbanden. Ich hakte mich mit dem linken Knie in einer davon fest und löste dann behutsam die Klebestreifen, mit denen ich den Revolver an meinem Oberschenkelteil befestigt hatte.

Jeder weiß, dass es im Weltraum keinen Sauerstoff gibt und dass man deswegen schlechte Karten hat, wenn man etwa versuchen wollte, sich dort eine Zigarette anzuzünden, mit einem Feuerzeug oder einem Streichholz etwa. Was aber nicht jeder weiß, und was auch viele Leute verblüfft, ist, dass Sprengstoffe aller Art trotzdem hervorragend funktionieren. Auch Schießpulver. Der Grund dafür ist, dass in Schießpulver der für die Explosion benötigte Sauerstoff bereits enthalten ist. Pistolen und Gewehre aller Art kann man deshalb auch im Vakuum problemlos verwenden, vorausgesetzt, man bekommt den Zeigefinger seines Raumhandschuhs in den Abzugsbügel. Der einzige Unterschied ist, dass es bei einem Schuss absolut kein Geräusch gibt.

Ich verwendete einige meiner kostbaren Sekunden darauf, meinen behandschuhten Zeigefinger um den Abzug zu legen, ohne ihn versehentlich zu betätigen. Dann, als ich schussbereit war, griff ich mit meiner freien linken Hand schräg über mich um den äußersten Rand der Plattform, löste mein linkes Bein aus seiner Verankerung und zog mich vorsichtig auf die Kante zu.

Meine Absicht war, über der Umrandung aufzutauchen, Khalid auszumachen und sofort und ohne jede Warnung auf ihn zu schießen, und das so oft wie möglich. Das war natürlich eine völlig vorschriftswidrige, gewissenlose und unfaire Absicht, bar jeden Anstands und jeder Würde.

Und mir war tatsächlich danach, völlig vorschriftswidrig, gewissenlos und unfair zu handeln, ihn unter Verzicht auf jeden Anstand und jede Würde einfach nur zu töten. Ihn zu töten, wie man ein Schwein schlachtet.

Ich glitt um den Rand der Plattform herum, den Revolver schussbereit erhoben, und meine Augen durchbohrten das ungewisse Halbdunkel der sinnverwirrend komplizierten technischen Einrichtungen darauf. Über mir erhob sich riesig die gewaltige Schüssel aus Drahtgeflecht, eingebunden in ihre kardanische Aufhängung und bereits auf ein Ziel auf der Erde ausgerichtet. Ich sah den klobigen zylindrischen Sensor der lasergesteuerten Feinausrichtung, ich sah Motoren und Antennen und dunkle Geräte, nur Khalid sah ich nirgends.

Einen Moment war ich verwirrt, und eine unklare, nagende Furcht stieg in mir auf, irgendetwas übersehen zu haben, irgendetwas sehr, sehr Wichtiges vergessen zu haben. Wieso war er nicht da? Ich war so sicher gewesen, Khalid hier anzutreffen, und nun war er nirgends zu sehen.

Aber er war da. Urplötzlich tauchte er vor mir auf wie hingezaubert, riesig und überwältigend in seinem schneeweißen Raumanzug. Ich sah seinen Schlag nur aus den Augenwinkeln, seinen gewaltigen, wutentbrannten Hieb gegen meine rechte Hand, und da war es schon zu spät. Ein Geräusch wie splitternde Knochen, ein jäh aufflammender, unglaublicher Schmerz durch die Betäubung hindurch, und mein Revolver verschwand in der unendlichen Dunkelheit des Weltraums.

Ich muss aufgeschrien haben, ich weiß es nicht mehr. Um ein Haar hätte ich den Griff der Linken um die Plattformumrandung verloren. Verzweifelt manövrierte ich rückwärts, wollte wieder zurück unter die Plattform, irgendwo einen festeren Halt finden. Die ganze Zeit starrte ich Khalid an, der sich mit einer Hand an einer Stange festhielt, während er mit der anderen am Verschluss seiner Brusttasche herumnestelte. Ich sah sein Gesicht nicht, nur die dunkel glänzende, verspiegelte Hülle seines Raumhelms, aber ich begriff, dass er nach seinem eigenen Revolver suchte. Er hatte ihn zwar mitgenommen, aber in die Tasche gesteckt, weil er nicht damit gerechnet hatte, dass er ihn hier draußen brauchen würde.

In der Schwerelosigkeit kann man sich nicht einfach in Deckung fallen lassen. Ich strampelte verzweifelt mit den Beinen umher auf der Suche nach einer der Streben, die linke Hand nach wie vor um den Rand der Plattform gekrallt. Ich hatte nicht genug Kraft im linken Handgelenk, um mich damit in den Schutz der Plattform zu drücken. Und jetzt hatte Khalid seine Pistole gefunden und herausgeholt, ohne Schalldämpfer diesmal, klein und schwarz und gefährlich, und er richtete sie auf mich. Ich bildete mir ein, die Öffnung des Laufs in der Dunkelheit leuchten zu sehen. Nicht einmal einen Schuss würde ich hören.

Da fasste mein rechter Fuß endlich Halt, stieß unter einen festen Widerstand, und ich winkelte sofort das Bein an und zog mich damit in Sicherheit.

Einen Sekundenbruchteil bevor ich in der Deckung der Plattform verschwand, sah ich noch Mündungsfeuer aus Khalids Pistole aufflammen und sah, wie er von dem unerwartet heftigen Rückstoß zurückgerissen wurde. Aber ich hörte keinen Schuss, hörte keine vorbeipfeifenden Kugeln, nichts dergleichen. Alles vollzog sich in unheimlicher Stille.

Schwer atmend griff ich nach dem nächsten Halt, hangelte mich weiter, auf die andere Seite des Umwandlers. Khalid würde nach mir suchen, und ich hatte keine Waffe mehr.

Ich befühlte meine rechte Hand. Der Schmerz war inzwischen dumpfer Taubheit gewichen. Es sah so aus, als könne ich die meisten der Finger annähernd normal verwenden, nur der Zeigefinger entzog sich meiner Kontrolle, war völlig gefühllos.

Wie hatte er gewusst, dass ich kam? Ich musste mich trotz aller Vorsicht verraten haben. Offenbar bekam man oben auf der Plattform mehr mit, als ich gedacht hatte.

Ich hielt still, an eine Querstrebe geklammert, und spürte den Vibrationen nach. Tatsächlich. Ich konnte spüren, dass sich jemand langsam umherbewegte, von einem Halt zum nächsten griff – ohne jedoch genau ausmachen zu können, wo er sich befand.

So also hatte er mir aufgelauert. Ich verhielt mich ganz still, versuchte möglichst nur den Kopf zu bewegen. Aber da war nur Dunkelheit, ein dämmriges Durcheinander von dunkel glänzendem Metall, und Myriaden kalter, unbewegt leuchtender Sterne ringsumher.

Mein Blick fiel auf das Aggregat. Ob ich das Aggregat sabotieren konnte? Unwillkürlich schüttelte ich den Kopf. Ich hatte ja nicht einmal einen Schraubenzieher dabei.

Unten auf der Erde wanderte ein dunkles, schlafendes Madagaskar vorbei und erinnerte mich daran, dass die Zeit unaufhaltsam verrann. Ich musste hinauf auf die Plattform. Es war auf einmal ruhig im Gestänge. Wahrscheinlich saß Khalid wieder am Steuerknüppel der Handsteuerung, fest entschlossen, sich nicht durch mich von seinem Vorhaben abhalten zu lassen. Einer plötzlichen Eingebung folgend, fing ich an, wie wild mit den Fäusten auf die umliegenden Stangen einzuschlagen.

Mein rechter Arm schmerzte wie loderndes Feuer, aber ich hangelte mich wieder an einer Stange bis an den Rand der Plattform, während ich unentwegt mit beiden Füßen auf alle Metallteile hämmerte, die ich erreichen konnte. Es war unmöglich, dass er das nicht spürte – der ganze Turm schien mit einem Mal zu beben –, und bestimmt würde es ihn irritieren.

Ich behielt den Rand der Plattform im Auge. Und tatsächlich sah ich ihn kurz darauf schräg links von mir herabschauen, den

Revolver schussbereit im Anschlag. Im selben Augenblick schnappte ich mit beiden Händen nach der Umrandung und federte mich nach oben, schreiend vor Schmerz.

Ich bekam einen richtigen Haltegriff zu fassen, bremste meine heftige Bewegung ab und versuchte mich hastig zu orientieren. Der nächste Halt: eine Rohrleitung. Ich hangelte mich weiter, mit zusammengebissenen Zähnen, während mein rechter Arm in Stücke zu brechen schien. Ich musste Khalid erreichen, ich musste ihm irgendwie weh tun ...

Aber der Pirat hatte sich schon wieder aufgerappelt, ehe ich die Halterung der Energiesenderschüssel halbwegs umrundet hatte, und suchte bereits wieder mit gezückter Waffe die Umgebung ab, in der jemand in einem weißen Raumanzug eine leichte Zielscheibe darstellte.

Und die rote Sonne der japanischen Flagge war direkt über dem Herzen angebracht, wie eine Zielscheibe. Er wusste, dass ich keine Waffe mehr hatte. Er wusste, dass er sich unbefangen bewegen konnte, während ich in Deckung bleiben musste. Vielleicht wusste er sogar, dass ich verletzt war.

Mein Herz hämmerte wie ein Pressluftbohrer, mein Atem ging keuchend, und der Ventilator meiner Klimaanlage dröhnte auf vollen Touren. Ich schwitzte. Der ganze Anzug schien allmählich vollzulaufen mit meinem eigenen Schweiß, und jede Faser meines Körpers sehnte den Augenblick herbei, in dem ich ihn mir wieder vom Leib würde reißen können.

Die Fasern meines Körpers ahnten nicht, dass die Chancen gerade denkbar schlecht standen, dass dieser Augenblick jemals kommen würde. Da draußen in der sternerfüllten Finsternis schlich jemand umher, der fanatisch entschlossen war, genau das zu verhindern.

Und die Scheibe meines Helms begann zu beschlagen. Der Hersteller dieses Kunststoffes garantierte Beschlagfreiheit bei jeder beliebigen Luftfeuchtigkeit. Ich würde ihn verklagen.

Plötzlich hörte ich ein Knacken in meinen Kopfhörern, und gleich darauf Khalids Stimme, bedrohlich ruhig und gefährlich.

»Leonard? Ich weiß, dass Sie es sind. Ich weiß, dass Sie hier oben sind und dass Sie keine Waffe mehr haben.« Er sprach immer weiter, als wolle er mich einlullen, mit seiner weichen, dunklen Stimme, die ihm bei Frauen bestimmt viel Erfolg eingebracht hatte. Nur dass sie jetzt einen kaum wahrnehmbaren Unterton hatte, der schon dem Wahnsinn gehörte.

»Und Sie wissen, dass Sie keine Chance mehr haben. Ich werde Sie gleich erschießen, Leonard, und Sie können mich nicht aufhalten ...«

Er glitt von Halt zu Halt, den Revolver schussbereit.

»Ich weiß, warum Sie heraufgekommen sind, Leonard. Ich weiß, dass Sie mich durchschaut haben, aber ich habe Sie auch durchschaut. Es ist wegen Ihres Sohnes. Es geht Ihnen nicht um die Solarstation und auch nicht um den Heiligen Krieg, es geht Ihnen nur um Ihren Sohn, nicht wahr?«

Ja, Khalid. Und das ist Grund genug.

»Es ist, als wüsste man jemanden in Hiroshima oder Nagasaki, fünf Minuten bevor die Bomben fallen. Sie denken, Sie können es verhindern, Leonard – aber das können Sie nicht.«

Durch die milchig beschlagene Scheibe sah ich das dunkle Glas seines Helms, in dem sich die Sterne und die metallisch graue Solarfläche spiegelten. An jedem Schaltschrank, an jedem Transformator hielt er inne, sicherte, war bereit, auf alles zu schießen, was sich bewegte.

Was er erwartet hatte, war ein Mensch in einem weißen Raumanzug, der versuchte, ihn zu überrumpeln. Was er nicht erwartet hatte, war, dass plötzlich die ganze riesige stählerne Schüssel des Energiesenders herumzuckte, unglaublich schnell und gewaltig, und einer der klobigen Motoren der kardanischen Aufhängung traf ihn vor der Brust mit solcher Wucht, dass der ganze Turm zu zittern schien. Khalid wurde zurückgeschleudert, und der Revolver entglitt seiner Hand, schwebte torkelnd und sich überschlagend durch den freien Raum, driftete so langsam auf den Rand der Plattform zu, dass man dabei zusehen konnte.

Nicht nur zusehen. Ich verließ hastig meinen Platz an der Handsteuerung, über die ich vorhin fast gestolpert war und die ich gerade gegen Khalid eingesetzt hatte. Keuchend hangelte ich mich von Halt zu Halt, von Strebe zu Leitung, auf die dunkel glitzernde Waffe zu, die verlockend wie ein Irrlicht im All taumelte, vor dem unglaublichen Hintergrund der heraufziehenden ostafrikanischen Küste. Ich musste diesen Revolver einfangen, ehe er ins Nichts entglitt, ich musste, musste, musste ...

Khalids unartikulierte Schreie gellten in meinem Kopfhörer, während ich mich vorwärtsarbeitete, auf das dahintreibende Stück Metall zu, das immer nur um Haaresbreite vor meinen gierig greifenden Handschuhfingern herzutanzen schien. Es lockte, wirbelte, und ich berührte es einmal leicht, worauf es keck zurücksprang und seine Drehrichtung änderte. Verzweifelt streckte ich die rechte Hand nach einem neuen Halt aus, immer noch mit zusammengebissenen Zähnen, zog mich näher heran, doch da war das düstere Ding schon wieder ein Stück weiter weg, wieder um eine winzige Spanne außerhalb meiner Reichweite. Ich glaubte wahnsinnig zu werden. Leben und Tod hingen davon ab, dass ich an diese Waffe kam, Leben und Tod von Millionen, Leben und Tod meines Sohnes, und mein eigenes Leben noch dazu, und ich bekam sie einfach nicht zu fassen.

Der Schlag traf mich mit der Wucht einer heranrasenden Lokomotive. Im ersten Moment wusste ich nicht, wie mir geschah; ich krallte mich nur aufstöhnend irgendwo fest, während mich dieses gewaltige Gewicht in den Rücken traf und mir die Luft aus den Lungen presste. Dann begriff ich, dass es Khalid war, der da auf mich losging wie ein wütender Stier. Er hatte mich von hinten angesprungen, umklammerte meinen Brustkorb und hieb mir auf meinen ausgestreckten rechten Arm. Ich zog ihn aufheulend vor Schmerz zurück. Dann sah ich, dass er selber versuchte, nach dem Revolver zu greifen.

Mit aller verbliebenen Kraft warf ich mich zurück, drehte und wand mich in seinem Klammergriff in dem verzweifelten Bemühen, ihn daran zu hindern, die Waffe zu erreichen. Aber Khalid hatte Bärenkräfte. Er hockte auf mir wie ein böser Dschinn, und seine Arme schienen um das Wenige länger zu sein, das den meinen gefehlt hatte. Ich sah seine Fingerspitzen das schwarze Metall berühren, das schwerelos traumtänzerisch vor uns schwebte. Sein ausgestreckter Zeigefinger berührte den Lauf des Revolvers, und ihm schien die schwebende Waffe nicht ausweichen zu wollen. Ich hörte ihn triumphierend keuchen, als er zugriff . . .

In diesem Augenblick ließ ich meinen Halt los und warf mich nach vorne, genau in die entgegengesetzte Richtung, und damit überraschte ich Khalid vollkommen. Seine ausgestreckte Hand schlug gegen den Revolver und stieß ihn damit endgültig hinaus in die unendliche Schwärze. Er gab etwas von sich, von dem ich nur wusste, dass es sich dabei um die unflätigsten arabischen Flüche handelte.

Doch er zögerte nicht lange. Nachdem der Revolver auf Nimmerwiedersehen verschwunden war, ging er daran, mich mit bloßen Händen umzubringen, und er machte seine Sache nicht schlecht. Er griff nach meinem Hals – offenbar war mich zu erwürgen das Erste, was ihm in den Sinn gekommen war –, doch dort schützte mich der metallene Aufsatzring des Raumhelms. Aber er bekam meinen Helm zu fassen und begann, ihn mit wütender Kraft gegen den nächsten harten, kantigen Widerstand zu schmettern.

Raumhelme sind innen gepolstert, sodass mir das nicht weh tat, aber ich begann zu befürchten, dass der Hersteller des Helms in Bezug auf dessen absolute Bruchfestigkeit vielleicht genauso übertrieben haben mochte, wie er es in Bezug auf die Beschlagsicherheit bereits getan hatte. Es gelang mir, mich Khalids Griff zu entwinden und ihn seitlich zu unterlaufen, und während er taumelte und hastig nach dem nächsten Halt griff, sprang ich ihm auf den Rücken und fing an, an seinen Sauerstoffleitungen zu reißen. Ein panischer Schrei gellte in meinen Kopfhörern, und ich verstand ihn nur allzu gut: rings um uns herrschte völliges Vakuum, vollständige Luftleere – wenn es mir gelang, auch nur ein winziges Loch in seinen Raumanzug zu reißen, dann war es unweigerlich um ihn geschehen.

Ein mörderischer Zweikampf entbrannte. Verblüfft stellte ich fest, dass ich Khalid, was den Ringkampf in der Schwerelosigkeit anbelangte, weit überlegen war: Die zahlreichen Schäferstündchen mit Yoshiko hatten meine Gewandtheit und meinen Orientierungssinn besser geschult, als ein jahrelanges hartes Training es vermocht hätte. Ineinander verkeilt umherzuschweben, sich zu winden, den anderen festzuhalten, wegzustoßen – all das hatte ich schon oft und ausgiebig praktiziert, nur dass wir damals die Lust des anderen im Sinn gehabt hatten und nicht seinen Tod.

Khalid warf sich zurück, um mich gegen eine Strebe zu schmettern, doch da war ich schon neben ihm, packte seinen Arm und verdrehte ihn im Gelenk. Khalid schrie auf. Seine Schreie klangen mittlerweile wie Musik in meinen Ohren. Er riss sich los, versuchte einen schwerfälligen Ringergriff, doch ich drehte mich mit einem Sprung, der unter normaler Schwerkraft unmöglich gewesen wäre, mühelos wieder heraus. Und wieder widmete ich mich seinen Sauerstoffleitungen, riss und zerrte daran mit all der bluthungrigen Wut, die

die letzten Tage in mir aufgestaut hatten. Ich riss daran für Neil, ich riss daran für Oba, ich riss daran für Professor Yamamoto – doch was die Stabilität der Raumanzüge anbelangte, schien der Hersteller mit seinen kühnen Behauptungen sogar noch untertrieben zu haben; ich bekam keinen der Schläuche ab.

Aber eigentlich, schoss es mir durch den Kopf, war es auch nicht unbedingt nötig, Khalid zu töten. Unter uns, in jenem schmalen morgenhellen Spalt am Rand der kilometergroßen betongrauen Scheibe, kam das Rote Meer in Sicht. Ich war ihm wenn auch nicht kräftemäßig, so doch aufgrund meiner Erfahrung und Geschicklichkeit überlegen, ich brauchte ihn nur so lange in Schach zu halten, bis wir Mekka passiert hatten, dann war Khalids Spiel, das Spiel des neuen Propheten Abu Mohammed, verloren. Dann würde das teuflische Wunder nicht stattfinden, und Neil würde leben . . .

Da riss sich Khalid los, schnellte auf den Rand der Plattform zu und schwang sich um den Rand herum auf die Unterseite. Ich setzte ihm nach, ohne zu zögern; es herrschte Schwerelosigkeit, und ob wir auf der der Solarstation zugewandten Seite der Plattform miteinander rangen oder auf der Station abgewandten Seite, das war ein und dasselbe.

Er hangelte sich hastig durch das Gewirr der schräg verlaufenden Stützstreben; ein Mann auf der Flucht. Ich setzte ihm nach, holte ihn ein und wollte mich gerade erneut auf ihn stürzen, als er plötzlich herumfuhr, die rechte Hand zu einer weiten, bedrohlichen Bewegung nach oben reißend. Ich sah, was er in der Hand hielt, und mir gefror das Blut in den Adern.

Er musste es die ganze Zeit bei sich getragen haben, in irgendeiner seiner Taschen, und erst jetzt war er dazu gekommen, es herauszuholen. Und er würde mich damit töten. Alles in mir war starr vor Verzweiflung, und eine blinde, heiße Panik stieg wie kochendes Wasser aus meiner Magengrube auf, nur *Flucht! Flucht!* signalisierend, doch ein Teil meines Verstandes, der kühl und leidenschaftslos blieb und es immer bleiben würde, wusste, dass mein Schicksal besiegelt war. Ich konnte versuchen, es hinauszuzögern; wenn ich mich geschickt anstellte, konnte ich ihn lange genug aufhalten, um Mekka zu retten, und damit meinen Sohn. Vielleicht. Aber mich selber würde ich nicht retten können.

Im kalten, gleichgültigen Licht der Sterne, die uns umgaben, glänzte die Klinge eines Messers.

KAPITEL 35

Ich wich zurück, und Khalid setzte mir nach, mit heftigen, watenden Bewegungen. Immer wieder stieß er mit dem Messer zu, und ich zuckte jedes Mal unwillkürlich zurück in der Erwartung der tödlichen Berührung. Jedes Mal blieb sie aus, und jedes Mal floh ich weiter, hangelte mich von Strebe zu Strebe. In meinem rechten Arm pochte dumpfer Schmerz, und mein Zeigefinger schien abgestorben zu sein, doch ich versuchte, mich davon nicht bremsen zu lassen. Vor meinem inneren Auge flammte nur die Vision meines nahen Endes, das unweigerlich eintreten würde, sobald Khalid mit seinem Messer irgendeine Stelle meines Raumanzuges aufschlitzte.

Ein Raumanzug ist nichts anderes als ein kompliziert geformter, komfortabel ausgestatteter Luftballon – ein Riss, und die Luft würde entweichen und mein Tod nur eine Frage von wenigen Augenblicken sein. Ich würde nicht ersticken, nein. Ich würde nicht lange genug leben, um zu ersticken, weil mich der Druckverlust schon vorher umbringen würde.

Ohne den atmosphärischen Druck würde das Blut in meinen Adern zu kochen beginnen, würden meine Augäpfel platzen, meine Lungen sich mit kochendem, sprudelndem Blut füllen – der einzige Trost war, dass mich zu diesem Zeitpunkt längst ein abrupter Gehirnschlag getötet haben würde.

Wahrend ich floh, galt mein verzweifelter Blick der Erde. Wir waren noch nicht weit genug gekommen, näherten uns noch dem Roten Meer, Mekka war noch nicht einmal in Sicht. Mindestens noch fünf Minuten musste ich durchhalten, und diese letzten fünf Minuten meines Lebens, das erkannte ich jetzt atemlos, würden zugleich die längsten fünf Minuten meines Lebens werden.

Ich versuchte, Khalid von der Plattform wegzulocken, aber er schnitt mir den Weg ab. Urplötzlich war er heran und über mir und führte einen gewaltigen Hieb mit dem Messer gegen meinen Helm. Doch auch über die Helme japanischer Raumanzüge lässt sich nur Bestes berichten: Das Messer glitt ab und ließ nichts zurück außer einer breiten Schramme, in der sich das Licht der gleichgültig zuschauenden Sterne brach.

Es gelang mir wegzutauchen, und der nächste Schlag traf nur eine Strebe. Auch das Messer war bedauerlicherweise von vorbildlicher Qualität; es brach nicht. Ich ging hinter einem Versteifungsblech in Deckung, keuchend, und beobachtete Khalid, der wieder näher kam. Die Zeit hätte eigentlich auf meiner Seite sein sollen, aber sie schien sich mit meinem Gegner verbündet zu haben, denn die Sekunden vergingen unendlich zäh und langsam. Ich wartete, bis ich an seiner Bewegungsrichtung sah, auf welcher Seite er mit meinem Ausfall rechnete, und stieß mich dann schwungvoll zur anderen Seite hin ab.

Ein Schlag aus dem Nichts bremste mich jäh ab. Ich musste gegen ein sehr dünnes, in der Dunkelheit nahezu unsichtbares Hindernis geprallt sein – ein Spannseil oder dergleichen – und taumelte einen Moment hilflos umher, ehe ich einen Halt fand. Aber da war Khalid schon heran, das blitzende Messer hoch erhoben, und ich erblickte mit ungläubigem, atemlosen Staunen mein eigenes kleines Spiegelbild in seinem dunklen Helmvisier.

In einer reflexhaften Abwehrbewegung zog ich meine Beine an und stemmte sie gegen seine Brust, was völlig unvernünftig war: denn ob er mir den Raumanzug am Unterschenkel aufschlitzte oder an der Brust, war im Endeffekt einerlei. Ich starrte nur diese gesichtslose Gestalt im Raumanzug an, hielt den Atem an – was genauso unvernünftig war – und wusste, dass mich nur noch eine winzige Bewegung seiner Klinge von meinem Tod trennte.

Aber Khalid schien sich dessen nicht bewusst zu sein. Entweder waren ihm die physikalischen Zusammenhänge des Aufenthalts im freien Weltraum grundsätzlich nicht ganz geläufig – was ich mir nicht vorstellen konnte –, oder er war so von wilder, ungestümer Wut erfüllt, dass diese Wut über alles angelernte Wissen hinweg sein Handeln bestimmte. Jedenfalls war er versessen darauf, mir sein Messer direkt ins Herz oder in die Kehle zu rammen, als käme es darauf an. Und so rangen wir miteinander, aber diesmal war es nur ein pures Kräftemessen auf Leben und Tod. Ich hielt seine Messerhand umklammert und drückte mit aller verzweifelten Kraft, die mir noch geblieben war, dagegen, während er sich mit aller Wucht, die er aufzubringen imstande war, in den Stoß hineinlehnte. Und seine Kräfte schienen unerschöpflich zu sein, die Kräfte eines Giganten, die Kräfte einer seelenlosen Mordmaschine. Ich umklammerte sein Handgelenk mit beiden Händen und schrie, während ich mich dagegenstemmte, weil in meinem rechten Arm etwas zu reißen und zu zerbrechen schien. Aber es war, als stemmte ich mich mit bloßen Händen gegen den Druck einer hydraulischen Presse. Unerbittlich senkte sich das Messer tiefer und tiefer, und es zielte unverwandt auf die Mitte meiner Brust.

Das also war das Ende. Ich wusste nicht, ob ich lange genug durchgehalten hatte. Ich dachte nicht an Mekka, nicht einmal an Neil. Ich dachte überhaupt nichts. Da war nur dieser undurchdringlich dunkle, spiegelnde Helm über mir, in dem ich nur meinen eigenen undurchdringlich dunklen, spiegelnden Helm sah, und da war die schwarz behandschuhte Hand, die sich mit langsamer, aber unaufhaltsamer Kraft auf mich niedersenkte. Und das Messer, das diese Hand hielt, eine lange, glänzende Klinge. Ich sah Sterne, die sich in dieser Klinge spiegelten, und sah das Rote Meer darin, über dem gerade die Sonne aufging zu einem Tag, der unsichtbare Zerstörung bringen würde, und der seltsam verzerrte Widerschein dieses Sonnenaufgangs wanderte wie ein schmaler, heller Streifen die Messerschneide entlang, vom Heft weg auf die Spitze zu, wobei der Streifen immer kleiner und heller wurde. In dem Augenblick, in dem die Spitze meinen Raumanzug durchstoßen würde, würde sich das Licht genau auf ihr gesammelt haben.

Plötzlich hörte ich, nach all dem Keuchen und Schreien, wieder Khalids Stimme in meinem Kopfhörer. Sie war heiser, atemlos, zitterte vor Wut.

»*Dschijhad* . . .«

Damit stieß er zu.

In einem letzten, verzweifelten Auflehnen gelang es mir nur noch, den Stoß abzulenken, weg von meinem Herzen, doch nicht weit genug. Die Klinge drang in meine rechte Schulter ein, mit einem hässlichen Geräusch wie reißender Stoff.

Der Schmerz war unglaublich. Wie ein elektrischer Schlag schoss eine Flutwelle von Schmerz durch meinen Körper, heiß, brennend, jenseits jeder Beherrschbarkeit. Ich war nur noch Schmerz, nur noch Schrei, nur noch wildes, selbstzerstörerisches Aufbäumen. Und dann brach der Lärm über mich herein.

Zuerst ein lautes, hohles Fauchen, das Geräusch von Gas, das unter hohem Druck entweicht. Dann der Alarmton der Anzugsautomatik, laut, ohrenbetäubend laut, ein durchdringender Signalton von markerschütternder Regelmäßigkeit, der laut genug gewesen wäre für einen Flugzeugträger. Ich taumelte, flog frei, stieß mit meinem tauben, kaputten rechten Arm gegen einen Widerstand und krallte mich fest, ganz automatisch. Als ob ich mich dadurch retten könnte. Der Alarmton dröhnte weiter, *dröhn, dröhn, dröhn.*

Vor meinen Augen tanzten rote Schleier, und dahinter

glaubte ich Khalid zu sehen, ohne Halt durch den Raum schwebend. Ich blinzelte, vertrieb die wogenden Nebel für einen Augenblick: tatsächlich. Er trieb, sich langsam überschlagend, davon, auf die riesige, stahlgrau schimmernde Solarfläche zu.

Ich presste die linke Hand auf die Stichwunde, auf das Loch in meinem Anzug, aber es half nichts. Die Luft entwich, schoss als feiner heller Nebel in die unersättliche Leere. Ich konnte dabei zusehen. Ich sah dabei zu, und meine Gedanken wälzten sich mühsam im Kreis wie gestrandete, halbtote Wale. Khalid. Irgendwie hatte ich es geschafft, Khalid in den Raum hinauszustoßen. Vielleicht war er unvorsichtig gewesen. Vielleicht hatte mein geschundener Körper im letzten Augenblick noch ungeahnte Kräfte entwickelt. Jedenfalls trieb er jetzt da draußen, mitsamt seinem Messer.

Und immer noch der Alarm, und das kalte, unheimliche Zischen. Jetzt erst begriff ich, dass das nicht das Geräusch der entweichenden Luft war – die hätte ich nicht gehört –, sondern der aus dem Lebenserhaltungssystem nachströmende Sauerstoff, mit dem die Sicherheitsautomatik des Raumanzugs den Druckabfall auszugleichen versuchte. Vergebens natürlich, denn auch er entwich ins All. Im Inneren meines Helms, unübersehbar über meinen Augen, begann das erste von fünf roten Leuchtelementen alarmierend zu blinken. Das war die Anzeige der verbleibenden Sauerstoffreserve.

Da war doch etwas gewesen, eine flüchtige Idee. Ach ja. Ich biss die Zähne zusammen und versuchte, meine rechte Hand, diesen toten, zerschmetterten Fleischbrocken, wieder unter Kontrolle zu bekommen. Im selben Moment wusste ich, dass das keine gute Idee gewesen war. Die Stichwunde in meiner Schulter war wie das Epizentrum eines Bebens, das meinen Körper erschütterte, nur dass es keine Erdstöße waren, die davon ausgingen, sondern lähmende, atemberaubende Wellen von Schmerz.

Aber es musste sein. Von allem, was mir geblieben war, war das das Einzige, was wenigstens wie eine letzte Chance, wie ein dünner rettender Strohhalm aussah. Selbst wenn es sich dabei um eine Täuschung handelte, konnte ich doch meine letzten Augenblicke ebenso gut daran verschwenden wie an irgendetwas anderes. Und so biss ich meine Zähne zusammen in einer Weise, die mein Zahnarzt bestimmt nicht gut gefunden hätte, und schaffte es, die rechte Hand in die Nähe meines rechten Oberschenkels zu bekommen. Während mein Oberarm vollends zu bersten schien, weil er alles war, womit ich mich an meiner Strebe festklammerte, gelang es mir, einige meiner Finger zu bewegen und ein Ende von einem der Klebestreifen zu erfassen, die immer noch auf meinem Oberschenkel klebten.

Hatte ich geglaubt, Schmerzen zu haben? Den wahren Schmerz lernte ich kennen, als ich die Hand mit dem ersten Klebestreifen nach oben beugte, zu meiner Schulter hin. Plötzlich war da ein daumendicker Strang reinsten glühenden Protoplasmas, so heiß wie reinste Sonnenmaterie, der sich alles versengend meinen rechten Arm entlang bohrte, durch die Schulter hindurch, und in meinem Kopf explodierte. Ich schrie, vierhundert Kilometer hoch über der Erdoberfläche, und niemand hörte mich schreien außer mir selbst. Ich schrie, aber ich packte den Klebestreifen mit der linken Hand und presste ihn auf den Riss in meinem Raumanzug. Über meinem Kopf fing das zweite rote Licht an zu blinken.

Wieder nach unten zu greifen und nach dem nächsten Streifen zu angeln war die reinste Erholung. Wieder das glühende Plasma, aber diesmal achtete ich sorgfältiger darauf, das Loch vollständig zu bedecken. Ich bildete mir ein, dass das Zischen leicht nachließ, aber vielleicht kam das auch daher, dass ich von dem enervierenden Alarmton allmählich ertaubte.

Als ich den dritten und letzten Klebestreifen heranschaffte, tauchte ein dunkler Nebel in meinem Gesichtsfeld auf, der auf beunruhigende Weise realer wirkte als die übrigen Schleier, die meine Sicht trübten. Ich praktizierte das Leukoplast senkrecht zu den beiden übrigen Klebestreifen auf den Anzug, und dabei setzte sich der Nebel an der Innenseite meines Visiers ab. Es war Blut. *Mein* Blut.

Höchste Zeit, mich an den Abstieg zu machen. Inzwischen leuchtete das dritte rote Licht, und es handelte sich ja nur um die Kleinigkeit von hundertfünfzig Metern bis zur nächsten Schleuse. Ich würde es nicht schaffen. Mein Körper sagte es mir. Mein Instinkt wusste es. Und das, was von meinem Verstand noch übrig war, wusste es auch. Aber ich war zu erschöpft, um darüber nachzudenken, und machte mich einfach auf den Weg.

Das Schlimmste war, mich aus meiner Verankerung an der Strebe zu lösen. Wenn ich meinen rechten Arm einfach abgerissen und dort gelassen hätte, wäre es auch nicht schmerzhafter gewesen. Aber als das einmal geschafft war, ging es leichter. Eigentlich war es ja kein Abstieg im herkömmlichen Sinn; nach ein paar Metern hatte ich es einigermaßen heraus, mich allein mit der linken Hand von Haltegriff zu Haltegriff zu manövrieren.

Ich zuckte unwillkürlich zusammen, als ich plötzlich wieder Khalids Stimme in meinem Kopfhörer hörte. Einen Moment hielt ich inne, um mich nach ihm umzusehen. Er hatte inzwischen die Hälfte der Strecke bis zur Solarfläche zurückgelegt, drehte sich immer noch langsam um sich selbst und schüttelte mir dabei drohend seine Fäuste entgegen.

»Ich bin noch nicht fertig mit dir, Carr!«, schrie er, laut genug, um den Alarm zu übertönen. »Ich komme zurück, und dann wirst du für alles bezahlen ...!«

Er beeindruckte mich nicht besonders. Einen Moment lang fragte ich mich dumpf, wie er das anstellen wollte, dann setzte ich mich wieder in Bewegung und konzentrierte alle meine verbliebene Aufmerksamkeit auf die dünnen Streben des Turmauslegers.

Genauso dumpf wurde mir bewusst, dass wir Mekka überflogen. Ich war zu schwach, zu entkräftet, um über das bloße Registrieren dieser Tatsache hinaus noch zu irgendwelchen Gefühlsregungen imstande zu sein. Ich hätte Freude empfinden können oder wenigstens Genugtuung darüber, den heimtückischen Plan Khalids und seines Propheten endgültig vereitelt zu haben, aber da war nur stumpfe Leere in mir.

Irgendwann hatte das vierte rote Licht angefangen zu blinken, und es war noch so weit bis zur Schleuse. Meine ganze rechte Seite war wie betäubt, und meine Gedanken verwirrten sich zusehends. Es ging zu Ende mit mir.

Das fünfte, das letzte rote Licht. Unglaublicherweise verschärfte sich der schrille Diskant des Alarms noch. Ich fuhr hoch wie jemand, der eingenickt ist, und stellte fest, dass ich tatsächlich einige Zeit auf ein und derselben Stelle verharrt haben musste. Mein Atem ging schnell und flach, ein hechelndes Schnappen nach Luft, die keinen Sauerstoff mehr zu enthalten schien, und auf den Lippen schmeckte ich salzigen Schweiß. Ich sah mich um, zu schwach, um mich weiterschleppen zu können. Vielleicht war es an der Zeit, Abschied zu nehmen. Abschied von dem weiten blauen Planeten tief unter mir. Abschied von den Sternen. Abschied von dem seltsamen Leben, das ich geführt hatte.

Ich hielt Ausschau nach der Stadt in der Wüste, in der jetzt gerade der einzige Mensch erwachte, von dem ich gern Abschied genommen hätte und der nichts von dem ahnte, was sich hier oben abgespielt hatte. Aber Mekka war schon auf die helle Seite entschwunden, nicht mehr sichtbar. Mein Blick irrte über die gewaltige graue Ebene der Solarfläche und blieb an dem winzigen hellen Punkt hängen, der Khalid war. Er hatte die Solarfläche fast erreicht.

»Leonard!«, hörte ich ihn durch das Kreischen des Alarms hindurch schreien. »Ich komme ...!«

In der lethargischen Schwerfälligkeit meiner Gedanken glomm müde die Erkenntnis auf, dass Khalid vorhatte, zurückzukommen, um wenigstens mir endgültig den Garaus zu machen, wenn er es schon mit der Heiligen Stadt nicht geschafft hatte. Ich verfolgte apathisch, wie er erwartungsvoll die Arme ausstreckte, als er den Solarspiegel berührte.

Er hätte ebenso gut versuchen können, sich an Spinnweben festzuhalten. Die Solarfläche wirkte von fern betrachtet gewaltig und massiv wie Panzerstahl, aber in Wirklichkeit bestand sie aus einer Folie, die nicht einmal so dick war wie ein menschliches Haar. Khalid brach durch sie hindurch wie durch ein Trugbild, und wahrscheinlich hatte er nicht einmal einen Hauch von Widerstand gespürt.

Die zerrissene Folie rollte sich auf, langsam, wie in Zeitlupe, und das Sonnenlicht von der hellen Seite tanzte auf den Fetzen. Ich sah Khalid hindurchschweben, und ich hörte ihn fassungslos schreien, und ich spürte ein Lächeln auf meinen Lippen, und das Licht lockte und rief mich wie eine Verheißung, wie die Antwort auf alle Fragen, wie das Ende allen Leids ...

Doch da waren plötzlich Arme um mich, die mich umfingen und mich hielten und an mir zerrten, mich zurückziehen wollten in die Dunkelheit.

Ich schrie auf, aber ich war zu schwach, um Widerstand zu leisten, und sie rissen mich mit sich in die Tiefe.

KAPITEL 36

Ich erwachte in hellem Licht, und ein engelsgleiches Gesicht lächelte sanft auf mich herab. Wärme umhüllte mich, Ruhe und Frieden. Hatte ich es also tatsächlich geschafft, in den Himmel zu kommen.

Die Gestalt mit dem engelsgleichen Lächeln beugte sich über mich und berührte meine Schulter mit einem schneeweißen Tuch. Der absolut unhimmlische Schmerz, der mich daraufhin durchfuhr, überzeugte mich nachhaltig davon, dass ich noch am Leben sein musste. Als sich die Tränenschleier um meine Augen wieder geklärt hatten, erkannte ich Yoshiko, die im Begriff stand, meine Wunde zu desinfizieren. Sie lächelte so fernöstlich-unergründlich wie immer. Es war schließlich nicht ihre Wunde.

Ich öffnete den Mund, aber meine Zunge schien zu enormer Größe angeschwollen und darüber hinaus völlig eingetrocknet zu sein, denn ich brachte keinen Laut heraus, den ein Fisch, der auf dem Trockenen nach Luft schnappt, nicht genausogut oder besser zustande gebracht hätte.

»Ruhig, Leonard-*san*«, sagte Yoshiko sanft. »Es ist alles in Ordnung«

»Die Brücke?«, krächzte ich mühsam. »Was ist mit der ...?«

»Es ist alles vorbei.«

»Haben wir sie zurückerobert?«

»Ja, Leonard-*san*.«

»Haben wir Funkverbindung?«

»Ja. In zwei Tagen kommt der Shuttle, mit einem Arzt und mit Polizisten ...«

Ich schloss für einen Moment erleichtert die Augen.

Yoshiko sorgte jedoch mit ihrem medizinischen Eifer dafür, dass ich nicht in die Versuchung kam wegzudösen. Das Desinfektionsmittel brannte wie Feuer, verdammt aber auch!

Allmählich war ich wieder imstande, meine Umgebung wahrzunehmen. Wir schwebten am unteren Ende des Knotentunnels, und Yoshiko trug einen Raumanzug, dessen Vorderseite mit Blut verschmiert war. Meinem Blut vermutlich. Ich sah an mir herunter, soweit es mein schmerzender Nacken zuließ, und sah einen durch und durch mit Blut getränkten Bordoverall. Scheußlich. Ich hätte es sogar scheußlich gefunden, wenn es jemand anders gewesen wäre.

Dann entdeckte ich meine rechte Hand, und ich musste eine ganze Weile darauf starren, bevor ich begriff, dass es sich bei diesem hässlichen, blauschwarzen Etwas um meinen Zeigefinger handelte. Falls ich je hätte Klavierspielen lernen wollen, dann war der Zeitpunkt jedenfalls verpasst.

Yoshiko hatte meinen Blick verfolgt, und jetzt schaute sie richtig bekümmert drein. Sie sah hinreißend aus, wenn sie so dreinblickte.

»Oh, Leonard ...«

Ich sah sie nur an und dachte an die Stunden, die wir zu zweit in der Wäschekammer verbracht hatten. Warum verliebte ich mich eigentlich immer in fremdländische Frauen? Wie brachte ich es fertig, mich wie Hackfleisch zu fühlen und trotzdem an Sex zu denken?

»Wie sieht der Rest von mir aus?«

»Deine rechte Schulter sieht ziemlich schlimm aus, und auch dein rechter Arm, und sonst ...« Ihr Blick glitt prüfend über meinen Körper, und als sie mir in die Augen sah, begriff sie erst die Anzüglichkeit in meiner Frage. Ein kokettes Lächeln huschte über ihr Gesicht wie ein rascher Lichtreflex, und dann schlug sie scheu die Augen nieder, als fürchte sie um ihren Ruf als wohlerzogenes und anständiges japanisches Mädchen. »Ich muss dir jetzt einen Verband anlegen.«

Ich biss während dieser Prozedur tapfer die Zähne zusammen. Wahrscheinlich war ich nach den Puppen, an denen wir alle derlei Dinge während des obligatorischen Erste-Hilfe-Kurses geübt hatten, das erste lebende Wesen, an dem sie ihre Kunst erprobte. Ich konnte zwar nicht beurteilen, wie gut sie als Astronomin war, aber falls sie ihren Beruf verfehlt haben sollte, dann bestimmt nicht den der Krankenschwester.

Als sie endlich fertig war, atmete ich auf und fragte: »Findest du nicht, dass ich ein Held bin?«

Sie nickte mit ihren großen dunklen Augen. »Oh, ja. Ganz bestimmt.« Spätestens nach dieser Verbindeaktion.

»Und hat sich ein Held nicht einen Kuss verdient?«

Sie lächelte, verheißungsvoll diesmal, und beugte sich dann über mich, um mich mit einem langen, einem geradezu unglaublichen Kuss zu beglücken. Warum hatte ich mir eigentlich jemals Sorgen gemacht? Mit diesem Kuss hätte sie mich zweifelsohne auch von den Toten auferwecken können.

Jemand räusperte sich vernehmlich. Wir ließen uns nicht stören. Er räusperte sich ein zweites Mal, noch vernehmlicher diesmal, und wir sahen einigermaßen unwillig auf.

Es war Jayakar.

»Es tut mir ausgesprochen leid, die Behandlung zu stören«, sagte er mit verlegenem Grinsen. »Kapitän Moriyama lässt fragen, wie es Ihnen geht.«

Ich musste unwillkürlich lachen, und das geriet zu einer Art Husten, der meinen ganzen Körper erschütterte. »Was glauben Sie denn, wie es mir geht?«

»Nun«, meinte er mit verhaltenem Spott, »ich würde sagen, Sie befinden sich auf dem Weg der Besserung.«

»Ja«, nickte ich mit schmerzlichem Lächeln. »Notgedrungen, weil mir ein anderer Weg nicht bleibt.«

»*Come on,* Carr«, erwiderte Jay augenzwinkernd, »übertreiben Sie doch nicht so schamlos, nur um vor Ihrer Herzensdame gut dazustehen – die paar Kratzer und Schrammen, das haut doch einen Burschen wie Sie nicht um ...«

Ich weiß noch, dass mir auf diese Frechheiten eine sehr gute und sehr passende Bemerkung einfiel, aber ich weiß nicht mehr, welche. Gerade in dem Augenblick, als ich antworten wollte, hallten plötzlich unüberhörbare Schläge durch den Knotentunnel – laute, metallische Schläge, die in mir sofort das entsetzliche Vorstellungsbild entstehen ließen, Khalid säße außen an der Station und hämmere mit irgendeinem harten Gegenstand auf die Außenhülle ein. Wilde, kampfbereite Angst wallte in mir hoch und spülte die geistreiche Eingebung hinweg.

Jayakar hatte meinen panischen Blick gesehen und richtig gedeutet, denn er beruhigte mich sofort: »Das ist Spiderman. Wenn man ihm nicht ausdrücklich sagt, dass er still sein soll, dann macht er einen ziemlichen Lärm, was? Kim hat ihn losgeschickt, um das Loch in der Solarfläche zu reparieren.«

Jetzt fiel mir alles wieder ein. Der Kampf. Das überlaute Geräusch meines eigenen Atems in dem von innen beschlagenen Raumhelm. Die waghalsigen Balanceakte am Rand der Unendlichkeit. Khalid, wie er durch den grellen, sonnendurchglühten Riss in der Solarfläche schwebte wie in eine bessere Welt.

»Er hat tatsächlich nicht gewusst, wie dünn die Folie ist«, meinte ich leise. Ich hätte gern ungläubig den Kopf dazu geschüttelt, aber die Schmerzen in meiner Schulter erstickten derlei Bewegungsversuche bereits im Ansatz. »Er hat geglaubt, er könne auf der Solarfläche landen und zurückklettern, um mich endgültig umzubringen.« Ein Zeitungsartikel fiel mir ein, in dem jemand die Folie mit Blattgold verglichen hatte – genauso dünn, genauso teuer. Das stimmte nicht ganz: Die Folie war, alles in allem gerechnet, weitaus teurer als Gold.

»Er hätte eines der Spannseile erwischen können, auf denen der Roboter sich fortbewegt«, gab Jayakar zu bedenken. »Dann hätte es anders ausgesehen.«

»Er hat aber keines erwischt.« Ich sah den Kybernetiker an. »Was ist mit den anderen Halunken?«

Jayakar zuckte die Schultern. »Der, den sie Sven nannten, ist tot. Sakai ist in der Steuerzentrale, verschnürt wie ein Weihnachtspaket, und es ist kein Wort aus ihm herauszubringen.«

»Tot? Wieso tot?«

»Während Sie draußen waren, haben wir die Brücke mit Stickstoff geflutet. Da wir keine Waffen hatten, warteten wir vorsichtshalber ziemlich lange, ehe wir die Brücke schließlich stürmten. Und der Skandinavier war wohl etwas kurzatmig...«

Ich nickte sinnierend und ganz, ganz behutsam. Ich dachte an Iwabuchi und Oba, und es tat mir kein bisschen leid um irgendeinen der Piraten. Auch nicht um diesen schweigsamen Mann, von dem wir nicht viel mehr erfahren hatten als seinen Rufnamen und der ansonsten die ganze Zeit nur unauffällig im Hintergrund gearbeitet hatte. Er war dabei gewesen, und das sicher nicht deshalb, weil Khalid niemand anderen hätte auftreiben können.

»Ihr beiden könnt mir ein bisschen helfen«, nickte ich Jayakar und Yoshiko aufmunternd zu. »Ich will in die Steuerzentrale.«

»Warum denn?«, begehrte Yoshiko auf. »Du wirst dort nicht gebraucht. Du kannst dich ausruhen...«

»Eine Rechnung ist noch offen«, beharrte ich. »Und die will ich begleichen.«

Sie widersprachen nicht mehr. Vielleicht waren sie auch nur neugierig.

Jedenfalls stützten sie mich auf dem Weg den Knotentunnel hinauf, sodass ich meinen rechten Arm nicht benutzen musste. Alles andere war kein Problem; schließlich ist Schwerelosigkeit wie geschaffen für Kranke und Verletzte.

Moriyama kam mir entgegen, als ich durch das Brückenschott schwebte, und er sah mich lange an, während in seinem
Gesicht die starre asiatische Förmlichkeit einen hoffnungslo-
sen Kampf gegen die Gefühle focht, die ihn bewegten. Am
liebsten hätte er mich wohl umarmt und an sich gedrückt, und
nur der Anblick meiner Wunden und Verbände hielt ihn davon ab. Und, ehrlich gesagt, mein Schulterverband sah tatsächlich noch zerbrechlicher aus, als ich mich fühlte. So
beschränkte sich der Kommandant auf einige anerkennende
Worte, die er in einem hastigen Japanisch sprach, von dem ich
nicht einmal die Hälfte verstand, und einen heftigen Hände-
druck unserer beiden linken Hände.

Ich warf einen flüchtigen Blick auf die erbärmliche Gestalt
Sakais, der an Händen und Füßen gefesselt und an einer Sitzstange im Hintergrund festgebunden war. Der ehemalige Funker der NIPPON starrte blicklos vor sich hin und wirkte mehr
tot als lebendig.

Seinen Platz an den Kontrollen von Funk und Radar nahm
jetzt Kim ein. Ich fragte mich, ob er schon wusste, welche Schwei-
nerei ich in seinem Labor angerichtet hatte. Offenbar nicht;
jedenfalls sah er mich ganz arglos und zuvorkommend an.

»Wir haben Khalid auf dem Radarschirm«, erklärte er. »Aber
auf Funkanrufe reagiert er nicht. Wissen Sie, was mit ihm ist?«

»Er ist tot.«

»Ah so«, nickte der Metallurg, und er bemühte sich vergebens, sich seine Beklommenheit nicht anmerken zu lassen.
»Das erklärt vieles.«

Ich deutete auf die Kopfhörer-Mikrophon-Kombination,
die er trug. »Geben Sie ihn mir«, forderte ich ihn auf.

Kim blinzelte verwirrt. »Ich denke, er ist tot?«

»Das ist er auch«, nickte ich düster. »Er weiß es nur noch
nicht.«

Kim starrte mich nur an und verstand kein Wort. Wahrscheinlich zweifelte er jetzt wieder an seinen Fremdsprachenkenntnissen. Ich nahm die Kopfhörer, die er mir zögerlich reichte, setzte sie auf, zog das Mikrophon vor meine Lippen und schaltete die Mithörlautsprecher ein. Dann ging ich auf die Sprechfunkfrequenz der Raumanzüge.

»Khalid?«

Ein deutliches Knacken war zu hören, als er seinen Sender einschaltete. »Carr«, sagte er nur. Er wirkte völlig ruhig. Sein Atem ging vernehmlich, aber gleichmäßig. »Ich entferne mich immer weiter von der Station.«

Ich nickte. »Das ist richtig.«

Er zögerte einige Sekunden, in denen er mit sich zu ringen schien. Dann gab er einen verärgerten Seufzer von sich und sagte: »Okay, Carr, Sie haben gewonnen. Sie haben Ihren Triumph gehabt, Sie haben mich schmoren lassen – okay. Bitte, holen Sie mich wieder an Bord.«

Ich starrte auf den runden, dunklen Radarschirm, auf den winzigen grünen Punkt darauf. Immer noch der alte Khalid. Immer noch stolz, aber sich widerwillig beugend. Wahrscheinlich dachte er, dass er mir damit schmeicheln konnte. »Ich habe nicht gewonnen, Khalid«, erwiderte ich dann grimmig. »Ich wüsste nicht, was ich gewonnen haben sollte. Aber ich weiß, dass Sie verloren haben.«

»Ja, das weiß ich auch.« In seiner Stimme schwang Wut mit; er schien zu glauben, dass ich noch mehr Selbsterniedrigungen von ihm forderte. »Und ich ergebe mich, Carr. Ich schwenke sozusagen die weiße Fahne, ich falle auf die Knie – alles, was Sie wollen. Holen Sie mich wieder zurück, bitte. Ich verspreche, dass ich keinerlei Gegenwehr leisten werde.«

»Sie verstehen immer noch nicht, Khalid«, erklärte ich langsam, fast bedächtig. »Wir können Sie nicht zurückholen.«

Wir hörten ihn alle nach Luft schnappen, und man konnte sich auch einbilden, seine Gedanken rasen zu hören.

»Das ist nicht wahr!«, rief er schließlich. Es klang mehr argwöhnisch als entsetzt. »Sie versuchen irgendeinen Trick, Carr.«

»Ich habe keine Tricks mehr nötig.«

»Sie dürfen mich nicht einfach umkommen lassen, Carr.
Das wäre Selbstjustiz. Ich habe mich ergeben; Sie müssen mich
Ihren Gerichten überantworten ...«

Ich spürte Abscheu in mir aufsteigen. Er versuchte immer
noch stolz zu klingen, Herr der Lage zu bleiben, aber im
Grunde winselte er um sein Leben. Und es war übelkeiterre-
gend, wie er sich jetzt auf das Gesetz berief, das er bedenkenlos
in jeder Hinsicht zu übertreten bereit gewesen war, als er noch
die stärkere Position innegehabt hatte.

»Sie haben noch für fünf Stunden Sauerstoff«, erwiderte ich
kalt, »und dann werden Sie sterben, Khalid. Und kein Gott
und kein Prophet wird es verhindern.«

»Das können Sie nicht machen, Carr. Sie müssen mich rein-
holen ...«

»Sagen Sie mir, wie.«

»Sie haben diese frei fliegende Montageplattform. Die, mit
der Sie versucht haben, unseren Anflug aufzuhalten. Ich weiß,
dass Sie sie fernsteuern können und dass sie einen sehr großen
Aktionsradius hat. Damit können Sie mich anfliegen und bergen.«

»Die Tanks dieser Plattform sind trockener, als es der Wüs-
tensand um Mekka nach Ihrem Energieangriff gewesen wäre«,
versetzte ich mit grimmiger Genugtuung. »Wir haben den gesamten Treibstoff aufgebraucht, als wir versuchten, Ihre Raumkapsel aus dem Kurs zu drängen.«

Er suchte fieberhaft nach einem Ausweg. »Unsere Raumkapsel!«, fiel ihm ein. »Unsere Raumkapsel hat noch mehr als
genug Treibstoff. Damit könnten Sie mich ohne weiteres erreichen.«

»Wenn Sie nicht alle Steuerungseinheiten demontiert hätten«, erinnerte ich ihn. Was ich von der Zumutung hielt, mit so einem abenteuerlichen Raumgefährt irgendwelche Rettungsaktionen zu unternehmen, ersparte ich ihm.

»Aber der Treibstoff! Sie könnten ihn in die Plattform umpumpen ...«

»Die Plattform treibt in etwa fünf Kilometern Entfernung und ist im Augenblick nicht beweglicher als ein beliebiges Stück Weltraumschrott.«

Pause. Er gab nicht so leicht auf. »Es gibt doch eine Art Raketenantriebe für Raumanzüge ...«

»Die gibt es«, nickte ich. »Der nächste Shuttle bringt welche mit.«

»Der Shuttle!« Er schrie es fast. »Der Shuttle ist manövrierfähig. Wann kommt er?«

»Frühestens fünfzig Stunden nach Ihrem Tod.«

»Er soll eher starten!«

»Zurzeit ist kein Shuttle startbereit. Ihre Sabotageteams haben ganze Arbeit geleistet, Khalid.«

Er war am Ende, und allmählich begriff er es. Seine ganze Überlegenheit war verschwunden, nackte Panik schüttelte ihn. »Die Station selber! Die Station ist manövrierfähig – sie muss nach der Sonne ausgerichtet werden – sie muss Reibungsverluste ausgleichen können ... Sie können sie schwenken, Carr, und dann ...«

Ich dachte an Oba, die sich auf die große Liebe ihres Lebens gefreut hatte, und wie er sie seinem wahnsinnigen Killer übergeben hatte, damit der sie grausam töten und schänden konnte.

Ich dachte an Iwabuchi, der hatte sterben müssen, weil er einer der genialsten Ingenieure der Welt gewesen war. Ich dachte an Professor Yamamoto, der sein ganzes Leben daran gegeben hatte, der Menschheit den Weg ins All zu ebnen. Und ich dachte an Neil, meinen Sohn, den er mit Millionen anderer hatte umbringen wollen. Unwillkürlich legte ich die linke Hand auf die Tasche, in der immer noch das Fax knisterte, und finstere Unversöhnlichkeit erfüllte mein Herz, als ich ihn unterbrach: »Hören Sie, Khalid, es reicht jetzt. Es gibt keinen Ausweg. Sie werden in ein paar Stunden Ihrem Schöpfer gegenübertreten, und darauf bereiten Sie sich jetzt besser vor.«

Damit schaltete ich ab und überließ ihn der Hölle seines eigenen Gewissens.

In der Steuerzentrale war es sehr still geworden. Ich sah mich um, versuchte in den Gesichtern der anderen zu lesen, was sie empfanden. Das Mienenspiel Jayakars war von grausigem Entsetzen gezeichnet; offenbar versuchte er sich auszumalen, wie es jemandem ergehen mochte, der, eingesperrt in einen Raumanzug, hoch über dem Erdball dahintrieb, allein und von allen Menschen abgeschnitten, den unausweichlichen und nahen Tod vor Augen. Wenn man, was auf den Kybernetiker zweifellos zutraf, mit einer regen Phantasie gesegnet war, dann konnte einen diese Vorstellung auf Wochen hinaus mit Alpträumen versorgen.

Moriyama sah mich nur an und nickte dann langsam und würdevoll sein Einverständnis, wieder jeder Zoll der Kommandant der Solarstation und damit Herr über Leben und Tod. Er war es, der den Tod Svens würde verantworten müssen – was ihm sicher keine Probleme bereiten würde. Aber ich hatte Khalid tatsächlich nicht angelogen: es gab wirklich keine Möglichkeit mehr, ihn rechtzeitig zurückzuholen, mit Sauerstoff zu versorgen oder sonstwie zu retten. Und, ja, es erfüllte mich mit einer gewissen Befriedigung, dass es so aussah, als habe ein höherer Richter beschlossen, Khalids Leben den Gesetzen der Himmelsmechanik zu überantworten.

Der Blick des Kommandanten wanderte ruhig und bedächtig hinüber zu Tanaka, der an den Maschinenkontrollen saß, direkt neben Sakai. »Tanaka«, sagte Moriyama mit einem Kopfnicken in Richtung auf den gefesselten Komplizen der Piraten, »binden Sie ihn los.«

Tanaka sah überrascht hoch, sah Moriyama an, und für einen Moment kam es mir vor, als tauschten die beiden Japaner auf unsichtbare Weise Argumente aus. Dann nickte er leicht, beugte sich zu Sakai hinüber und knotete dessen Fesseln auf.

Sakai zuckte zusammen, als die Stricke von ihm abfielen, und schaute umher wie einer, der gerade aus dem Schlaf erwacht ist. Aber der Kommandant würdigte ihn keines Blickes; er hatte sich inzwischen vor seine Tastatur begeben, um sich beim Computersystem anzumelden.

»Wir müssen uns überlegen, was wir als Nächstes tun«, meinte er wie beiläufig. »Wir haben eine Station voller Leichen ...«

Jayakar und ich sahen uns verblüfft und entsetzt zugleich an, während Sakai geistesabwesend seine Handgelenke massierte. Er wirkte seltsam apathisch, wie betäubt. Auch Tanaka beachtete ihn nicht, sondern konzentrierte sich ganz darauf, die Stricke zu ordentlichen Bündeln zusammenzurollen. Ich sah zu Yoshiko hinüber, die sich überhaupt nicht um das zu kümmern schien, was hier vorging.

»*Hai*«, sagte Tanaka nach einer Weile.

Sakai sah von einem zum anderen, suchte den Blick Moriyamas, dann den Tanakas, und bekam keinen von beiden. Sein rechtes Augenlid zuckte. Dann nickte er, stieß einen leisen, zitternden Brummlaut aus und setzte sich langsam in Richtung Schott in Bewegung.

Jayakar wollte ihm den Weg versperren, doch Moriyama deutete ihm mit einer Handbewegung, den Funker nicht aufzuhalten. So sahen wir zu, Jayakar und ich in höchstem Grade alarmiert, die Japaner – und Kim – dagegen mit rätselhaftem Gleichmut, wie sich die Schotthälften vor Sakai öffneten, wie sie es immer getan hatten, und sich ebenso hinter ihm wieder schlossen.

Jetzt erst sah ich, welche Anzeigen Moriyama aufgerufen hatte. Es waren zwei Protokolle, die das Computersystem der Solarstation automatisch führte: erstens das Logbuch des Raumanzugdepots – welcher Raumanzug wurde wann entnommen, wann zurückgestellt, wann aufgetankt und wann generalüberholt – und zweitens das Log aller Schleusendurchgänge.

Mein Kopf fühlte sich noch immer dumpf und wattig an, aber in irgendwelchen dunklen Ecken stieg eine Ahnung dessen hoch, was hier vorging. Wir starrten alle wie gebannt auf den Bildschirm vor dem Kommandanten, und die Zeit verstrich. Das Raumanzugs-Log blieb unverändert. Kein Raumanzug wurde entnommen, keiner zurückgegeben.

Aber fünf Minuten, nachdem Sakai die Brücke verlassen hatte, verzeichnete das andere Log einen Durchgang durch die Mannschleuse.

EPILOG

Die großen Flügeltüren zu dem Saal, in dem seit Monaten der Untersuchungsausschuss tagte, schlossen sich hinter mir, zum letzten Mal, und eine Last fiel von mir ab. Es genügte nicht, etwas zu vollbringen, man musste nachher auch noch beweisen, dass man nur so und nicht anders hatte handeln können. Und das hatte ich nun. In Sitzungen, die ich zum Schluss nicht mehr gezählt hatte, hatte man mich befragt, mir widersprochen, mich Ereignisse an einem Modell der Solarstation erklären lassen und wieder und wieder den minutiösen Ablauf der Besetzung und der Rückeroberung der Station durchgekaut. Aber nun war endgültig alles protokolliert, waren alle Fragen beantwortet und alle Unklarheiten geklärt. Es stand fest, dass ich nichts getan hatte, was ich hätte lassen müssen, und nichts gelassen, was ich hätte tun müssen. Ich tastete unwillkürlich nach dem Papier mit all den Stempeln und Unterschriften, das mich endgültig entlastete, ehe ich mich der Ruhe und dem Frieden in den leeren Gängen der Raumfahrt-Hauptverwaltung überließ und dem Gefühl, wieder ein freier, unbescholtener Mann zu sein.

Mit diesem Gefühl ging ich die breite Marmortreppe hinunter ins Foyer, ohne die leiseste Ahnung, was ich aus dem Rest des Tages machen sollte, den ich eigentlich für die Ausschusssitzung verplant hatte und der mir nun überraschend zurückgeschenkt worden war.

Im Foyer traf ich zu meiner Überraschung auf Tanaka, der ehrlich erfreut schien, mich zu sehen, und mich herzlich begrüßte.

Wir tauschten ein paar Höflichkeiten aus, und ich gratulierte ihm zu seiner Beförderung in den Kommandantenrang. Ob es stimme, dass er demnächst auf die Solarstation zurückkehre, fragte ich.

»*Hai*«, nickte er stolz. »Ich übernehme das Kommando für das nächste Quartal.«

Ich lächelte. Eigentlich war er mir doch ganz sympathisch. »Herzlichen Glückwunsch.«

Er neigte in einer typisch japanischen Geste falscher Bescheidenheit den Kopf und fragte dann: »Was haben Sie vor, Leonard? Ich habe Ihren Namen noch auf keiner Liste gefunden ...«

»Ich mache erst einmal Urlaub«, erklärte ich, »und dann ... Ich habe ein Angebot aus Seattle, über das ich gründlich nachdenken will.«

»*Ano ne*«, machte Tanaka betroffen, »Sie wollen uns also verlassen. Die Raumfahrt ganz aufgeben.«

»Nicht unbedingt. Es gibt gerade Tendenzen in den USA – zumindest in einigen Bereichen –, wieder in den Weltraum zurückkehren zu wollen. Deshalb sammelt man gerade alle Leute ein, die noch etwas von Raumfahrt verstehen.«

Tanaka nickte nachdenklich. »Ich wünsche Ihnen, dass Sie die richtige Entscheidung treffen.«

»Das wünsche ich mir auch, danke.«

Wir waren schon dabei, uns zu verabschieden, als ihm noch etwas einfiel. »Übrigens, Kim hat vergeblich versucht, Sie zu erreichen. Er wollte Sie wohl zu seiner Abschiedsfeier einladen; er hat ja jetzt den Ruf nach Seoul tatsächlich erhalten. Vielleicht rufen Sie ihn einfach mal an.«

»Ja«, versprach ich, »das werde ich machen.«

Als ich durch die Drehtüren ins Freie trat, umfing mich die kalte Luft und das unerwartet intensive Licht eines frühherbstlichen Sonnentages in Tokio. Und die Geräuschkulisse, die sich aus dem Gemurmel all der unzähligen Passanten, dem Surren der Elektroautos und dem unrunden Brummen der methanolgetriebenen Autos zusammenfügte. Die Luft roch frisch und prickelte in der Nase.

Wann immer und wo immer man in Tokio-Stadt unterwegs ist, man bewegt sich immer inmitten so vieler Menschen, dass einem ein New Yorker Bus zur Hauptverkehrszeit leer und einsam dagegen vorkäme. Ich ließ mich mit dem Strom treiben, bis zur nächsten U-Bahn-Station, wo ich eine englischsprachige Zeitung kaufte und wunderbarerweise einen Sitzplatz fand in der U-Bahn, die mich nach Hause brachte. Auf der Titelseite fand sich – neben den üblichen Meldungen über Regierungskrisen, politische Skandale und den seit fünfzehn Jahren andauernden Balkankrieg – die Nachricht, dass in Frankreich die ersten Prozesse gegen die Bodenmannschaften Khalids eröffnet worden waren. Nach unseren ersten Funksprüchen, noch bevor die Öffentlichkeit von dem Vorfall auf der Nippon in Kenntnis gesetzt wurde, hatten seinerzeit mehrere Einheiten der Fremdenlegion sowie eine französischdeutsche Eingreiftruppe die Raketenbasis Kourou angegriffen und alle Besatzer, die diese Attacke überlebten, verhaftet.

Ich musste an Jayakar denken, der demnächst auch vor Gericht stehen würde, wegen Sabotage und einer Reihe anderer Vorwürfe. Auch ich würde gegen ihn aussagen müssen. Die Ladung als Zeuge hing bereits zu Hause an meiner Küchenpinnwand.

Ein Bericht über den Krieg auf der Arabischen Halbinsel. Die Dschijhadi-Truppen befanden sich weiter auf dem Rückzug, seit die Belagerung Mekkas vor einigen Wochen plötzlich abgebrochen worden war. Offenbar verbreiteten sich unter den Dschijhadis die Zweifel am Propheten Abu Mohammed wie eine ansteckende Krankheit.

An meiner Küchenwand hingen auch die drei Briefe, die

mir Neil seither gefaxt hatte. Offenbar wollte seine Mutter wieder heiraten; einen Kommandeur der Verteidigungstruppen. *Aber ich bleibe immer Dein Sohn, nicht wahr, Dad?* hatte Neil geschrieben. Ich hatte immer damit gerechnet, dass mir das eines Tages zu schaffen machen würde, aber zu meiner eigenen Überraschung tat es das nicht. Im Gegenteil, ich fühlte sogar so etwas wie Erleichterung.

Zu meiner Überraschung entdeckte ich im Feuilleton der Zeitung ein Interview mit Moriyama. Moriyama, dessen Karriere in den letzten Wochen rasante Sprünge vollführt hatte, war mittlerweile Direktor des Bereichs Stellare Energiegewinnung, und in dem Interview kündigte er an, dass definitiv eine weitere, sehr viel größere Solarstation gebaut werden würde, unter Beteiligung etlicher großer japanischer und koreanischer Konzerne, und er hob die Bedeutung der Gewinnung von Sonnenenergie im Weltall hervor mit Argumenten, an die ich mich noch gut erinnern konnte.

Der Zug schoss endlos durch den Tunnel, von Station zu Station. Ichikawa, Funabashi, Chiba, Ichihara – der lange Weg um die Bucht von Tokio herum. Ich hätte auch die Fähre nehmen können; das wäre schneller gewesen, aber ich bekam auf der Fähre immer Platzangst. Überhaupt wäre ich jetzt gerne allein gewesen, am liebsten hoch oben im Weltraum. Der Gedanke an meine kleine, enge, aber nichtsdestotrotz exorbitant kostspielige Wohnung in dem riesigen Wohnkomplex deprimierte mich regelrecht, und als die Station kam, an der ich hätte aussteigen müssen, blieb ich einfach sitzen.

Einige Kilometer weiter verließ der Zug den U-Bahn-Tunnel und fuhr oberirdisch weiter. Ich kannte den Weg. So wie heute war ich schon oft gefahren, einfach immer weiter und weiter, bis das Meer in Sicht kam. Hierher zog es mich, wenn ich die Notwendigkeit verspürte, mit mir ins Reine zu kommen.

An der vorletzten Station stieg ich aus, atmete tief den frischen, salzigen Geruch ein, den ein strenger Wind vom Meer herüberwehte, und pilgerte dann hinunter zum Strand. Die steife Brise blähte meine Jacke, während ich ziellos durch den Sand stapfte, immer am Wasser entlang.

Das Meer blendete, so hell tanzte das Licht auf den Wellenkämmen wie gleißendes Geschmeide. Schreiende Möwen balgten sich hoch oben in der klaren Luft, und in der Ferne erhoben sich sanft die Berge des Hinterlandes.

Auch hier war es nicht menschenleer – nirgendwo in Japan war es das –, aber doch einsam. Ich konnte etliche Wanderer in der Ferne ausmachen, einzeln oder in kleinen Gruppen.

Sie störten mich nicht, und ich vergaß bald, dass sie da waren. Ich hob gedankenverloren Kiesel auf und schleuderte sie weit hinaus in den strahlenden Himmel, zog mit der Schuhspitze Furchen in den vom heranrollenden Meer glatt gespülten Sand, roch den Geruch von Salz und Fisch und spürte den Wind in meinen Haaren wühlen.

Irgendwann fiel mir eine kleine, dunkle Gestalt auf, die näher kam. Ich blieb stehen und beobachtete sie eine Weile. Es sah ganz so aus, als hielte sie direkt auf mich zu. Und dann winkte sie sogar. Ich wartete skeptisch ab, während sie näher kam. Es war Yoshiko.

Sie trug eine dunkelgrüne, fast winterliche Jacke mit pelzbesetzter Kapuze, und der Wind vom Meer machte faszinierende Sachen mit ihrem langen schwarzen Haar. Sie lächelte mich an, ganz außer Atem. »Ich wusste, dass ich dich hier treffen würde«, sagte sie anstelle einer Begrüßung.

»*Du wusstest* es?«, fragte ich, einigermaßen verblüfft. Schließlich hatte ich es selber bis vor einer halben Stunde nicht gewusst. »Woher?«

»Du hast mir einmal erzählt, dass du immer hierherkommst, wenn du deine Mitte suchst.«

»Tatsächlich?« Daran erinnerte ich mich nicht mehr. »Und das hast du dir gemerkt?«

»Ja.«

Ich sah sie an, ihren weich geschwungenen Mund, ihre unglaublichen, dunklen Augen, und dieser Anblick beraubte mich schlagartig meiner sämtlichen Verstandeskräfte. Mir fiel nichts ein, was ich darauf hätte sagen können, und so sagte ich lahm: »Musst du denn nicht arbeiten?«

Sie lächelte nachsichtig, und dabei beschlich mich das unangenehme Gefühl, dass sie mich vollkommen durchschaute. »Leonard, Astronomen arbeiten immer nachts.«

Ich nickte verkrampft. »Ach ja. Logisch.«

Wieder Pause. Yoshikos Blick glitt über den Strand und das Meer, dann sah sie mich wieder an.

»Ich habe gehört, du gehst fort?«

Ich machte eine unbestimmte Geste. »Vielleicht.«

»*Du* weißt es noch nicht?«

»Ich denke noch darüber nach.«

Sie nickte. »Ich gehe vielleicht auch fort. Ich habe mich um eine Stelle an der Universität von Tacoma beworben, und wie es aussieht, habe ich sehr gute Chancen. Was meinst du, soll ich dorthingehen, wenn ich die Zusage bekomme?«

»Tacoma?« Ich sah sie an, grenzenlos verblüfft. »Doch nicht *das* Tacoma, das südlich von Seattle liegt?«

»Doch, genau das.«

»Dort hast du dich beworben?«

»Ja.«

»Und warum?«

Sie antwortete nicht. Ein zartes Lächeln erschien in ihrem Gesicht, langsam wie ein Sonnenaufgang, und mir wurde plötzlich warm ums Herz. Als sie sprach, war ihre Stimme dunkel und sehnsüchtig.

»Wir haben es nie bei Schwerkraft getan, Leonard.« Ich sah

in ihre Augen, und diesmal las ich mehr darin als bloßes Verlangen. Es sind immer die gleichen Geschichten, die einem passieren, dachte ich. »Das kann man ändern«, sagte ich rau. »Man kann alles ändern.«

ENDE

Wie frei können Menschen sein?

Andreas Eschbach
FREIHEITSGELD
Roman

528 Seiten
ISBN 978-3-7857-2812-3

Europa in nicht allzu ferner Zukunft. Die Digitalisierung ist weit
fortgeschritten, Maschinen erledigen die meiste Arbeit, während
ein bedingungsloses Grundeinkommen, das »Freiheitsgeld«,
dafür sorgt, dass jeder ein menschenwürdiges Leben führen
kann. Als Robert Havelock, der Politiker, der das Freiheitsgeld
eingeführt hat, tot aufgefunden wird, wirkt es zunächst wie
Selbstmord. Doch als auch sein einstiger Gegenspieler, der
Journalist Günter Leventheim, stirbt, fragt sich der junge Polizist
Ahmad Müller, ob die beiden Fälle wirklich so unverdächtig sind –
und sieht sich plötzlich mit übermächtigen Kräften konfrontiert,
die vor nichts zurückschrecken ...

Lübbe

Die Menschheit vor ihrer größten Herausforderung: Das Ende des Erdölzeitalters steht bevor!

Andreas Eschbach
AUSGEBRANNT
Thriller

752 Seiten
ISBN 978-3-404-15923-9

Als sich unter der Wüste Saudi Arabiens, des größten Erdölförderlandes der Welt, ein geologisches Drama anbahnt und eine Explosion im größten Ölhafen am Persischen Golf die Versorgung mit dem wichtigsten Rohstoff der Welt ins Stocken bringt, kommt es weltweit zu Unruhen. Bahnt sich tatsächlich das Ende unserer Zivilisation an?
Nur Markus Westermann glaubt an ein Wunder. Er glaubt eine Methode zu kennen, wie man noch Öl finden kann. Viel Öl. Öl für die nächsten Tausend Jahre. Doch funktioniert die Methode wirklich? Als die USA schließlich militärisch eingreifen, geraten die Dinge gänzlich außer Kontrolle ...

Lübbe